PINES

黑松镇

秘密裂痕

[美]布莱克·克劳奇 著
曾雅雯 译

重庆出版集团 重庆出版社

BLAKE CROUCH

PINES

第一章

穆斯廷透过“施密特-本德尔”瞄准镜观察那只动物已经快一个小时了。它是在黎明破晓时分来到这个盆地的，当初升太阳的第一道光辉照射在它那半透明的皮肤上时，它略略停顿了一下。它缓慢而又小心翼翼地沿着砾石地面行进着，不时停下来嗅一嗅其他动物的尸体残骸。那些动物都是被穆斯廷杀死的。

狙击手调整着瞄准镜的十字线视差，继续观察。目前的条件非常理想——良好的视度、柔和的气温、晴朗无风。在瞄准镜被设置为二十五倍变焦的情况下，狙击手可以看到那只动物幽灵般的身影出现在灰色的破碎岩石堆旁边。如果是用肉眼在相距一英里[①]半的地方观察，那它的头看起来还不及一粒沙子那么大。

要是他现在不把握机会射击的话，下一次他就得重新瞄准目标。而且，当他再度准备好要射击的时候，那只动物很可能早已离开他的视野范围了，那样的情形对他来说如同世界末日一般。在峡谷边沿有一道长达半英里的高压安全栅栏，要是它设法攀爬越过峭壁顶部的铁丝网，麻烦就来了。他得用对讲机召来一支队伍，耗费额外的工作量，还有额外的时间，总之需要尽一切努力阻止那只动物抵达小镇。如果那样的事真的发生了，他几乎肯定会被皮尔彻训斥一顿。

穆斯廷深深地吸了一口气。

---

① 1英里约合1.6千米。

肺部随之扩张。

他呼出气来。

肺部空间缩小。

随即所有的空气都被排空。

他的横膈膜放松下来。

他从一数到三，然后扣动了扳机。

这把英国制造的狙击枪在他的肩头剧烈颤抖了一下，开火时的爆炸声被消音器消掉了。枪的反冲力消散之后，他透过瞄准镜望过去，却发现目标仍然蜷伏在峡谷里一块表面平坦的大圆石上。

该死！

他没能打中。

这次射击的射程，比他在通常情况下所面临的射程更远，而且即使是在理想条件下，也有诸多会对结果产生影响的变化因素。大气压、湿度、空气密度、枪管温度，甚至还有由地球自转产生的科里奥利效应……他以为自己已经考虑到了所有的细节，可是……

只见那只动物的头消失在了粉色的薄雾中。

他笑了笑。

这颗拉普阿·马格南子弹只花了四秒多的时间便击中了目标。

非常棒的一次射击。

穆斯廷坐了起来，随后费力地站起身来。

他将两只手臂举到头顶上方，伸展了一下筋骨。

现在是上午十点左右，天空是钢青色的，视野之内见不到一朵云。他目前所处的位置是一座三十英尺[①]高的守卫塔的顶部，这座守卫塔修建在大山的岩石顶峰，远远高出树带界限。在这块开放的小平原上，他将四周的一切都尽收眼底，各个山峰、峡谷、森林，还有黑松镇。小镇的海拔大约有四千英尺，位于一个拥有天然屏障的山谷中，面积不大，其间不过就只有几条纵横交错的街道而已。

他的对讲机发出了“吱吱”的响声。

他回应道：“我是穆斯廷，完毕。”

“第四区的栅栏着火了，完毕。”

“我随时处于待命状态。”

第四区包含小镇南部边缘的广阔松林。他拿起步枪，在树荫下用瞄准镜查看着长达四分之一英里的栅栏。他先看到了烟——烟圈从一只动物被烧焦的皮肤上不断地往上冒。

“我看清楚了。”他说，“只是一只鹿，完毕。”

“收到。”

穆斯廷用步枪指向了北边的小镇。

他看到了房屋——颜色各异的维多利亚式建筑，屋前有着绿油油的草坪和白色的尖桩篱栅。他向下瞄准了公园，那里有一个女人正推着两个孩子荡秋千，另外还有个小女孩从一部在阳光下熠熠发光的滑梯上滑了下去。

他透过瞄准镜看到了学校的运动场。

他看到了医院。

---

① 1英尺约合30.48厘米。

看到了社区花园。

还有主街。

他努力抑制住了那股熟悉的妒忌情绪。

小镇的镇民——他们都很不在意。他们所有人都是如此，对一切都不在意。

他并不记恨他们。他不想过他们的生活。他在很早之前就接受了自己作为保护人的角色。他是小镇的守护者，他的家是山间一个简陋、没有窗户的房间，他已经尽己所能，平和地接受了这样的现实。然而，这并不意味着当他在一个可爱的早晨低头看着可以说是地球表面上最后的乐园的遗迹时，脑子里会没有一点点思乡的情愫。那是他对曾经有过的一切感到留恋的感觉。

对那将来不会再有的一切感到留恋。

目光顺着街道前行，穆斯廷注视着一个在人行道上快速行走的男人。此人穿着一件草绿色衬衫和一条棕色长裤，头上戴着一顶黑色斯泰森阔边牛仔毡帽。

他的衬衫翻领上别着一颗在阳光下闪闪发光的黄铜星。

男人拐了个弯，十字线的准星便瞄准了他的背部。

“早上好，治安官伯克先生。”穆斯廷说，“你的左右肩胛骨之间觉得有些痒吗?”

BLAKE CROUCH

PINES

第二章

像现在这样的时刻仍然存在，此时的黑松镇感觉就像是一个真实的地方。

阳光倾泻在山谷里。

清晨仍然很凉爽。

一扇打开着的窗户下面的花盆里种着三色堇，窗口飘出烹饪早餐的香味。

人们在晨间出来散步。

给草坪浇水。

取出信箱里的本地日报。

一颗颗露珠凝结在黑色信箱的顶部。

伊桑·伯克发觉停留在当下这一刻，假装一切都和看起来一样，是一种非常迷人的感觉。他和妻子、儿子一起住在一座完美的小镇上，他是镇上受人爱戴的治安官。他们在这里有朋友，有舒适的家，一切需要都能得到满足。在这样的假想过程中，他开始完全明白了幻想是如何产生作用的，明白了人们如何向幻想屈服，任由自己消失在四周的美丽谎言里。

#

当伊桑走进“热豆咖啡”咖啡馆时，大门上方的铃铛“叮当”作响。他走到柜台旁边，朝那位嬉皮士打扮的年轻女咖啡师微笑了一下，她留着金色细发辫，有一双深情款款的大眼睛。

"早上好，米兰达。"

"嗨，伊桑。你还是喝跟往常一样的咖啡吗？"

"是的，谢谢你。"

当她开始为伊桑准备卡布奇诺特浓咖啡时，伊桑环顾了一下咖啡馆里面。常客们都在这里，包括那两位老前辈——菲利普和克莱，他们正弯腰坐在棋盘前对弈。伊桑走过去，看了看他们的棋局——毫无疑问这盘棋已经下了有一阵了，两人都分别只剩下了国王、王后和几个小兵。

"看来你们这盘棋就要陷入僵局了。"伊桑评论道。

"没那么快。"菲利普说，"我还有锦囊妙计没使出来呢。"

他的对手——坐在棋盘对面的头发灰白、胡子拉碴的老年男子——露齿一笑说："依我看啊，菲利普的'锦囊妙计'就是每走一步之前都拖延很长时间，到最后等我老死了，他就可以因我被迫弃权而取胜了。"

"噢，闭嘴，克莱。"

伊桑走过一张破旧的沙发，来到一个书架跟前。他用一根手指从书架上一排书的书脊上掠过——古希腊、古罗马文学，威廉·福克纳、狄更斯、托尔金、雨果、乔伊斯、布拉德伯里、梅尔维尔、霍桑、爱伦·坡、奥斯丁、菲茨杰拉德、莎士比亚……大致一看，这些书都是廉价的平装本。他从书架上取出了一本很薄的书——《太阳依旧升起》，封面是印象派风格的斗牛场面。伊桑咽了一下口水。这是海明威的第一部小说，而这个纸张很脆、销量极大的版本很可能是目前留下的唯一版本。他觉得浑身直起鸡皮疙瘩——将这样一本书握在手里，令他感到无比敬畏，也充斥着浓重的悲哀。

“伊桑，你的咖啡已经好了！”

他又为他的儿子取了一本书，然后走到柜台边去端自己的卡布奇诺。

“谢谢你，米兰达。如果可以的话，我想把这些书借回去看。”

“没问题。”她笑着说，“请好好爱惜这些书就可以了，治安官先生。”

“我会尽力爱惜的。”

伊桑用手轻轻碰了碰帽檐，继而朝门口走去。

#

十分钟后，他来到一个标牌下面，标牌上写着：**黑松镇治安部**。他推开标牌下的对开玻璃门，走了进去。

前台接待处空无一人。这里的一切都没有改变。

他的秘书正坐在自己的办公桌背后，看上去一如既往地无聊。她在玩纸牌游戏，正以稳定而机械化的速度将纸牌一张一张地放下。

“早上好，比琳达。”

“早上好，治安官。”

“有人打电话来找我吗？”

“没有。”

“有人来访吗？”

“没有。”

“你昨晚过得怎么样？”

她抬起头来，似乎有些猝不及防，她的右手还紧紧地攥着一张“黑桃A”。

“什么？”

自打伊桑成为镇上的治安官以来，这还是他第一次跟比琳达超出了敷衍的问候、道别和工作性质的聊天范畴的对话。在她成为治安官秘书之前，一直都是一位小儿科护士，而他正在想她是否知道他其实知道这一点。

“我只是问问你昨晚过得怎么样。昨天晚上。”

“噢。”她用手指抚弄了一下脑后长长的银白色马尾，“还不错了。”

“你有做些有趣的事吗？”

“说真的，我倒没做什么有趣的事。”

他以为她会抛出同样的问题，以为她会紧接着询问他昨晚过得怎样，可是在令人不适的五秒钟沉寂之后，两人的目光再次相撞，而她仍然没有说话。

最终，伊桑用指关节在她的办公桌上轻轻敲了敲，“我要去办公室了。”

#

他将穿着靴子的脚放在宽阔的办公桌上，背靠着柔软的皮革椅背，手里端着那杯热气腾腾的咖啡。办公室的另一头有一个固定在底座上的麋鹿标本，那只麋鹿体形巨大，看上去像是居高临下地俯视着他。待在那只麋鹿标本和办公桌背后的三个古老武器陈列柜之间，伊桑感到自己已经对治安官的虚饰厌烦透了。

他的妻子差不多应该也在这时抵达了她工作的地方。特丽萨以往曾是一名律师助理，在黑松镇，她是镇上唯一的房地产经纪人，这就意味着她一整天都得坐在主街上一间人迹罕至的办公室里的办公桌背后。她的工作跟分配给镇上居民的绝大多数工作一样，主要职责其实是为一个装假的小镇装点门面。一年当中，她只有四五次机会真正地协助别人购买新房屋。模范居民每隔几年会得到奖赏，从而获得可以提出改善自己居住环境的先决条件。那些在这里居住得最久而又从未违反过法规的居民们住在最宽敞、最漂亮的维多利亚式房屋里，而那些妻子已经怀孕的夫妇差不多都可以得到保证，在不久之后将获得一座新的更宽敞的房屋。

在接下来的几个小时里，伊桑无事可做，也无处可去。

他翻开了从咖啡馆借出来的书。

文笔简练，同时又才华横溢。

他因书中所描写的巴黎的夜晚而惊得说不出话来。

那里的餐馆、酒吧、音乐、香烟烟雾。

一座真实的、鲜活的城市里的灯光。

一个充满了各色人等的广阔世界给人的感觉。

探索着这个世界的自由。

看了四十页后，他合上了书。他已经不能自已了。海明威并不是在帮他得到消遣，并不是在帮他远离黑松镇的现实境况。海明威分明是在擦破他的脸，然后再往一个永远都不会愈合的伤口上撒上盐粒。

#

在差一刻两点的时候，伊桑步行离开了办公室。

他静悄悄地在附近散步。

他从每一个人身边经过时，他们都用看起来很真诚的热情向他招手、问候，就好像他已经在这里住了好几年似的。如果说他们其实在暗地里害怕他或憎恨他的话，那么他们隐藏得很好。他们为什么不该这样想呢？据他所知，他是黑松镇里唯一一个知道真相的居民，而他的工作就是确保一切都保持现状。保持和平，坚守那个谎言，甚至包括他的妻子和儿子。在他成为治安官之后的头两个星期里，他将大部分时间都用来研究每一个居民的档案，了解他们过去生活的细节，还有他们之间的相互关系，以及他们死后所获得的人生评价。目前他知道镇上一半人口的个人经历，知道他们的秘密和恐惧。他知道哪些人可以继续平安无忧地在这个虚假的幻想中生活，也知道哪些人的脆弱内心已经出现了动摇和裂缝。

他正在成为单枪匹马的盖世太保。

这是必要的——他知道这一点。

不过他仍旧对此表示鄙夷。

#

伊桑来到主街，继而一路朝南走去。随着他越走越远，街道两旁的人行道和建筑物都消失了。街道仍然向前延伸着，此时他正沿着路边的紧急停车带朝一片高耸入云的松林走去。现在他的耳边已经不再能听到小镇日常生活中的种种声音了。

伊桑从一块警示行人车辆前方有急弯的路标旁经过之后，又走了五十英尺，接着停下了脚步。他回过头去望着黑松镇，身后一辆车也看不到，也没有任何动静。除了能听到头顶树梢上有一只小鸟在“吱吱”叫之外，就听不到其他任何声响了。

他走下紧急停车带，朝松林里走去。

空气中弥漫着松针被阳光炙烤过后的气味。

伊桑走在林间铺着落叶、光影交织的柔软地面上。

他步子很快，衬衫后背已经被汗水浸透了，紧贴着衬衫面料的背部皮肤感觉凉幽幽的。

这样独自一人在林中散步的感觉还真不错，身边见不着一个人影，也没有人监视自己，可以一边走一边肆意地想着心事。

离开主街走了大约两百米之后，伊桑来到了一片石块区，一块块巨大的花岗岩散布在松树之间。松林朝山坡上延伸着，半山腰上有一块岩石露出了地表，不过它的下半截仍然被埋在土里。

伊桑径直朝那块岩石走了过去。

站在十英尺之外的地方看过去，光滑的岩石表面看上去非常真实，上面有着向下延伸的石英矿脉纹路和色彩鲜明的苔藓。

但是进一步靠近之后，伊桑就看出了破绽。这块岩石的形状四四方方的，不太自然，触摸起来也显得过于平滑。

伊桑退后了几步，停下来等待着。

很快他便听到了传动装置运转时发出的低沉“嗡嗡”声，随即一整块岩壁便像一扇巨大的车库门一样抬升起来——又宽又高的门洞足以让一辆货柜拖车通行。

伊桑低头避过仍在抬升的门，钻进了潮湿而又阴冷的地底隧道中。

“你好，伊桑。”

“马库斯。”

这次负责护送他的人跟以往一样，是一个二十出头的小伙子，头发浓密，有着通常做步兵或警察的人所特有的坚毅下巴。他的身上穿了一件黄色防风外套，这令伊桑想起自己又忘记了带上外套，待会儿在车上又得受冻了。

马库斯先前就已经发动了一辆没有车门也没有顶篷的牧马人吉普车的引擎，还把车调了个头，车头正对着它来时的方向。

伊桑爬进吉普车，坐在了前排的副驾驶座位上。

伴随着“轰”的一声，那扇入口岩门在他们身后重重地关上了。

马库斯一面放下紧急制动器并加足马力，一面对着耳机的麦克风说话：“我已经接到伯克先生了，我们马上就出发。”

吉普车颠簸着向前行进，加速驶上了一条没有任何路标、路面古朴的车道。

车子开上了一道倾角大约是十五度的斜坡。

隧道壁上的基岩已经暴露了出来。

一路上不时有水沿着岩壁往下滴流，眼角余光还瞥见到不少蜘蛛网，偶尔会有一两滴水珠飞溅到吉普车的挡风玻璃上。

坐在高速行驶的车里向上看，头顶上的一盏盏荧光灯的光芒仿佛汇聚成了一条橘色的光河。

空气中弥漫着岩石、水和废气的混合气息。

吉普车引擎的巨大声响和呼啸而过的风声令两人无法交谈，不过这对伊桑来说倒无所谓。他向后靠在灰色塑料椅的椅背上，抑制住了自己想要摩擦一下一直暴露在湿冷寒风中的两只手臂的愿望。

伊桑感觉到双耳的压力在增加，汽车引擎声听起来渐渐减弱了。

他咽下了一口唾液。

引擎声又再度回来了。

他们的车继续爬着坡。

以每小时三十五英里的行驶速度来估算，他们驶过的不过是一趟四分钟的路程，可是伊桑却觉得犹如熬了好久一般。大概是充斥着噪声的寒冷环境令他丧失了方向感和时间感，才会造成这样的错觉吧。

还有，在山内隧道里穿行的封闭感，以及想到要去见“那个人”而导致的内心焦躁不安，应该也是让他没法保持清醒判断力的原因。

#

隧道尽头是一个大小如同十座仓库的巨大洞穴，其占地面积至少有一百万平方英尺。用如此巨大的空间来组装喷气式飞机或太空船也丝毫不会显得狭小，不过这个洞穴却是用来堆放生活必需品的。一个个庞大的圆柱形容器里储存着食物原料，一排又一排四十英尺高的架子上摆满了木材和各种日常用品。供地球上最后一个小镇在未来多年里正常运转的所有必需品全部都在这儿了。

马库斯驱车从一扇印着“生命暂停”字样的玻璃门旁边经过，门背后积聚着一团幽幽的蓝光，伊桑一想到门内放置的东西，顿时感到背脊一阵发凉。

那里放着皮尔彻发明的生命暂停装置。

数量多达上百台。

黑松镇的每一个居民，包括伊桑自己在内，都曾在那个房间里以化学方式被暂停生命一千八百年之久。

吉普车在两扇对开玻璃门跟前停了下来。

马库斯关掉汽车引擎，和伊桑一起下了车。

他在门边的键盘上敲入密码，玻璃门迅速打开了。

两人从一块写着“1楼”的标志牌下面经过，进入了一条空旷的长走廊。

这里没有窗户。

只能听到荧光灯管“嗡嗡”作响的声音。

地上铺着呈黑白相间方格图案的油毡地板，每隔十英尺便有一扇带着小圆窗的门。门上没有把手——必须刷卡才能打开。

大部分窗户里面都是黑黢黢的。

不过其中一扇窗户背后站着一只怪兽，它看着伊桑从自己面前经过，那双乳白色大眼睛的瞳孔扩张着，嘴里露出了满口剃刀状的牙齿。怪兽伸出一只黑色的爪子，不断敲打着门上的玻璃圆窗。

它们仍然不时会进到伊桑的噩梦当中。他在梦中与它们激战，半夜惊醒时大汗淋漓。这种时候特丽萨总是会轻轻拍着他的背，温柔地告诉他：他正平平安安地待在自家的床上，那些不寻常的遭遇都过去了，将来一切都会好起来的。

来到走廊中部后，他们在两扇没有任何标记的对开门前停下了脚步。

马库斯掏出门卡刷了一下，门便往两边打开了。

伊桑走进了这个小小的电梯轿厢里。

马库斯又将一把钥匙插进了轿厢里的金属操作面板，当面板上唯一的按钮开始闪烁时，他伸手将其按下。

电梯平稳地滑动着。

每次搭乘这部电梯的时候，伊桑总会有些耳鸣，可是他从来都搞不清楚电梯到底是在上升还是在下降。

尽管伊桑成为黑松镇治安官已经有两个星期之久了，可此时此地他还是被护送人员像孩童或有潜在威胁的家伙一般带来带去，这多多少少令他感到有些不舒服。

已经两个星期了。

真不可思议！

伊桑觉得自己仿佛昨天才坐在特勤局西雅图分部负责人亚当·汉索尔的办公桌对面，接受了前往黑松镇寻找昔日搭档凯特·休森的任务。可他现在已经不再是一名特勤局特工了，直到现在他也没能全然地接受这样的事实。

让他俩得知电梯轿厢已经停止运行的唯一途径是电梯门打开了。

走出电梯之后，伊桑第一眼瞧见的是一幅毕加索的画作，他不由自主地琢磨着这画是不是毕加索本人的真迹。

他们从一间华丽的大厅走过，这里没有日光灯和方格图案的油毡地板，取而代之的是大理石瓷砖和高级壁灯。天花板采用的是皇冠造型的板条装饰，甚至连这里的空气状况都比先前更佳——丝毫闻不到存在于洞穴其他区域里的那种密闭空间所特有的陈腐气息。

他们经过了一间下凹的客厅。

一间富丽堂皇的厨房。

还有一间书架上摆满了皮面精装书的图书室，伊桑心想那些书架和书一定会散发出古董的气息。

拐了一个弯之后，他们朝着走廊尽头的两扇橡木门走去。

马库斯抬手在门上重重地敲了两下，一个声音从门里传了出来："请进！"

"进去吧，伯克先生。"

伊桑推开门，走进了一间奇特的办公室。

富有异国情调的深色实木地板刚刚上过蜡，颇具光泽。

房间正中是一张宽大的桌子，上面摆放着黑松镇的缩微景观模型，一个巨大的玻璃罩子将模型保护起来。这套模型极其精确逼真，甚至连伊桑一家所住房子的外观颜色都与实物完全一致。

办公室左边的墙上挂着几幅文森特・梵・高的画作。

右边的墙上——从地面一直到天花板——满满当当的全都是平板显示器，一共有九行二十四列。这二百一十六台显示器播放着黑松镇的实时监控画面——所有的街道，每座房子里的卧室、浴室、厨房和后院的情形，全都尽收眼底。

每次看到这些显示器的时候，伊桑都不得不拼命压抑，才能忍住心头涌起的想要扭断某人脖子的冲动。

他明白这些显示器的用途是什么，甚至可以说是了如指掌，可他仍然还是……

“你的怒气，”坐在一张雕刻精美的桃花心木办公桌后面的一个男人说道，“在你每次来见我的时候都会流露出来。”

伊桑耸了耸肩，“我的怒气，只是因你偷窥别人私生活的行为而做出的自然反应而已。”

“你认为在我们这个小镇上应该有隐私存在吗？”

“当然不行。”

当伊桑朝那张大办公桌走去时，身后的门关上了。

他将斯泰森毡帽夹在腋下，然后在一把椅子上缓缓坐了下来。

他直视着戴维·皮尔彻。

在金钱对人类尚且有用的那个时代，皮尔彻是个坐拥亿万家产的发明家，也是在幕后指挥建造黑松镇和这处山中地下洞穴基地的领头人。在1971年，皮尔彻发现人类基因组正逐渐恶化，随后他推测人类这个物种在繁衍生息三十至四十代之后便会走向消亡。于是他牵头建造了这个生命暂停基地，以求在人类基因组毁损到一定的临界程度之前先行保存一些纯粹的人类物种。

除了他核心圈子里原有的一百六十名忠实追随者，他还另外绑架了六百五十个普通人。他将上述所有人——包括他本人在内

——都放进了生命暂停装置中。

皮尔彻的预测最终成为了现实。此时此刻，在环绕着黑松镇的通电围栅之外，生活着数以亿计的由人类畸变而成的怪兽。

然而，皮尔彻却有着跟自己内在人格极不相称的相貌。他的面容看起来丝毫不具有威胁性，穿上靴子后的身高也不过只有五英尺五英寸[①]。他的头秃得很厉害，只剩下了少许银色发茬——略微有些接近明亮的铬黄色。他用一双小眼睛看着伊桑，黑色眼眸不带一丝感情色彩。

皮尔彻将一个马尼拉文件夹朝伊桑推了过来，文件夹在办公桌的皮革表面上滑行了一段距离，正好停在伊桑面前。

“这是什么？”

“一份监视报告。”

伊桑打开了文件夹。

里面有一张黑白打印的屏幕截图，伊桑认得图中的那名男子。他叫彼得·麦考尔，是小镇报纸《黑松镇之光》的总编辑。截图里的麦考尔正侧卧在床上发呆，眼神空洞。

“他做了什么？”伊桑问道。

“唔，什么也没做。不过这就是问题所在，彼得已经有两天没去上班了。”

“或许他是病了呢？”

“可他并没有报告自己身体有任何不适，而我的监控小组负责人泰德则说他最近看起来颇有些古怪。”

---

① 1英寸约合2.54厘米。

“莫非他看上去有逃跑的打算？”

“可能吧。或者他想采取一些鲁莽的行径。”

“我记得他的档案。”伊桑说，“他在融合阶段没出过什么大问题啊，在那之后也没表现出任何不顺服的行为。他有说过什么不妥当的话吗？”

“事实上，麦考尔已经连续四十八小时没说过一句话了，甚至对他的孩子们也是如此。”

“你究竟想让我做什么呢？”

“密切留意他的动向。你先到他家去拜访他一下，但千万别低估你的造访会给他造成的影响。”

“你现在还没打算要举办一场‘庆典’吧？”

“没有。‘庆典’是为那些有实质性的叛逃行为并试图带着其他居民一起叛逃的人所准备的。唔，你并没有带着你的手枪。”

“噢，是的，因为我觉得配枪会向人传达一些错误的信息。”

皮尔彻笑了，露出了满口小白牙。“我很感激你如此在意并小心地维护我在这镇上所设立的唯一一名授权人的形象，我是认真的。那么，伊桑，你想向镇上的居民传达怎样的信息呢？”

“我想让他们知道我是来帮助、支持和保护他们的。”

“可是你的职责跟这些事毫无关系。我没有跟你讲清楚，这是我的错，你在镇上的存在是为了提醒人们我——皮尔彻的存在。”

“我明白了。”

“那么当我下一次通过某个监视屏看到你走在小镇街道上的画面时，我能看到你腰上鼓着一把最大、最厉害的枪吗？”

“那是当然的。”

“好极了。”

伊桑能感觉到自己的心脏在肋骨下面愤怒而用力地跳动着。

“请不要将我的这个小小的指责视为我对你整体工作表现的评判，伊桑。我认为你在新职位上干得很不错，你自己觉得呢?”

伊桑往皮尔彻的肩膀后方看了看。办公桌后面的墙是实心岩壁，中央开了一扇大大的窗户，群山、峡谷以及两千英尺之下的黑松镇全都尽收眼底。

“我觉得我越来越适应自己的工作了。”伊桑说道。

“你还在认真研读居民们的档案吗?”

“我已经把所有居民的档案都浏览过一遍了。”

“你要知道，你的前任波普先生可是把所有的档案都记在脑子里了。”

“我也会朝那个方向继续努力的。”

“听你这么说我很开心。不过你今天早上并没有研读那些档案，对吗?”

“你在监视我?”

“我不是故意这么做的，只是你的办公室偶尔会出现在我这里的某个显示屏上。你早上在办公室里读的是什么书呢？我没看清书的封面。”

“我在看《太阳依旧升起》。”

“噢，海明威，他可是我最喜爱的作家之一。你知道吗？我仍然相信我们这里也能创造出伟大的艺术。正因如此，我把我们的钢琴家赫克托尔·盖瑟也带来了。除此之外，我还让其他一些著名小说家、画家以及诗人进入了生命暂停的状态。而且，我们也一直在学校里寻找有艺术天赋的孩童，找到以后将对他们加以栽培。本杰明在艺术课上的表现就非常不错！"

听到自己儿子的名字从皮尔彻嘴里冒出来，伊桑不由得感到脊梁骨一阵发凉，不过他只是淡淡地说："黑松镇的居民们没有心情去搞艺术创作。"

"你这话是什么意思，伊桑？"

皮尔彻的语气听起来像极了心理治疗师，当中充满了理性的好奇，不带有任何一丝攻击性。

"他们在持续不断的监视之下过活，心里清楚知道自己没法离开这里。人活在如此压抑的社会当中，又怎会产生艺术创作的动机呢？"

皮尔彻笑道："伊桑，听你这么说，我倒想知道你是不是真的站在我这一边，是不是真的相信我们正在做的一切都是对的。"

"我当然相信。"

"你当然得相信。今天我收到了一名外勤侦察员的工作报告，他刚刚结束了为期两周的侦察任务。他在离黑松镇中心不过二十英里的地方发现了一大群艾比怪兽，数量至少超过两千。怪兽们在群山以东的平原上追赶着一大群水牛。每一天，都有各种事情提醒着我：我们所处的这个山谷是多么地不堪一击，而我们的存在又是多么地脆弱。而你呢，你却坐在这里用这样的眼神看着我，就好像我是过去的独裁领导人一般。你不喜欢这种管理方式，我能理解也尊重你的看法。事实上，我也希望情况不是这样的。可我所做的事情都是有缘由的，这些缘由建立于让人类物种的生命得以延续之上。”

“任何人做任何事不是都有其缘由吗？”

“你是个有良知的人，我欣赏你这一点。”皮尔彻说，“我也绝对不会让一个没有良知的人坐上你目前所坐的位子。我所拥有的全部资源，我手下的每一名雇员，都全心致力于同一件事，那就是保证山谷里的四百六十一个人——当中也包括你的妻子和儿子——的安全。”

“那么，真相就得永远被掩藏起来吗？”伊桑问道。

“在某些环境中，安全和真相是一对天敌。你曾是联邦政府的雇员，我想你应该能明白这个道理吧。”

伊桑朝墙上的一排排显示屏看过去，在左下角的一个屏幕里出现了他妻子的身影。

她独自一人坐在那间位于主街的办公室里。

一动不动像尊雕像。

极其无聊。

旁边的屏幕上显示的是伊桑从未见过的画面，看上去像是一个物体在浓密森林上方一百英尺的高度以极快的速度飞行时所拍摄的鸟瞰图。

“那个屏幕上显示的是什么？”伊桑指着显示墙问道。

“你说的是哪一个？”

就在这时先前的画面已经从那个屏幕上消失了，取而代之的是在歌剧院内部所拍摄的影像。

“现在已经被切换掉了，我觉得那些影像很像一个从树梢顶部飞过的物体所拍摄的画面。”

“噢，那不过是我的一架无人机而已。”

“无人机?”

“没错，你看到的是一架MQ-9型‘收割者’无人机所拍摄的画面。我们不时会派出一些无人机去执行侦察任务，它们的侦察范围约为方圆一千英里的地域面积。我想今天那架无人机应该是往南飞向大盐湖区域执行侦察任务去了。”

“它有什么发现吗?”

“目前还没有。听我说，伊桑，我并不是要求你必须喜欢我们所做的一切事情，毕竟连我自己也做不到这一点。”

“我们的未来在何方呢?”伊桑问道，这时屏幕上他妻子的影像变成了两个在沙坑堆城堡的男孩。“我指的是我们这个物种的未来。”伊桑将视线转回到皮尔彻身上，“我明白你在这里所做的一切已经将我们人类原本应该灭绝的时间往后拖延了许久，可是就只能如此而已吗？只能让一小部分人类在这样一个山谷里随时随地被监视着过活吗？将他们与真相阻隔开来？偶尔还得被迫杀死自己的同类？这不是真正的生活，这更像是在服刑，而你其实是让我做了他们的监狱长。我想为这些人，同时也为我的家人谋求最好的福祉。”

皮尔彻将转椅向后滑动了一段距离，然后转了半圈，透过玻璃窗俯瞰着自己一手所造的小镇。

“我们已经在这里住了十四年，伊桑。到目前为止，我们的人数还不足一千，而它们的数量要庞大得多。有时候我们倾尽全力才能得到的最好结果不过就只是保全性命并且活下去，仅此而已。”

#

那扇伪装成岩石的隧道门在伊桑身后慢慢关上了。

留下他独自一人站在树林里。

片刻之后，他离开那块露出地表的岩石，朝街道走去。

此时太阳已经落到西侧峭壁的后面去了。

晴朗的天空一隅布满了金色的晚霞。

夜晚即将来临，空气中带着丝丝寒意。

返回黑松镇的街道空荡荡的，伊桑踩着道路中央的双黄线，朝自己的家走去。

#

伊桑的家离主街不远，只隔着几个街区，具体地址是第六大道1040号。屋子的外墙漆成了黄色，带有白色的镶边。尽管这座建筑有好几处木材松动，在受力时会“嘎吱”作响，可仍不失为一个舒适的住所。伊桑走过石板小径，踏上了门廊。

他先打开了纱门，然后打开了里面的实木房门。

抬脚走进了门内。

嘴里喊着：“亲爱的，我回来了！”

没有人回应他。

屋子里空荡荡的一片死寂，充满了压抑感。

他将脱下来的毡帽挂在了衣帽架的顶端，随即坐在一张梯式靠背椅上，脱掉了脚上的靴子。

他穿着袜子走进了厨房。今天的牛奶已经送来了，当他拉开冰箱门的时候，四个玻璃奶瓶相互碰撞，发出了清脆的响声。他取出其中一瓶牛奶，将它拿在手里，继而穿过走廊进入了书房。这里是整栋房子里伊桑最喜欢的一个房间。他知道，自己一旦坐到了书房窗边的大软垫椅上，就能享受到不被人监视的畅快感觉了。黑松镇的大多数房屋里都有一两处摄像头拍摄不到的监控盲区。当伊桑第三次去到地下洞穴基地的时候，设法找到了自家房屋的监测器安装示意图，并在心里暗暗记下了屋子里每一个摄像头的位置。伊桑曾问过皮尔彻能不能将自己家里的监测器全部拆掉，可是却遭到了皮尔彻的拒绝。皮尔彻希望伊桑能够跟镇上的其余居民一样，活在“持续且有效的监视”之下，这样一来他才能“对大家的生活感同身受”，而这一点对皮尔彻开展自己的工作是有利的。

一想到此时没有人能看到自己，伊桑的内心不禁感到极大的安慰。当然，由于有安装在大腿里的定位芯片，他们还是能清楚知道他目前所处的具体位置。伊桑还不至于傻到去问皮尔彻能不能对他破例，允许他取掉自己体内的芯片，从而不再受到追踪。

伊桑“砰”的一声打开了玻璃奶瓶的盖子，喝了一大口牛奶。

他常常想，日复一日地在这阴郁的黑松镇过着艰难的日子——没有隐私、没有自由、身家性命随时受到威胁——每天从山谷东南边的牛奶场送来的这瓶牛奶真是这晦涩日子中唯一值得高兴的事情。当然，他不能把自己的这个想法告诉特丽萨，因为他们的日常交谈也会被监听。

这牛奶的口感冰凉、醇厚而又新鲜，略微还带着一丝丝青草的香甜气息。

透过自家的窗户，他能看到隔壁邻居家的后院。詹妮弗·罗切斯特跪在一个凸起的花坛跟前，伸出双手从身边一辆红色的独轮小推车里掬起了满满一捧泥土。他不由自主地回想起了自己所审阅过的关于她的档案内容。从前她曾是华盛顿州立大学的一位教育学教授，来到黑松镇之后，她一周有四个晚上会去“啤酒花园”酒吧做侍者。与大多数人都不一样，她的融合阶段进展得非常顺利，一次激烈的防抗都没有出现，所以她可以算得上是镇上的模范居民。

打住吧！

他压根儿就不愿想起自己的工作，不愿去考虑邻居们的私生活细节。

他们在私底下又是如何看待他的呢？

他所过着的生活时常令自己不寒而栗。

他的内心动辄就会被绝望的情绪所吞噬。为了确保家人的安全，他只能在这里接受这种没有任何出路的生活，只能扮演皮尔彻为他指定的角色。

在皮尔彻的再三提醒之下，伊桑对自己的处境已经有了非常清楚的认识。

伊桑知道自己现在应该赶紧去阅读关于麦考尔的报告，可是他却拉开了身旁的抽屉，取出了放在里面的一本诗集。

作者是罗伯特·弗罗斯特。

这本诗集里搜集的都是描写自然景观的短诗。

虽然早上所读的海明威小说令伊桑精神痛苦，但他总是能从弗罗斯特的诗中寻到自己所需的慰藉。

他花了整整一个小时来阅读这本诗集。

诗中提到了残破的老墙，白雪皑皑的森林，以及人迹罕至的街道。

天色渐渐暗了下来。

他听到门廊上响起了妻子的脚步声。

伊桑走到门口去迎接她。

“今天过得怎么样啊?”他问道。

特丽萨的眼神似乎是这样回答他的：*我今天在办公桌前无所事事地坐了八个小时，没有同任何人说过一句话。*不过，她很快从脸上勉强挤出了一个笑容，然后说道：“我过得很好，你呢?”

我今天见到了掌管此地——我们称之为家园但实则是监狱——的头儿，还从他那里带回了一份关于一位邻居的秘密监视报告。

“噢，我也过得不赖。”

她伸出一只手，轻抚着他的胸膛，“看到你还没换衣服我真开心。我就喜欢看你穿着制服的样子。”

伊桑拥抱着妻子。

嗅着她散发的体香。

手指滑过她那头长长的金发。

“我在想……”她轻声说道。

“想什么？”

“本杰明去了马修的家，一个小时之后才会回来。”

“是吗？”

她牵着伊桑的手，拉着他往楼梯走去。

“你确定？”他追问道。在重新团聚后的这两个星期里，他们只享受过两次鱼水之欢，每次都是在书房里伊桑最喜欢的那把椅子上进行的。

“我想要你。”她说。

“那我们去书房吧。”

“不！”她说，“去我们的床上。”

他跟着她走上楼梯，然后穿过二楼的走廊，硬木地板在他们脚下“嘎吱”作响。

他们搂抱着接吻，抚摸着对方的身体，跌跌撞撞地走进了卧室。伊桑试着让自己全情投入到这场爱抚和接下来的云雨当中，然而他却没法对卧室里的那些监视器置之度外。

其中一个监视器藏在浴室门边的恒温器背后。

另一个则隐藏在卧室天花板的顶灯里面，其摄像头正对着他们的床。

他有些犹豫，心里矛盾极了，特丽萨也觉察到了这一点。

“怎么了，亲爱的？”她问道。

“没什么。”

他们彼此拥抱着站在床边。

透过卧室的窗户，伊桑能看到整个黑松镇的灯都渐渐亮了起来——街灯、门廊灯以及一栋栋房子里面的照明灯。

一只蟋蟀的鸣叫声越过打开着的窗户，进到了他们的卧室。

在宁静的夜晚总能听到这一成不变的声音。

只不过这鸣叫声是假的，这里已经不再有蟋蟀存在了，声音是从隐藏在矮树丛里的一个小型音箱里传出来的。伊桑心里琢磨着妻子是否也知道这一点，同时还在想这里究竟有多少事情已经令她起了疑心。

“你想要我吗？”特丽萨以一种极为认真的口吻问道。在他们当年初次相遇的时候，他就被她讲话时的这种语气给折服了。

“我当然想要你。”

“那你怎么还摆出一副无动于衷的样子？”

他开始慢慢地试着解开她身上那件白色连衣裙背后的纽扣。由于长久以来缺乏这方面的练习，他的动作显得迟钝而笨拙，可是这种生疏的感觉反而令他感到更为兴奋。他此时的心境跟初尝禁果相差无几，内心的亢奋令他很难控制自己的身体反应。在他们先前搂抱亲吻着走进卧室之前，他就发觉自己的身体早已按捺不住、跃跃欲试了。

他想用被单盖住两人的身体，可特丽萨却不同意他这样做。她说她喜欢尽享从窗外吹进来的凉风吹拂在肌肤上的舒爽感觉。

他们睡的是一张老式大床，这张床和屋子里的其他部分一样，承受压力的时候会发出很响的“嘎吱”声。

床垫的弹簧发出尖厉而短促的声响，特丽萨则动情地呻吟着，面对此情此景，伊桑恨不得将关于监视器的一切想法统统抛诸脑后。皮尔彻曾向他保证说偷看夫妇做爱的影像是绝对禁止的，一旦夫妇二人开始宽衣解带，监视器就会立刻被关掉。

不过伊桑对这种说法的真实性颇感怀疑。

当伊桑和妻子做爱的时候，说不定有一名监视人员正瞪大眼睛欣赏着整个过程呢。或许那家伙此时正打量着伊桑赤裸的臀部，同时观察着特丽萨夹在他腰间的双腿曲线。

在他们前两次的欢爱中，伊桑都比特丽萨更早地抵达兴奋点。此时他脑子里总想着头顶上方的监视器，以至于没法全情投入，内心的这股怨愤令他不自觉地将整个欢爱过程延长了。

这一次是特丽萨先兴奋了，这令伊桑想起他俩从前曾享有过多么融洽的鱼水之欢。

待一切结束之后，两人一动不动地紧紧相拥。伊桑的呼吸有些短促，上气不接下气，他能感觉到特丽萨的心脏正抵着自己的肋骨狂跳着。晚风吹在他那大汗淋漓的肌肤上，令他觉得颇有些凉意。在这样一个算得上完美的时刻，他却无法控制自己的思绪，整个大脑都被各种与当前毫不相干的人和事占据着。将来他会在某一天让这些事彻底脱离自己的心思意念吗？他可以让自己只是尽情享受活跃于生活表层的美好时光，并且忘怀隐匿在其下的可怖之事吗？那些在这镇上生活了好些年却没有发疯的人，是不是都已经做到了这几点呢？

“看来我们还是找得到感觉啊！”他说道，接着两人都大笑起来。

“下次我们得想办法让这床别响得那么厉害了。”她说。

“可我喜欢它发出的声响。”

他从特丽萨身上翻下来，特丽萨则凑过去，将头靠在他的手臂上。

伊桑不时观察着她，最后确定她的两只眼睛已经完全闭上了。

他微笑着看着天花板，朝监视器的镜头竖起了中指。

#

伊桑和特丽萨一起准备晚餐，两人肩并肩地站在厨房里的厚木板台面上切菜、剁肉。

现在正是社区农场的蔬果成熟与收获的时节，伯克家的冰箱里塞满了他们刚分到的新鲜蔬菜和水果。对黑松镇的居民们来说，最近几个月无疑是一年当中最有口福的时期。待霜降时节临到，山林的雪线便会迅速下降，直至最后整个山谷都会被皑皑白雪所覆盖。到了那个时候，黑松镇的居民就只能吃经冷冻干燥处理过的食物了。在每年10月至次年3月期间，几乎每个人都需要靠食用预先包装好的脱水食物过活。特丽萨曾提醒过伊桑：当他在12月走进镇上的食品杂货店时，很可能会误以为自己是在为执行太空任务而预备食物——在食品杂货店里一眼望去，所有的货架上都只能看到一个个闪着金属光泽的食品包装袋，而这些袋子上所贴的标签则更是令人大跌眼镜：法式焦糖蛋奶冻、香煎奶酪三明治、菲力牛排，还有龙虾仁……她还曾打趣地扬言说要在圣诞节晚餐上给他吃经冷冻干燥处理后还尚未解冻的牛排和龙虾仁。

就在他们将切好的洋葱、胡萝卜条以及覆盆子铺在菠菜和红生菜上，准备拌蔬菜沙拉的时候，面颊通红、浑身是汗的本杰明从大门冲进了屋子里，他浑身上下还散发着户外运动的气息。

本杰明身上原有的属于男孩的稚气已经褪去了，可他还没能完全拥有男人该有的成熟。

特丽萨走到儿子身旁亲吻他，询问他这一天过得如何。

伊桑打开了一台老式飞利浦收音机的开关，这台产自二十世纪五十年代的真空管收音机仍处于全新状态。不知何故，皮尔彻在镇上每户居民的家中都放置了一台这样的收音机。

由于只有一个电台，所以收听时不存在选择频道的问题。大多数时候收音机里只能传出响亮刺耳的静电噪声，不过一天当中偶尔也会有一两个谈话节目。晚上七点和八点之间，收音机里总是播放着一个名叫《与赫克托尔共进晚餐》的节目。

赫克托尔·盖瑟在来黑松镇之前是一位小有名气的音乐会钢琴家。

黑松镇的居民如果有谁想学弹奏钢琴，赫克托尔都可以为其授课，而他每天晚上都会亲自为全镇的居民演奏。

伊桑将收音机的音量调大了一些，他一面听着赫克托尔的声音，一面朝餐桌旁的家人走去。

“黑松镇的各位居民，晚上好。我是赫克托尔·盖瑟。”

伊桑站在餐桌一头，将沙拉分装到三个盘子里。

“此刻我正坐在我的斯坦威钢琴前，这是一架来自波士顿的华丽的小型钢琴。”

伊桑将第一个盛放着沙拉的盘子递给了妻子。

“今天晚上我将为大家弹奏《歌德堡变奏曲》，这原本是德国作曲家约翰·塞巴斯蒂安·巴赫为大键琴谱写的曲子。”

伊桑将第二个盘子递给了儿子。

“这支曲子的结构特点是在一个咏叹调之后紧随着三十种变奏曲。下面请大家欣赏。”

伊桑为自己盛好了一盘沙拉，随即在餐桌跟前坐了下来，这时他听到收音机里传来了钢琴凳被挪动时所发出的“咔哒”声。

#

晚餐过后，一家人将冰箱里的自制冰激凌取出来舀在碗里，然后各自端着一碗冰激凌坐在门廊前纳凉。

他们坐在摇椅上。

一边吃着冰激凌，一边静静地聆听着。

透过周围邻居家打开着的窗户，伊桑能听到从中传出的赫克托尔的琴声。

音乐回荡在整个山谷里。

精准而欢快的音符在被晚霞染成红色的峭壁之间跳跃着。

他们一直在外面待到很晚，谁也没打算回屋。

这片土地一千多年来都没有空气和光污染，所以夜晚的天空如墨汁一般漆黑。

用“清晰可辨”来形容夜空中的星星已经不太恰当了。

它们简直是极其耀眼。

看起来就好像是铺在黑色天鹅绒上的一颗颗钻石，璀璨生辉。

夜空如此美丽，让人舍不得移开自己的视线。

伊桑伸出手去，握住了特丽萨的手。

两人在夜色中依偎着聆听巴赫的曲子。

空气渐渐凉了下来。

当赫克托尔的演奏结束之后，镇上的居民们纷纷在自己家里鼓起掌来。

在伯克家对面的房子里，一个男人高声喊着："妙极了！太棒了！"

伊桑转头看着特丽萨。

她的眼眶里盈满了泪水，脸上也布满了泪痕。

他问她："你还好吗？"

特丽萨点了点头，用手抹掉了脸上的泪痕，"我很好。我只是因为你终于回家了而感到高兴。"

#

洗完碗碟之后，伊桑走上了二楼。本杰明的卧室在二楼走廊的尽头，房门是关着的，只有一线亮光从门板下方的缝隙里透了出来。

伊桑抬起手来敲了敲门。

"进来吧。"

本杰明坐在床上，用手里的炭笔在一张厚纸上画着素描。

伊桑坐在儿子的被褥上问道："能让我看看吗？"

本杰明把自己的画举了起来。

这幅素描所画的是男孩从自己床上看到的景象——房间的墙

壁、书桌、窗框，还有透过玻璃窗所见到的屋外的灯光。

“你画得真不赖！”伊桑说。

“我觉得我还没完全画出自己想要的那种感觉。画里面窗外的夜景看起来并不像是真正的夜晚。”

“我相信你终究会画出令自己满意的作品。嘿！我今天从咖啡馆借了一本书回来。”

本杰明精神一振，“是什么书？”

“书名叫《霍比特人》。”

“我从来没听过这本书。”

“这是我像你这么大时最喜欢的小说之一。我想，或许我可以念给你听。”

“我现在已经能识字了，爸爸。”

“我知道，可是我已经有好些年没读过这本书了。如果我们俩一起读的话，应该会更有乐趣吧。”

“这个故事很恐怖吗？”

“的确有一些恐怖的章节。你现在先去刷牙吧，然后快点回来。”

#

伊桑背靠床板，借着床头柜上一盏台灯的光芒轻声朗读起来。

第一章还没有读完，本杰明就已经睡着了。伊桑希望他会梦见深入地下的地牢和古老的洞穴，而不是梦见任何跟黑松镇有关的场景。

伊桑放下手中的平装书，关掉了台灯。

然后将毛毯拉上来盖住了儿子的肩膀。

他的一只手轻轻地靠在本杰明背部。

这世上没什么事情比感受着自己的孩子在睡梦中起伏的呼吸更为美妙了。

伊桑仍然难以接受儿子是在黑松镇长大的这个事实，他甚至怀疑自己是不是永远都没法接受这一点。不过在生活中的一些小事上，他还是会试着告诉自己，其实现实中的景况是更好的。就以今天晚上为例，倘若本杰明还生活在从前那个外面的世界，那么当伊桑走进他的卧室时，很可能会发现他正专注地摆弄一部智能手机。

忙着给朋友们发短信。

忙着看电视剧。

忙着玩电子游戏。

忙着上推特和脸书。

伊桑本人丝毫也不怀念这些东西，他不希望自己的儿子在一个人人都整天盯着各种屏幕的世界中成长。在那样的环境里，人与人之间的交流已经演变成了用键盘敲打出来的一行行小字，人们的生活几乎沦为了围着电子设备收到短信或邮件时所发出的提示音打转的地步。

如今在黑松镇，他看到快要进入青春期的儿子用画素描的方式来打发睡前时光。

这样的情形很难让人去抱怨什么。

可是，往后几年本杰明该过怎样的生活呢？这个问题如同重重的石块一般压在伊桑的心头，令他内心抑郁不得舒展。

本杰明对自己的将来又有着怎样的期盼呢?

这里没有接受高等教育的机会，甚至不可能有真正的职业。

从前的日子已经不复存在了——在那时无论你想成为什么样的人，都可以随着自己的心意采取相应的行动，肆意追寻自己的梦想。

属于那已灭绝物种的黄金时代已经过去了。

当人们在黑松镇无法自行找到配偶时，当局常常会设法为他们牵线搭桥，推荐结婚对象。但是不论有没有当局的推荐，人们可以选择的潜在对象的数量也极其有限。

本杰明没法再看到巴黎了。

也没法去游览黄石公园了。

或许永远都不可能尝到坠入爱河的滋味了。

他不会有离开家乡去上大学或者度蜜月的经历。

也不可能在二十二岁的时候仗着优越的身体条件，一时兴起开着车马不停蹄地周游全国。

伊桑对黑松镇的监视系统、怪兽艾比以及虚假的表象文化感到深恶痛绝。

但是真正让他在夜里辗转反侧、思绪万千、无法入眠的原因却是由于他想到了跟儿子有关的事情。本杰明在黑松镇生活了五年，几乎跟他在先前那个世界生活的时间一样长。尽管伊桑一直怀疑黑松镇的成年居民每天都得奋力跟过去生活的回忆抗争，才能在此生活下去，可是本杰明却与他们不同，他差不多可以算作这个小镇以及这个怪异新时代的产物。连作为孩子父亲的伊桑，也对本杰明每天在学校的生活一无所知，他完全不知道学校会教孩子学些什么。皮尔彻派了两名身着便衣的手下整日在学校执行巡逻和监视任务，他们不允许学生家长们踏入校门半步。

#

凌晨三点半，伊桑还没有睡着。

他将妻子搂在怀里。

自己丝毫没有睡意。

特丽萨每次在梦中眨眼的时候，他都能觉出她的眼睫毛在自己的胸膛上上下刷动着。

你在想些什么啊？

这个曾给他们从前的婚姻生活带来过极大困扰的问题，眼下在黑松镇却成了无法碰触的禁区。在他们一家重聚之后的十四天里，特丽萨从未打破过生活表面的假象。当然，她的确是真心欢迎伊桑回家的。重聚的那一刻，一家三口都哭得凄惨而悲痛，可是在黑松镇居住的五年光阴已经让她学会了隐藏内心的想法，并以虚伪的假面示人。她从没问起过伊桑这些年去了哪里，也从未提及他那曲折而动荡的融合过程。他们从未讨论过他怎么会阴差阳错地当上了黑松镇的治安官，也没有谈论过他现在对这当中的内幕究竟知道多少。伊桑觉得特丽萨眼里时常会闪过一丝光芒——看起来她似乎了解他们目前所处的环境，渴望着跟伊桑讨论一些被当局严令禁止的话题，但不得不对自己的这种渴望加以压抑。不过，她就像个专业而称职的演员，从来没有丢下自己应该扮演的角色。

伊桑越来越意识到，住在黑松镇就像是置身于一出精心编排、永不落幕的戏剧里。

每个人都被分配了各自需要扮演的角色。

如果要让莎士比亚来描写黑松镇的情形，他大概会这样写：

这世界就是个大型舞台，置身其中的男人女人们都是演员。他们不断地登场、下场，而且时常需要一人分饰多个角色。

伊桑本人正是一人分饰多角的典型例子。

楼下的电话突然“叮铃铃”地响了起来。

特丽萨犹如装了弹簧似的，迅速从床上坐了起来。她的脸毫无睡意，精神抖擞，面部表情因惧怕而略显僵硬。

“每户人家的电话都响了吗？”她紧张兮兮地问道，声音里全是恐惧。

伊桑下了床。

“不是这样的，宝贝儿。你躺下继续睡觉吧。只有我们家的电话响了，我想应该是找我的。”

#

电话铃声响完第六下之后，伊桑把听筒拿了起来。他穿着宽松的平脚短裤站在客厅里，将电话听筒夹在肩膀和耳朵之间。

“我还以为你不打算接电话了呢。”

皮尔彻的声音从听筒里传了出来，以前他从来都没有拨打过伊桑家里的电话。

“你知道现在几点了吗？”伊桑问道。

“我对吵醒你这件事深表歉意。你查过彼得·麦考尔的监视报告了吗？”

“我已经看完了。”伊桑撒了个谎。

“可你并没有按照我的建议去找他谈谈，对吗？”

“我打算明天一大早就去。”

“不必了。他已经决定今天晚上就离开我们。”

“他出门了吗？”

“是的。”

“也许他只是外出散散步而已。”

“三十秒之前，他的定位信号已经抵达了小镇最南端的道路急转弯，而且还在继续朝南移动。”

“你想让我怎么做？”

电话那头沉默了好一阵，伊桑觉出强烈的挫败感如同取暖器的热源一般在心底扩散开来。

随后皮尔彻平静地说：“你得去阻止他，跟他好好谈谈，让他回心转意。”

“可是我不知道你究竟想让我跟他说什么啊。”

“我知道这是你要应对的第一个逃亡者。别担心你该说些什么，相信你自己的直觉就好了，而且我会旁听你们的对话。”

旁听？

皮尔彻挂断了电话，伊桑耳边只能听到听筒里传来“嘟嘟嘟”的忙音。

#

伊桑轻手轻脚地走上二楼，开始在漆黑的卧室里穿上衣裤。特丽萨仍然醒着，她坐在床上，看着伊桑扎好了自己的腰带。

“一切都还好吗，亲爱的?”特丽萨关切地问道。

“没事儿!”伊桑说，“只是一点工作上的事情需要我去处理一下。”

没错，我只是需要去阻止一个在这月黑风高的夜晚试图逃离我们这一小块世外桃源的邻居而已。这不是什么大事，而在此地发生这样的事也并不奇怪。

伊桑走到床边，亲吻了一下妻子的额头。

“我会尽早回来的。如果一切顺利的话，天亮前我应该就能到家。”

她一句话也没说，只是紧紧握住了伊桑的手，用力地揉捏着，以至于伊桑觉得手上的骨头都被她弄痛了。

#

夜晚的黑松镇如同寂静的仙境。

“蟋蟀”的鸣叫已经止息了。

四周一片寂静，伊桑甚至能听到亮着的街灯所发出的“嗡嗡”声。

还能听到自己的心跳声。

他走到人行道边，钻进了一辆黑色的福特野马越野车。这辆车的车顶装着一排警示灯，车门上印着跟他的胸章一模一样的“WP”字样。

伊桑发动了越野车的引擎。

调好了挡位。

伊桑尽可能慢地将车驶上公路，可是排量高达4.9升的直列六缸发动机所发出的声响实在是大得惊人。

这噪音无疑会吵醒镇上的不少居民。

在黑松镇很少能见到行驶中的汽车——只需步行十五分钟就能从小镇的这一头去到另一头。

更没有人会夜里驾车行驶在小镇的街道上。

黑松镇的汽车，不过是以装饰为目的而存在着的摆设，任何一个被伊桑的野马越野车吵醒的居民都会猜到镇上一定是出事了。

他转了个弯，驶入了主街，然后一路向南行驶着。

驶过医院之后，他打开汽车的远光灯，用力将油门一踩到底，在一条狭窄的道路上疾驰，道路两侧都是高耸入云的松林。

由于车窗是打开的，松林中的寒冷空气便不断地灌进了车内。

他的车行驶在巷子正中央，车轮分跨在双黄线两侧。

他想象着前方不再有弯道，而且汽车很快就要开始爬坡了。

他的车即将驶出这个山谷，离开这个小镇。

他下意识地伸出手去，想要打开车载收音机，找到一个播放经典老歌的电台。从这里开车回到博伊西大约需要三个小时，在伊桑看来，没有什么事比在夜里驾车时放下车窗、听着美妙的音乐更令人惬意的了……在这短短一秒钟的时间里，他恍惚觉得自己仿佛还生活在以往的世界里，那里有许多人过着与他类似的生活，在夜里能看到大城市里的万家灯火，也能依稀听到从远处州际公路上传来的车辆发动机的呼啸，还有在头顶夜空中穿梭的喷气式飞机的轰鸣。

这种错觉令他觉得自己不那么孤单。

尽管他和他的同类正处于种族濒临灭绝的边缘。

越野车的车速表指针指向了七十英里，引擎高声咆哮着。

他飞快地从那块写有“前方有急弯”的路牌旁边经过。

伊桑把脚踩在刹车上，让野马越野车在弯道顶点的紧急停车带上缓缓滑行，直至停下。他关掉引擎，推开车门，把腿从座位上跨了出来。

他脚上靴子的鞋底和路面摩擦着发出了“咯噔”的声响。

他没有关上车门，而是有些迟疑地盯着固定在座位上方的枪架里的那支温彻斯特M1897霰弹枪。他不想带着这支枪，因为它可能会给麦考尔带来困扰。可是他又不愿把枪留在车里，因为自己即将走入一片又黑又可怖的森林，而与之相邻的那个充满敌意的世界则更是恐怖到无以复加的地步。虽然据他所知，通电围栏从来没有出现过破洞，但凡事都有第一次。而且在午夜里不带任何武器进入这片森林实在是对墨菲定律[①]的极大挑战。

于是他坐回驾驶座，打开了汽车的仪表台，将里面的子弹掏出来塞满了自己的口袋。随后他抬手将那支12毫米口径霰弹枪从枪架上取了下来，这把枪有着压动式枪机、胡桃木制成的枪托以及十五英寸长的枪管。

---

① 墨菲定律的主要内容是：如果事情有变坏的可能，不管这种可能性有多小，它总会发生。

伊桑往枪里填入了五颗子弹，并将其中一颗推进了枪膛，接着将击锤扣到半击发位置——对这个漂亮而古老的武器所能采取的安全措施也就只能做到这种程度了。

伊桑将霰弹枪背在肩上，下车来到紧急停车带，继而往森林里走去。

这里的气温比镇上更低一些。

地面上氤氲着一层厚达一米左右的雾气。

清朗的月光照在峭壁上。

树荫下的光线如此暗淡，伊桑不得不掏出了自己的手电筒。

他打开手电筒，往森林深处走去。他尽力让自己的行走路线保持笔直，这样兴许能让他待会儿回来找车的时候不至于迷路。

在伊桑看到实物之前，就先听到了“嗡嗡”的电流声透过浓雾传了过来——像极了延续不断的基础调。

通电围栅的影子在远处若隐若现。

宛如一座横跨整座森林的壁垒。

他渐渐靠近围栅，其上的细节也都尽收眼底。

每隔七十五英尺就有一根二十五英尺高的支撑用的钢管，围栅上布满了导线和电流反向器，导线的直径约为一英寸，上面裹着尖利的刀状铁片。

皮尔彻的团队成员一直就这围栅能否在断电时继续发挥作用而争论不休，他们不确定仅凭围栅的高度和其上的刀片刺网能否将艾比们阻隔在外。伊桑自己的看法是：倘若成千上万只饥肠辘辘的艾比铁了心要进攻的话，几乎没有什么东西能阻挡它们。无论这围栅是否通了电，都将很快被它们突破。

伊桑在离通电围栅五英尺远的地方停下了脚步。

他折断了两根低垂下来的树枝，将它们放在地上摆成了一个大大的“X”形记号。

随后他转向东方，与围栅保持平行地前进着。

向东走了四分之一英里之后，他停下脚步留神细听着。

他能听到持续不断的“嗡嗡”电流声。

还有自己的呼吸声。

以及围栅另一侧有东西在森林里移动的声音。

伊桑听见了踩在地面松针上的脚步声。

偶尔还能听到树枝被踩断时所发出的“啪啪”声。

附近有一只鹿吗?

抑或是一只艾比怪兽?

“治安官?”

这声音像电流般穿过伊桑全身，他下意识地挺直了身子，迅速将扛在肩上的霰弹枪拿下来，并将枪管对准了彼得·麦考尔。

麦考尔站在十英尺之外一棵巨大松树的树干旁，一袭黑装，还戴着一顶黑色棒球帽。他的一侧肩膀上背着一个小小的背包，里面有两个装着水的塑料牛奶壶，当他向前朝伊桑走来时，牛奶壶里的水晃动着发出“哗啦啦”的声响。

麦考尔没有携带任何武器，伊桑只看到他手里握着一根比高龄老者的背脊骨还弯得厉害的拐杖。

“我的天哪！彼得。你大半夜的跑来这里做什么?”

麦考尔笑了笑，不过伊桑从他的笑容中看出了恐惧的神色。“如果我说我只是在这个时候出来散散步而已，你会相信我吗?”

伊桑将手中的霰弹枪放了下来。

“你不应该来这儿的。”

“我听说这片森林里有一道围栅，一直都想过来亲眼看一看。”

“唔，它就在那边。现在你看到了，那我们一起回镇上去吧。”

彼得说：“‘如果我要修筑一道围墙，那么我会先问问自己，我是想将什么关在围墙里面，还是想将什么阻隔在围墙之外。’罗伯特·弗罗斯特曾写过这样的诗句。”

伊桑很想说自己知道这诗句，因为就在几个小时之前他正好在读弗罗斯特的这首诗。

“那么，治安官先生。”麦考尔指着通电围栅说，“你是要将我们关在这围栅里面吗？还是要把什么东西阻隔在围栅之外呢?”

“我们该回家了，彼得。”

“是吗?”

“是的。”

“关于‘回家’这件事，你所说的家是我在黑松镇的房子呢，还是我那位于米苏拉市的真正的家?”

伊桑缓缓朝麦考尔走近了几步，“你已经在这儿住了八年了，彼得。你是这个社区里非常重要的成员，也为黑松镇作出了巨大的贡献。”

“你指的是我在《黑松镇之光》的工作吗？得了吧，那份报纸不过是在瞎扯淡罢了。”

“你的家人都在这里。”

“这里是哪里？这里的一切对我来说有什么意义？我知道有些人在这个山谷里找到了幸福和平静，我也曾使自己相信我也跟他们一样，可是那不过是自欺欺人罢了。几年前我就该采取今天这样的行动，不过那时我不敢诚实地面对自己的心。”

“我知道这一切不容易。”

“真的吗？在我看来，你来黑松镇的时间并不长。而在他们任命你为治安官之前，你一直都奋力逃离这里。那么是什么改变了你？你真的逃出去过吗？”

伊桑沉默着咬了咬牙。

“你想办法翻越到围栅外面去了，不是吗？你看到什么了？是什么让你改变了自己的初衷？我听说围栅外面有恶魔，可那不过是人们杜撰出来的神话故事，对吗？”

伊桑将温彻斯特霰弹枪的枪托放在地上，再将枪管靠在一棵树的树干上。

“告诉我外面有什么。”麦考尔说。

“你爱你的家人吗？”伊桑问道。

“我必须知道真相。你应该……”

“我说你爱你的家人吗？”

麦考尔好像这次才终于听到了这个问题。

“我曾经很爱他们。在我们还是真实的活人时，我爱他们；在我们还能彼此开诚布公地谈心时，我爱他们。你知道吗，这是我多年来第一次真正地与人交谈？”

伊桑说："彼得，这是你最后的机会了。你愿意跟我一起回镇上去吗？"

"你说这是我最后的机会，是吗？"

"没错。"

"如果我不按照你说的做会怎样？镇上每户人家的电话都会响起来吗？你会亲手干掉我吗？"

"围栅外面没有你想要的东西。"伊桑说。

"可我至少能在那里找到我想要的答案。"

"可你获知答案的代价是什么呢？你的性命？你的自由？"

麦考尔苦笑着说："我刚才听到你说……"他边说边指着身后黑松镇所在的大致方向，"自由？"

"我想说的是，回到镇上是你唯一的选择，彼得。"

麦考尔低头看了一会儿地面，随即摇了摇头。

"你错了。"

"此话怎讲？"

"请转告我的妻子和女儿，我很爱她们。"

"我错在哪里，彼得？"

"选择从来都不会只有一个。"

他的表情严肃极了。

看起来似乎迅速做出了一个重大决定。

他以短跑运动员冲出起跑器一般的速度飞快地从伊桑身旁跑过，毫不迟疑地加速前进并撞上了通电围栅。

顿时火花四溅。

围栅上迸出的蓝色电光就像一道道匕首，刺进了麦考尔的身体。

强大的电压将彼得从围栅上猛地弹开，撞在了十英尺之外的一棵树上。

“彼得！”

伊桑跪在彼得身旁呼唤着他，可是他已经死了。

全身布满了被电流灼伤的痕迹。

皮肤起皱。

一动也不动。

浑身发烫。

还冒着烟。

空气中弥漫着毛发和皮肤被烧焦的气味，死者的衣裤上全是一个个仍在阴燃着的小洞。

“其实这是最好的结局。”

伊桑转过身去。

帕姆靠在他身后的一棵大树上，在黑暗中兀自微笑着。

她身上的黑衣与松树下方的黑影融合在了一起，只有眼睛和牙齿尚且清晰可辨。

这时月光正好照在了她的漂亮脸蛋上。

她是皮尔彻忠实的铁杆卫士。

她离开大树，朝伊桑走来，那架势看起来像极了天生的斗士。她的步态如同猫咪般轻盈优雅，有着极为精准的身体控制能力，没有任何多余的肢体动作。尽管伊桑不愿意承认，可他确实对她心存畏惧。

在他过去的特勤局特工职业生涯中，他只遇到过三个纯粹的精神病患者，而他深信帕姆就是其中之一。

她来到伊桑身旁，蹲了下来。

“看起来真是恶心，不过这还真激发了我想要吃烤肉的欲望呢！是不是很奇怪呢？好了，你别担心，你不必清理现场，他们会派专门的团队来处理的。”

“我一点都没为这事儿担心。”

“噢?”

“我只是想到了他可怜的家人。”

“唔，他们起码不用眼睁睁地看着他在大街上被人殴打致死。我们得承认这一点——一旦事情继续往下发展，就会导致这样的结局。”

“我原本还以为我能够说服他呢。”

“如果他是初来乍到的新人，你或许还能说服他。可彼得已经在这里住了八年之久了，而在这个星期之前，在与他有关的监视报告中从来都没有出现过任何异常信息。他就这样突然毫无征兆地带着食物和水在半夜离开了家，可见他的计划已经在心里酝酿好一阵子了。”帕姆看着伊桑，“我听到了你对他所说的话。你能做的也就只有这些了，因为他的主意已决。”

“我本来可以放他走的，也可以把他想知道的答案告诉他。”

帕姆对此嗤之以鼻，“可你还没蠢到那个地步，伊桑。你刚才的言行就证明了这一点。”

“你认为我们有权违背人们自身的意愿，强行将他们留在镇上吗？”

“现在已经没有所谓的人权和法律可言了。剩下的只有强制与恐惧。”

“难道你不相信人权是与生俱来的吗？”

她笑了，“关于这一点，我刚才已经说得很清楚了。”

帕姆站起身来，朝森林里走去。

伊桑在她身后喊道：“谁去通知他的家人？”

“这事儿你不用管。皮尔彻会处理的。”

“那他会怎么跟她们说呢？”

帕姆停下了脚步，转过身来。

她站在离伊桑二十英尺远的地方，身影被树丛遮蔽着，伊桑几乎看不到她。

“我想他喜欢怎么跟她们说就他妈的会怎么跟她们说吧。你还有什么别的问题吗？”

伊桑略略转过头去，看了一眼那支靠在树干上的霰弹枪。

脑子里突然冒出了一个疯狂的想法。

当他再次看向帕姆时，她已消失得无影无踪了。

#

伊桑在彼得身旁待了许久，直到突然想起当皮尔彻的手下来这里收尸时自己可不想继续留在现场，这才挣扎着站起身来。

远离通电围栅的感觉实在是好极了，随着他渐行渐远，围栅发出的电流声也越来越小。

电流声消失了，伊桑在一派寂静中穿越着雾气弥漫的森林。

伊桑心里想着：这可真是件糟糕的事情，然而你却没法找任何人倾诉。你不能告诉你的妻子，也没有真正的知心朋友可以为你分担。唯一能与你分享此事的人是一个自大狂兼精神病患者，而这样的情形还将永远持续下去。

走了半英里之后，他爬上一个小坡，步履蹒跚地走回了街道。他并没有按照自己原本计划的路线走回来，不过他目前所处的地方离那辆野马越野车也不过只有几百英尺的距离。他感到精疲力竭，也不知道现在几点了，只知道自己度过了一个漫长而难熬的白天，紧接着又度过了一个同样漫长难熬的夜晚，此时黎明的曙光已经在东边的天空初显。

他来到越野车旁边，把霰弹枪的子弹取了出来，然后将其放回到车上的枪架里。

他觉得疲倦极了，真想就这么趴在仪表板上沉沉睡去。

麦考尔的身体遭遇电击时所发出的浓重恶臭气味还残留在伊桑身上，恐怕得过好几天才能彻底消散吧。

天亮后的某个时候，特丽萨一定会问他是否一切都好，而他一定会笑着回答："是的，宝贝儿，我很好，你怎么样呢？"

接下来她将用与自己要说的话完全不匹配的紧张眼神看着他，"我也很好！"

他发动了汽车引擎。

心头突然涌起了一股无名怒火。

他用力地将油门一踩到底。

汽车轮胎与柏油路面摩擦着发出了尖厉刺耳的“吱吱”声，车就这么像子弹一样弹射出去。

他转过那道急弯，沿着一条笔直的路朝镇郊驶去。

他每次看到那块广告牌，内心对它的厌恶之情便又加深了一层。广告牌上印着的那家人展露的灿烂笑容和挥手的姿态，令他们看上去像极了二十世纪五十年代情景喜剧中的人物。

在这笑容满面的一家人下面，是一行醒目的文字：

欢迎来到人间天堂黑松镇

伊桑驾车从一道篱笆旁边飞驰而过。

透过副驾驶座位旁的车窗，他看到一群牛正聚集在篱笆另一侧的草地上吃草。

在靠近树林的地方有一排白色谷仓，它们在星光的照耀下略微泛着光。

他将视线转回到正前方的挡风玻璃。

这时野马越野车突然从一个相当大的东西上碾压了过去，在剧烈的颠簸中，方向盘暂时从他手中滑脱开来。

汽车猛地冲向路边的紧急停车带，并继续以六十五英里的时速撞向篱笆。

伊桑赶紧伸手抓牢了方向盘，拼尽全力往回打，他感觉到汽车的悬架系统几乎将两个车轮都向上抬离了地面。仍与地面接触的车轮发出了尖厉的声响，安全带紧紧地勒在他的右侧身体上。

他的胸部和脸都感受到了由高速行驶的汽车突然变向所产生的惯性。

他透过挡风玻璃看到天空中的星星在眼前直打转。

他的脚已经放开了油门，他听不到汽车引擎的声音——在野马越野车翻覆的短短三秒钟时间里，他除了能听到风呼啸着刮过挡风玻璃之外，耳边就别无其他声响了。

车顶最终撞上了路面，发出了振聋发聩的巨大碰撞声。

金属顶篷被撞得凹陷了。

伴随着“嘎扎嘎扎”的声响，玻璃碎了一地。

车轮也爆裂了。

金属顶篷摩擦着地面，火花四溅地滑行了一小段距离。

片刻之后，越野车四轮朝天、一动不动地躺在柏油路面上，其中两个轮胎里还有气，蒸汽透过引擎盖的裂缝“嘶嘶”地直往外冒。

伊桑闻到了汽油味、橡胶烧焦的气味、冷却剂的味道以及血腥味。

由于他先前抓握方向盘时用力过猛，此时他颇费了一番周折才松开了自己的双手。

他仍然被安全带固定在座位上，衬衫上全是玻璃碎渣。他伸出两只手去解开了安全带，在这个过程中他发现自己的双臂能毫无痛苦地活动自如，因而深感安慰。他动了动腿脚，似乎它们也无甚大碍。可是他身旁的车门被卡住了，没法打开，不过门上的车窗玻璃倒是全部碎裂脱落了。于是他跪着用双膝的力量拖着自己的身体，从空空的窗框爬了出来，摔到了路面上。这时候他开始感觉到疼痛了，并不是剧烈的刺痛，而是一种似乎从头部向全身各处蔓延开来、缓缓加增的疼痛感。

他费力地站起身来。

身体有些摇晃不稳。

步履蹒跚。

突然他觉得自己像是要呕吐了，赶紧弯下腰，不过恶心的感觉渐渐平复了下来。

伊桑用手拂掉了残留在脸上的碎玻璃渣，左脸有一道伤口令他倍感疼痛，鲜血源源不绝地从那伤口往外涌，顺着下巴流到了脖子上，随即流进了衬衫里面。

他回过头去看了一眼那辆野马越野车，此时它与双黄线垂直地躺在路上，右侧的两个轮胎都已经爆了，车上的玻璃大多碎成了渣，车身漆面有好些长长的刮痕，看起来就像被猛兽的爪子划过一样。

越野车显然已经报废了，伊桑循着路面上的汽油、机油和其他液体的混合物跌跌撞撞地往回走，他觉得自己看上去很像一名在案发现场循着地面的血迹执行搜寻任务的警探。

他从先前从车顶脱落的警示灯上方跨了过去。

一块后视镜孤零零地躺在路边的紧急停车带上，外壳上的管线还在，看起来如同一只被剜出来的眼睛一般惨兮兮的。

牛群在远处“哞哞”地叫着，它们昂着头，望向发生交通事故的现场。

差不多就在广告牌的正下方，伊桑停下了脚步，看着前方路面上那个几乎害死自己的物体。

它看上去像个幽灵一般，苍白而又一动不动。

他一瘸一拐地走到它面前，原来是一个女人。他没法马上回忆起她的名字，不过他记得自己曾在镇上见过她。此人好像在社区农场颇有些权威。他估摸着这女人大约二十五六岁，留着齐肩的黑色长发，前额有一排刘海。她全身赤裸着，皮肤呈现出一种如同海上浮冰一般的沉静的蓝色，在黑暗中似乎还微微有些发光。她身上布满了许多小洞，从它们的排列方式来看，不像是遭受暴力袭击后留下的痕迹，更像是某种临床医疗器械的作为。他正打算数一数那些小洞的数量，但很快就停了下来——他可不想让那个数字将来一直萦绕在自己的脑海里。她全身上下只有脸部是完好无损的，嘴唇已经完全失去血色，胸口正中有一道又长又深的伤口，看起来像极了一张因吃惊而张开的黑色小嘴。也许这道伤口就是她的致命伤。当然，她身上还有好些别的伤口似乎也能轻易就要了她的命。蹊跷的是，她身上没有一丁点儿血迹。事实上，除了小洞和伤口，她皮肤上唯一的痕迹就只是野马越野车碾过腹部时所留下的明显的轮胎印记。

看到眼前这一幕，伊桑脑子里立刻涌出了一个念头——得立即通知警察。

随即另一个念头又迸了出来：*你就是这镇上唯一的治安警察*。

他们曾讨论过是不是该为他雇用一两名助手，不过这事到现在还没有确定下来。

伊桑在公路边坐了下来。

车祸带来的惊吓已经开始消退，他越来越觉得浑身发冷。

歇息了片刻之后，伊桑站起身来，觉得自己不能任由她待在那里，即便是只待几个小时也不行。于是他伸出双臂将那个女人抱了起来，将她带进了路边的树林里。她的身体不像他所想象的那样冰冷，事实上甚至还有些温热。毫无血色，却仍有暖意——这可真是不可思议。朝树林中走了二十英尺之后，他看到了一丛矮栎树。他钻到树枝下面，轻轻地将她放在一堆落叶上。眼下他没法将她带到别的地方，可又实在不忍心就那么任由她躺在公路上。他将她的两只手交叠着放在腹部，当他伸手准备解开自己衬衫的第一颗纽扣时，发现两只手仍在抖个不停。他一把将衬衫从身上撕开，脱下来盖在她的身上。

然后喃喃说道："我会再回来的，我向你保证。"

伊桑走出树林，回到了公路上。他心里琢磨着自己要不要将野马越野车翻转过来，挂到空挡，然后再将其推到路边的紧急停车带去停稳。可他转念一想，在接下来的几个小时里，应该不会有人开车经过这里，牛奶场也要到明天下午晚些时候才会安排为镇上居民送奶。那么，他只要能确保在那之前把车祸现场清理干净就可以了。

伊桑步行着往镇上走去，前方山谷中黑松镇的一栋栋房子里有无数灯光在闪烁。

一切都是那么平静。

不过却是一种极其虚假的平静。

#

当伊桑走进自己的家门时，天已经快要亮了。

他在一楼浴室的四脚浴缸里用自己能忍受的最烫的水洗了个澡，然后洗净了脸，擦洗掉了身上的血迹。热水缓解了他身体的疼痛感以及眼睛后方的跳痛。

#

伊桑爬上床时，天已经亮了。

床上的被单冷冰冰的，不过妻子的身体倒是暖融融的。

其实他本该先给皮尔彻打个电话的，应该在走进家门之后就立即打电话给他，可是他实在是太累了，以至于没法认真地思考这件事。他极度渴望睡觉，哪怕是只睡几个小时也行。

“你回来了。”特丽萨轻声说道。

他伸出一只手臂抱住了她，将她拉得跟自己更近一些。

当他深呼吸的时候，左侧的肋骨感到有些疼痛。

“一切都还好吗?”她问道。伊桑想到了被高压电烧焦、浑身冒着烟的彼得，以及那个赤裸着身子躺在公路中间的死去的女人。他以一种微弱而口是心非的声音回答着特丽萨的提问。

“是的，宝贝儿。”他边说边将她搂得更紧了，“我很好。”

BLAKE CROUCH

PINES

第三章

当伊桑再度睁开双眼时，差点儿从床上跳起来。

皮尔彻正坐在床尾的一把椅子上看书，听到动静后他抬起头来看着伊桑。

“特丽萨在哪儿?”伊桑问道，“还有我的儿子去哪儿了?”

“你知道现在几点了吗?”

“我的家人呢?”

“你妻子去上班了，现在是她的上班时间。本杰明在学校。”

“你来我卧室干什么?”伊桑问道。

“现在已经是下午了，可你却没去上班。”

伊桑闭上双眼，抵御着一阵来自颅骨底部的压迫感。

“你昨晚遇到了很多事吧?”皮尔彻说。

伊桑伸手去拿放在床头柜上的水杯，他感觉全身肌肉都很僵硬，行动极不顺畅，就像自己的身体在碎成了千百个碎块之后又被胡乱地拼接了起来。

他喝干了杯里的水。

“你找到我的车了?”

皮尔彻点了点头，“你应该能想象得到我们是多么地为这事担心和着急。广告牌附近没有安装任何监视器，所以我们不知道那里究竟发生了什么，我们看到的只是结果而已。”

透过窗户射进来的阳光非常刺眼。

伊桑不由得眯起了眼睛。

他注视着皮尔彻，但认不出后者手里拿着的是什么书。皮尔彻穿着牛仔裤、白色牛津纺衬衫和灰色的毛线背心。这个男人总是以这样一种令居民们都相信他是住院精神病医生的温和而低调的打扮出现在镇上，伊桑猜测今天他和帕姆很可能要见到病人吧。

伊桑说："彼得·麦考尔出事之后，我便开车返回黑松镇。我想你应该已经听说了关于他的事情了吧？"

"帕姆已经告诉我了。真是个悲剧。"

"当我开车经过牧场时，我有些分神，看了一眼那里的情形。我把头转回来，猛地发现路中央躺着个很大的东西，我来不及作出任何反应就撞了上去，方向盘从我手中滑脱了。我用力想把方向盘打回来，结果越野车又翻了。"

"你的车损毁得很严重。你能活下来实在是太幸运了。"

"我也觉得。"

"那么躺在路上的东西是什么，伊桑？我的手下在现场除了找到一些从越野车上脱落下来的碎块之外，并没有发现别的东西。"

伊桑不知道皮尔彻是不是真的不知情。躺在路中央的那个女人，有可能是一名"漫游者"吗？镇上有传闻说，一些居民发现了安装在自己体内的芯片，于是设法将其取了出来。他们知道何处装有监视器，同时也知道监视器的监测盲点在哪里。他们白天会将自己的芯片随身携带，不过偶尔会在夜晚将芯片放在自家床上，然后离开家门去外面不受监控地闲逛。听说这些人为了不让监视器拍到自己的脸，总是穿着连帽外套以便随时用帽子遮挡脸部。

“你可真让我感到不安。”皮尔彻边说边从椅子上站了起来，“我只是问了你一个如此简单，以至于你压根儿不需要任何思考就能立即作答的问题，可我却清楚看到你在为该如何回答这个问题而绞尽脑汁地思索。莫非是车祸的刺激令你的头脑变得迟钝了吗？所以你才迟迟不肯回答我的问题？可是，为什么我分明从你的眼睛里能看出你的大脑在飞速运转呢？”

他一定是知情的，只是在试探我罢了。或者也许他只知道那个女人躺在路中央，却不知道我后来把她放到哪儿去了。

“伊桑，你听到我说话了吗？”

“路中间躺着一个女人。”

皮尔彻把手伸进上衣口袋，掏出了一张钱包大小的照片。

他把这张照片举到伊桑眼前。

是她！照片可能是被人偷拍的，照片上的她笑容可掬地看着镜头以外的某个东西或某个人，一副心神活泼的样子。照片的背景比较模糊，不过从颜色来判断，伊桑认为照片应该是在社区农场拍摄的。

伊桑开口说道：“没错，就是她。”

皮尔彻脸色一沉，将照片放回到自己的口袋里。

“她死了吗？”他的语气听起来颇有些颓丧和失落。

“她身上有被利器刺伤的痕迹。”

“在哪里？”

“全身上下都有。”

“你是说她受到过酷刑折磨?”

“看起来是那样的。”

“她现在人在何处?”

“我把她从路中间移开了。”伊桑回答道。

“为什么?”

“因为我觉得不应该让她全身赤裸着留在那里让别人看到。”

“那她的尸体现在在哪儿?”

“在广告牌对面的一片矮栎树丛中。”

皮尔彻在伊桑的床上坐了下来。

“这么说，你把她的尸体藏好之后便回到了家里，然后上床睡觉?”

“在睡觉之前我还先洗了个澡。”

“这倒是很有趣的做法。”

“相对于什么而言呢?”

“立刻打电话向我汇报你所遇到的情况!”

“可那时我已经连续二十四个小时没合眼了，而且全身上下都疼痛不已。我只是想先睡上几个小时，然后等我起床之后就第一时间打给你。”

“好的，好的。我很抱歉对你起疑心，不过伊桑，你要知道这是一件非常重大的事情。黑松镇以前从来没有出现过谋杀案。”

“你指的是未经批准就进行的谋杀吧。”

“你认识这个女人吗?”皮尔彻问道。

“我以前在镇上跟她打过几次照面，不过我好像从来没跟她说过话。”

“你有读过她的档案吗?”

“说实话，没有。”

“那是因为她根本就没有档案，至少没有你能获取得到的档案。她为我工作，奉命派去执行一项秘密任务，本该在昨天深夜时回到基地的。可是，她却一直未能露面。”

“她如何为你工作呢？是做间谍吗?”

“我在镇上安插了一些手下做卧底，只有这样我才能随时掌握黑松镇的实际状况。”

“这样啊，那你安插了多少人呢?”

“这并不重要。”皮尔彻拍了拍伊桑的大腿，“别摆出一副受到冒犯的样子了，伙计，其实你也是他们当中的一员。快穿好衣服到楼下来，我们喝点咖啡继续聊。”

#

伊桑穿着刚洗净、熨好的治安官制服走进了楼下的厨房，这里弥漫着咖啡的香味。他在厨房中央炉灶台旁的一把椅子上坐下，看着皮尔彻把咖啡机里的玻璃瓶取出来，然后将瓶里的咖啡倒入两个陶瓷杯子里。

“你喜欢黑咖啡，对吗?”

“是的。”

皮尔彻将两杯咖啡放在砧板上。

他说：“今天早上我收到了一份监视报告。”

“是谁的?”

“你的。”

“我?”

“昨天你在你家二楼爆发出小小的不满情绪，这引起了我手下一名分析师的注意。”

皮尔彻伸出了自己的中指。

“这样就会有人向你打报告?”

“任何人在任何时候做出了任何奇怪的事情，都会有人向我汇报。”

“你的手下偷窥我和我妻子的亲密行为，而你认为我对此感到生气是奇怪的事?”

“监视人员偷看夫妻间的亲密行为是被严格禁止的，这个你应该知道。”

“但他们却可以看我们事后没穿衣服躺在床上的画面!”

“你竟然朝摄像头示意。”

“特丽萨并没有看到我的这个举动。”

“可万一被她看到了怎么办?”

“难道你认为还会有人在这镇上待了超过十五分钟的时间，却不知道自己正受到持续而严密的监视?”

“不管他们是否知道、是否怀疑，我都不在乎。只要他们继续保守秘密并遵守我们的规定就行。我们的规定包括不要故意对着摄像头做出任何动作。”

“当我知道床上方的天花板里有个摄像头时，要跟妻子发生亲密行为有多么艰难，这你知道吗?”

“这我不在乎。”

“戴维……”

“你的行为是违反规定的，而你心里也清楚知道这一点。”他的声音里第一次饱含着怒气。

“好吧。”

“你得向我保证这样的事情不会再发生了，伊桑。”

“我向你保证，这样的事情不会再发生了。不过，别让我逮到你的分析师们偷窥我们在床上的亲密行为，否则我饶不了他们。”

伊桑咽下了一大口热腾腾的咖啡，喉咙有些灼痛。

“你感觉怎么样，伊桑？你看起来精神不大好。”

“我觉得不太舒服。”

“那我认为首先我们得送你去医院。”

“上次我待在你们的医院时，那里的每一个人都想杀了我。我想我还是自己挺过去比较好。”

“那随你的便吧。”皮尔彻喝了一口咖啡，面露苦相，“这咖啡的味道还不算太糟，不过我有时候还是会想，我甚至愿意用一切去换取在欧洲的某间户外咖啡馆喝上一杯意式浓缩咖啡的机会。”

“噢，得了吧，你喜欢的就是当下。”

“你说我喜欢什么，伊桑？”

“你喜欢你在这里创造的一切。”

“哦，那是当然的，黑松镇是我一生的心血。可这并不意味着我对从前那个旧世界就不再有一丝一毫的留恋了。”

他们一起喝着咖啡，气氛略微轻松了些。

皮尔彻终于再度开口说道："她是个优秀的女人，非常了不起。"

"她叫什么名字？"

"阿莉莎。"

"在我告诉你之前，你并不知道她身在何处。这是不是表明她的身上没有被植入芯片？"

"我们允许她可以自行将芯片取出来。"

"看来你一定相当信任她。"

"是的，我对她没有丝毫的怀疑。你还记得我跟你提起过的那个秘密组织吗？"

"你是说'漫游者'？"

"我派她潜入那个组织内部。那些人都将体内的芯片取了出来，他们常常在夜里聚会。我不知道他们的聚会地点，不知道参加聚会的人数，也不知道他们彼此之间是通过什么方式联络的。我不能让她带着芯片去做卧底啊，否则他们会立马干掉她的。"

"所以她成功混入了他们的组织内部？"

"昨天晚上应该是她第一次去参加他们的聚会。她本来可以见到组织的所有成员的。"

"他们经常聚会吗？这怎么可能啊？"

"我也不知道他们是如何做到的，不过他们显然知道我们的监视系统有什么弱点，并对其进行了破解。"

"那么，你认为是这个组织的成员杀害了阿莉莎？"

"这正是我想让你去查清楚的。"

“你想让我去调查这个秘密组织？”

“我想让你接手阿莉莎的工作。”

“可我是众人皆知的治安官啊，他们绝不会接纳我的。”

“由于你的融合过程颇为曲折，我想镇上还有好些人不完全确定你目前所处的立场。只要你用合宜的方法去推销自己，那么他们也许还会将你视为组织的宝贵资产。”

“你真的认为他们会信任我？”

“我想你的老同事应该会。”

此言一出，厨房里顿时陷入了一片死寂。

只能听见冰箱的压缩机在“嗡嗡”地鸣响着。

远处孩子们嬉笑打闹的声音透过一扇敞开的窗户传了进来。

他们正高喊着：“轮到你了！”

伊桑开口问道：“凯特是‘漫游者’的成员吗？”

“凯特是阿莉莎的联络人，正是她教会阿莉莎如何把追踪芯片取出来的。”

“你想要我怎么做？”

“谨慎地去跟你的旧情人接触，然后告诉她你并不是真的站在我这一边。”

“这个组织里的人知道些什么？还有，他们想要的是什么？”

“我相信他们什么都知道。他们曾越过通电围栅看到外面的世界。他们想要施行统治，现在正在非常积极地招募新成员。上一任治安官就职期间，他们曾三次试图夺取他的性命，而他们很可能已经在计划对你做出同样的举动了。我想让你去把他们组织的情况都调查清楚，这是你当前最紧迫的任务。我会为你提供一切所需的资源，而且你也可以不受任何限制地使用我们的监视系统。”

“你为什么不安排手下在暗中把这件事处理掉呢?”

“阿莉莎的死对我们来说是一个重大打击，目前基地里有许多人都没法理智地思考，所以我才把这个任务交给你一个人来完成。我希望你能明白这当中的利害关系，无论你个人对我管理黑松镇的方式有何感想——你曾将其明确地表露了出来——但我的方式终归是最有效的。民主制度在这里绝对行不通，如果事情搞砸了，那么后果将不堪设想。在这一点上，你应该赞同我的看法吧?”

“没错。你是最仁慈的独裁者，只是偶尔会举办一两次屠杀大会。”

伊桑原以为这话会令皮尔彻发笑，可后者却只是静静地望着炉灶台的对面，任由咖啡的热气升腾起来笼罩着自己的脸。

“我是跟你开玩笑的。”伊桑说。

“你会跟我合作吗?”

“我会。不过我想告诉你，我曾经和凯特一起共事了好几年，她绝不会成为杀人凶手。”

“恕我直言，你和她是在以前的那个世界里共事。如今她已经是跟过去完全不一样的人了，伊桑。她是黑松镇的产物，你根本不知道她现在能做出什么样的事情来。”

第四章

特丽萨看着手表的秒针走过了数字“12”。

现在是下午三点二十分。

她将办公桌收拾干净之后，拿起了自己的手提包。

办公室的砖墙上贴着许多几乎没人看过的房地产宣传单。她很少用到打字机，也极少接到咨询业务的电话。在绝大多数的工作时间里，她都是在看书，有时想想家里的事，偶尔也会想想自己在从前那个世界里所过的生活。

自打来到黑松镇之后，她就时常在想这是不是自己死后的世界。不管怎么说，至少眼下这一切是她离开自己所熟悉的世界之后的全新人生。

她离开了西雅图。

离开了从前那份律师助理工作。

离开了几乎全部的亲戚朋友。

离开了一个自由的世界，那是一个虽然错综复杂、充满不幸，但却合乎情理的世界。

她已经在黑松镇住了五年，在这期间老了不少，其他人也是如此。她周围的人有些死了，有些失踪了，有些被残忍地杀害了。这里还是有婴儿出生，这一点与她以前听过的任何一种人死后的世界都不一样。不过，话又说回来，谁知道该对这个与正常世界截然不同的地方抱有何种期待呢？

在这里住得越久，她越是感觉这里更像监狱，而不是人死后的世界。但是，其实这两者之间也并没有太大的差别。

她就像被终身监禁在一个神秘而美丽的地方。

在这里，人们不仅身体被囚禁，心灵也被禁锢了，后者尤其令人倍感孤独。不能将自己过去的生活告诉别人，不能向任何人坦言自己内心的真实想法和内在的恐惧感，也不能和另一个人成为真心朋友。当然，在极其罕有的时刻，她会和某个人——哪怕是陌生人——四目相对较长时间，在这样的眼神交流中，彼此都能从对方眼里觉出内心的纷乱。

其中还充满了恐惧、绝望和困惑。

在那样的时刻，特丽萨起码还能感觉到来自人类的温情，也觉得原来自己并不是全然孤独的。她最受不了的是虚假伪善的人际关系，人们没话找话，牵强地谈论着天气，谈论着社区农场最近的收成，还谈论着当天的牛奶这么迟才送来镇上的原因……谈论着一切肤浅而毫无意义的话题。在黑松镇，人与人之间永远只存有浅薄而勉强的闲聊。她在自己的融合期所遇到的最大障碍就是自己实在是难以适应人与人之间的交流只能局限于这种肤浅的层面。

不过，在每个月的第四个星期四，她都可以提前下班，然后让自己的身心在接下来的一小段时间里得到一些放松和舒展。

#

特丽萨锁好了身后办公室的门，走上了人行道。

此时街道很安静，不过在黑松镇这是再正常不过的情况。

每一个午后街道都很安静。

她沿着主街往南走，蔚蓝的天空万里无云，空气中没有一丝风，街上一辆汽车也看不到。她不知道现在是几月份——在黑松镇人们只数算星期和小时——不过她隐隐感觉现在大概是8月末或9月初。她从此刻的空气和阳光中体会到一种季节正在更替的感觉，便估摸着夏天就要结束了。

空气中有着夏季的温暖，阳光却如同秋日一般灿烂中带着些许柔和。

山坡上的山杨树叶刚刚开始转黄。

#

医院的大厅里空无一人。

特丽萨乘坐电梯上到三楼，走出电梯进到走廊时她看了看手表。

还差一分钟到三点半。

这条走廊相当长。

特丽萨走在黑白相间的格子砖地面上，听到头顶的一盏盏荧光灯发出“嗡嗡”的声响。特丽萨走到走廊中段以后，在一扇没有任何标识的门前停下了脚步。门是关着的，外面摆放着一把椅子。

她在椅子上坐了下来。

在她坐着等待的过程中，头顶的荧光灯声响似乎变得越来越大了。

身旁的门突然打开了。

一个女人从门里走了出来，低头朝特丽萨微笑着，露出了一口整齐洁白的牙齿。这个女人的脸蛋很漂亮，但却给特丽萨一种冷漠而孤傲的距离感。透过这张脸，根本看不进她的内心世界。她的眼睛比特丽萨还更绿，头发在脑后扎成了一个马尾。

特丽萨开口说道："嗨，帕姆。"

"你好，特丽萨。请进来吧。"

#

房间里的陈设布置既简单又朴素。

四面白色墙壁上没有任何画作或照片作装饰。

这儿不过只有一把转椅、一张桌子和一部皮革躺椅而已。

"请躺下吧。"帕姆指着躺椅，以一种安抚的语气说道，可她的声音听起来却略微有些机械化。

特丽萨躺了下来。

帕姆坐在转椅上，很优雅地跷起了二郎腿。她穿着白大褂，下身穿了一条灰色裙子，戴着一副黑框眼镜。

她说："很高兴再次见到你，特丽萨。"

"我也是。"

"你近来还好吗？"

"应该还好吧。"

"在我印象中，你丈夫回家之后，这还是你第一次跟我见面，对吧？"

"你说得没错。"

"看到他回来了，你一定很开心吧？"

“确实非常开心，也有些吃惊。”

帕姆从胸前的口袋里抽出一支圆珠笔，摁了一下笔尾的按钮，笔芯“咔哒”一声弹了出来。她将转椅移到桌子跟前，将手中的圆珠笔放在桌面上一个顶部以潦草的字迹写着“特丽萨”的便笺簿上，随即说道：“我觉得你的话似乎还没说完，是吗？”

“也不是啦。只是我们毕竟有五年时间没在一起，而这中间发生了好多好多事情。”

“所以现在你觉得自己好像是在跟一个陌生人一起过日子？”

“我们之间有些生疏和尴尬，而且我们不能坐下来好好谈一谈关于黑松镇的种种事情，以及我们目前所处的这种极不正常的状态，因为这是不被允许的。在长久的分别之后，他突然回到了我的生活中，而我们又被期望要像一个完美的家庭一样运作。”

帕姆用圆珠笔在便笺簿上做着一些记录。

“你认为伊桑适应得怎么样？”

“对我吗？”

“对你，对本杰明，对他的新工作，对所有的一切。”

“我也不清楚。就像我刚才所说的，我们不能彼此沟通。按照规定，我只能对你说心里话。”

“你说得没错。”

帕姆把转椅转了回来，再次面对着特丽萨。

“你有发现自己对他知道什么事情而感到好奇吗？”

“这话是什么意思呢？”

“你应该知道我在说什么。伊桑原本是一场‘庆典’的主角，但他却成了黑松镇有史以来第一个从中逃脱的人。你想不想知道他是否成功逃到镇外去了？想不想知道他看到了什么？想不想知道最终他为什么又回到了这里？”

“可是我绝对不会去问他这些问题。”

“可是你心里想过这些事情。”

“我当然想过。他给我的感觉，就好像是死去之后又再次复活过来似的。对于一直困扰着我的那些问题，他那里肯定是有答案的，不过我绝对不会去问他。”

“这些日子你和伊桑有过亲密行为吗？”

特丽萨抬起头来看着天花板，觉得脸颊直发烫。

“是的。”

“几次？”

“三次。”

“你感觉如何？”

这他妈的不关你的事啊！

可特丽萨嘴上还是回答道：“前两次感觉不怎么好，不过昨天那次就好多了。”

“你高潮了吗？”

“什么？”

“这没什么好害羞的，特丽萨。你在做爱时能否达到高潮，其实反映了你的心理状态。”帕姆干笑了一下，“当然也可能与伊桑的技术有关系。我作为你的心理医生，有必要了解这些情况。”

“是的。”

“是吗？这么说你达到过一次高潮了？”

“是的，就在昨天。”

特丽萨看到帕姆在纸上画了一个圆圈，然后在圆圈旁边画上了一个笑脸符号。

“我很担心他。”特丽萨说。

“你是说你丈夫吗？”

“他昨天半夜接了个电话，很快就出门了，直到黎明才回来。我不知道他夜里去了哪里，我也明白我不能去问他。我猜他有可能是去追赶某个试图逃离黑松镇的居民。”

“你自己有想过要离开小镇吗？”

“我已经好几年没有这样的想法了。”

“为什么呢？”

“刚开始的时候，我确实很想离开这里。那时我觉得自己仍然还活在原来的世界，而这个小镇不过是那个世界里的一座监狱或试验基地而已。可奇怪的是，我在这里住的时间越长，就越觉得这个小镇其实还挺正常的。”

“你觉得哪些方面很正常呢？”

“比方说我不知道自己为什么会来到这里，不知道这个小镇的真正面目，也不知道镇外究竟有什么。”

“那你为什么会觉得这里越来越正常？”

“也许是因为我逐渐适应了这里的生活方式吧，或者是因为我选择了随遇而安，总之我发现这个小镇虽然奇怪，但这里的生活跟我从前所过的生活其实也并没有太大差别。当我以客观的态度，心平气和地将两者进行对比时，我便意识到其实在我原来所居住的那个世界里，人与人之间的交往也仅限于极为肤浅的层面。从前我在西雅图一家专为保险公司提供法律服务的律师事务所担任律师助理的工作，我们致力于帮助保险公司以合法手段推卸理赔责任。在黑松镇，我整天坐在办公室里，几乎没有机会同任何人交谈。同样都是没有意义的工作，可我在这里所做的工作起码不会对别人造成伤害。我从前生活的那个世界里充满了我不能理解的谜——关于宇宙，关于上帝，以及我们死后的情形。这里也有许多我无法理解的谜团，同样的生老病死，同样的人性弱点……一切都在这个小山谷里正常进行着。”

“那么，你的意思是说，这两个世界里的一切都互相关联，对吗？”

“或许是这样吧。”

“你认为这里是人死后的世界吗，特丽萨？”

“其实我压根儿都不知道人死后是怎么个情形。你知道吗？”

帕姆只是笑而不语。特丽萨看得出来她的笑容很敷衍，当中没有一丝安慰的成分，那不过是一张虚假的面具而已。此时此刻，特丽萨的脑子里又再度浮现出了那个曾不止一次给她带来困扰的问题——*我将所有秘密都向这个女人吐露，可她究竟是谁呢？*从某种程度上看，对着一个陌生人袒露心扉是极其危险的事情，可是特丽萨觉得自己实在是需要一个能正常交流的人。这愿望实在是太强烈了，容不得她瞻前顾后地考虑太多。

特丽萨说：“我想我不过是将黑松镇的生活视为我人生中的一

个新阶段吧。”

“对你来说，最难应付的事情是什么？”

“你是针对住在这里而言吗？”

“是的。”

“希望。”

“希望？具体是什么意思？”

“我常常问自己：为什么我要呼吸？为什么我要继续活下去？我想，对每一个常年居住在这里的人来说，这都是一个最难回答的问题。”

“那么，你自己的答案是什么呢，特丽萨？”

“为了我的儿子，为了伊桑，为了找到一本好书，为了好吃的奶油。可是在这里的希望跟从前那个世界并不一样，这里没有我梦寐以求的豪宅，也没有彩票。过去我常常梦想着要去法学院深造，然后开一家属于自己的律师事务所。我希望自己能功成名就，名利双收。我还希望退休后能和伊桑一起搬到有着碧蓝色大海和白色沙滩的温暖地区，还希望那里永远不会下雨。”

“那你的儿子呢？”

特丽萨没想到她会这样问，这个简短的提问给她的内心带来了极大冲击。

她原本盯着天花板看的双眼顿时噙满了泪水。

“本杰明的未来是你最大的希望，对吗？”帕姆问道。

特丽萨点了点头。在她眨眼的时候，两行热泪从她的眼角滑落出来，顺着她的脸颊往下流。

“你想看到他的婚礼吗?”帕姆继续问道。

“是的。”

“你希望他拥有一份令他快乐，同时也让你引以为傲的成功事业，对吗?”

“我希望他拥有的还不止于此。”

“这话是什么意思?”

“正如我们刚才所谈论的——希望。我是多么地渴望他能怀着希望而生活，可是他却永远都不会明白希望是什么。黑松镇的孩子们无法对自己长大后要做什么立下志愿，他们也无法怀揣将来要去国外哪个地方旅游的梦想。”

“你有没有想过，也许你所谓的‘希望’本身，或者至少说你对‘希望’的构想，其实是你过去所生活的世界遗留下来的毫无意义的产物?”

“你的意思是说你们来到这里之后就放弃希望了吗?”

“不，我的意思是我们应该活在当下。你要知道在黑松镇这个地方，能活下来就已经是值得高兴的事情了。我们之所以呼吸，就是为了要活下去。你要试着去爱日常生活中所经历的每一件小事，去欣赏这里的美好自然风光，并珍惜你儿子跟你说话的声音。本杰明会在这里长大成人，并且一直幸福地生活下去。”

“这怎么可能?”

“你有没有想过，你儿子对幸福的定义也许跟你那来自从前世界的观念是不一样的？毕竟，他是在一个倡导我所说的‘活在当下’观念的小镇里长大的。”

“这个观念实在是太狭隘了。”

“那么你也可以带着他离开这里啊。”

“你是认真的吗？”

“是的。”

“可我们会被杀掉。”

“不过你们兴许也能顺利逃出去。有些人的确离开了，再也没有回来。其实你心里是不是在暗暗担心，虽然你认为黑松镇的一切都是那么地不如人意，可是镇外的世界会不会比这里还糟一百万倍呢？”

特丽萨伸手抹了抹眼角的泪水，“是的。”

“好了，我们再来谈谈最后一件事。”帕姆说，“你有没有跟伊桑谈及他回到镇上以前所发生的事？唔……我指的是……你们的生活情况。”

“当然没有啊。他回来才不过两个星期而已。”

“你为什么对此避而不谈呢？”

“我为什么要跟他谈这个？”

“难道你不认为这是你丈夫有权知道的吗？”

“那只会带来伤害。”

“可你儿子也许会告诉他。”

“本杰明不会说的，我们已经就此达成了共识。”

“上次你来我这儿的时候，我让你对自己的沮丧程度用一到十分来做一个评分，当时你选择了七分。那么今天你感觉怎么样呢？你觉得比上次更好、更糟还是一样呢？”

“跟上次一样。”

帕姆打开一个抽屉，从中取出了一个白色小瓶子，特丽萨听到了药丸在瓶子里晃动的声音。

“你一直都按时吃药吗?”

“是的。”特丽萨撒了个谎。

帕姆将药瓶放在桌子上，“这药的服用方法和先前一样，每天睡前吃一颗。药物数量足以维持到我们下次见面的时候。”

特丽萨坐了起来。

此时她的感觉跟以往与帕姆结束谈话时一样——身心俱疲。

“我能问你一件事吗?”特丽萨说。

“当然可以。”

“我猜你应该和许多人谈过话，也听过每个人埋藏在心底的恐惧感。这个地方终有一天会给人像家一样的归属感吗?”

“我不知道。”帕姆边说边站起身来，“这完全取决于你自己。”

BLAKE CROUCH

PINES

第五章

医院的太平间设在地下室东翼尽头，两扇不带玻璃窗的门使之跟其他房间区隔开来。

伊桑赶到之前，皮尔彻的手下已经先行将尸体运过来了，此时有两个人正站在太平间门口，他们都穿着牛仔裤和法兰绒衬衫。个头较高的那一个是皮尔彻的保安队长，此人具有北欧人所特有的外貌特征，看起来明显有些心烦意乱。

“谢谢你们带她下来。”伊桑一边问候，一边从他们身旁走过，并用肩膀推开了太平间的一扇门，“你们不用在这里等。”

“我们接到的命令是让我们一直等在这里。”留着一头金发的保安队长回答道。

伊桑走进去之后，顺手把门推过去关上了。

这里弥漫着太平间所特有的气味，防腐剂也无法完全掩盖住浓郁的死亡气息。

地上铺着的白色地砖脏得厉害，几乎已经无法辨认出其原本的色泽。地面略微朝着房间中央的大排水孔凹陷。

阿莉莎的尸体一丝不挂地躺在不锈钢解剖台上。

解剖台后面的水槽正在漏水，“滴滴答答”的滴水声在太平间的各面墙之间回荡着。

伊桑从前只来过这个太平间一次，那时他就不喜欢这里，现在又多了一具尸体，就更令他厌恶至极。

这里一扇窗户都没有，除了解剖台上的检验灯之外，房间里别无其他光源。

伊桑站在解剖台旁边，看到四周位于检验灯照射范围之外的区域全都一片漆黑。

除了先前就听到的滴水声之外，水槽旁边靠墙摆放着的六屉尸体冷藏柜也发出“嗡嗡”的声响。

其实伊桑并不知道自己到底在干什么。他根本就不是验尸官，可皮尔彻却坚持要他来这里对阿莉莎的尸体做一番检验，并提交相应的验尸报告。

伊桑将头上的斯泰森毡帽取了下来，放在了水槽上方用来称量器官的秤盘上。

他抬起一只手，握住了检验灯的支架。

在检验灯的强光照射下，阿莉莎身上的伤口看起来既干净又整齐，没有任何一个切口是粗糙的。她浑身上下布满了许多伤口，看起来就像一个个黑色的小嘴巴。

女尸的皮肤呈现出一种类似被烧伤的颜色。

他逐一仔细检查着女尸四肢上的刺痕。

明亮的检验灯无情地照着解剖台上的尸体，伊桑越来越难以想象她曾经就是那个活生生的阿莉莎。

他将她的左臂抬起来，仔细察看着她的左手。她的指甲缝看起来黑乎乎的，可能是泥土，也可能是血污。他脑子里浮现出了一幅惨状：她伸出双手绝望地按压着浑身各处的伤口，想要止住不断涌出的鲜血。

可是，除了头发里有一些橡树叶的残片之外，她全身各处都非常干净，这又该如何解释呢？为什么她的皮肤上看不到一滴血，甚至连一丝血痕都没有？当他在路中央发现她的时候，也没看到尸体所在之处有任何血渍。很明显，她是在被人杀死之后才被扔弃到马路上的。杀害她的人为什么要抽干她的血？是为了在搬运尸体的过程中不留下血迹吗？还是出于其他更为险恶的目的？

随后伊桑又检查了她的右臂。

以及双腿。

尽管心里并不愿意，但他还是将检验灯照向了她两腿之间的部位。

以他未曾接受过专业培训的眼光来看，那里看不到任何能表明死者生前曾遭受过性侵犯的皮外伤或瘀伤。

由于他想尽可能以轻柔的动作对待她的尸体，所以试了三次才成功地将其翻了个面。

在这个过程中，她的两只手臂与金属解剖台碰撞，发出了“哐当”的声响。

他伸手拂掉了她背部的碎石和尘土。

她的左腿后侧有一个新近愈合的疤痕。

他猜测那是她取出芯片时所留下的。

他推开检验灯的支架，在解剖台旁边一把可调节高度的不锈钢凳子上坐了下来。看着躺在冰冷台面上的阿莉莎——全身赤裸、饱受屈辱——他不禁思绪万千。

伊桑在黑暗中静静地思考着：*这一切是不是真的是凯特干的？*

过了一会儿，他起身朝门口走去。

伊桑走出了太平间的大门，皮尔彻的两名手下一看到他便立即停止了交谈。他对金发的高个子保安队长说：“我能跟你谈几分钟吗？”

“去那里面？”

“是的。”

伊桑推开门，让保安队长走进了太平间。

“你叫什么名字？”伊桑问道。

“艾伦。”

伊桑指了指那把凳子，“请坐下吧。”

“你这是要干吗？”

“我想问你几个问题。”

艾伦一脸疑惑，“我接到的命令是把她带到这儿来，然后在你完事之后再把她放进冷藏柜里，仅此而已。”

“唔，可我还没完事啊。”

“没有人告诉过我还需要回答什么问题。”

“别再拗了，快坐下吧。”

这个叫艾伦的男人却丝毫也没有坐下的意思，他比伊桑高出整整四英寸，胸膛宽厚而且结实无比。伊桑能感觉到自己的身体已经做好了打架的准备，心跳加速，脑子里不由自主地开始盘算该如何出手发动攻击。其实他并不想先行出手，可是他心里清楚知道，倘若自己不赶在艾伦尚未来得及反应过来的时候就迅速出招打败对方的话，那么自己想要胜过这战神般人物的希望就愈加渺茫了。

伊桑咬了咬牙。

就在他准备用脚蹬地冲上前去，然后将额头撞向艾伦脸颊的时候，艾伦却转了个身，一屁股在那把凳子上坐了下来。

“我先前接到的命令中可没有这一条啊。”艾伦说。

“你的老板戴维·皮尔彻授权我可以动用一切方法、利用所有资源来查明凶手是谁。你也希望我能查出凶手，不是吗？”

“我当然希望如此。”

“你认识阿莉莎吗？”

“认识。毕竟洞穴基地里的成员只有一百六十个人。”

“这么说，你们团队成员之间的关系很密切咯？”

“非常密切。”

“你知道阿莉莎在黑松镇的活动吗？”

“知道。”

“你们俩走得很近，是吗？”

艾伦呆呆地注视着解剖台上的尸体，下巴的肌肉略微有些抽搐起来——看上去是愤怒和悲伤使然。

“你和她上过床吗，艾伦？”

“不然你认为当一百六十个人处在一个每天都得近距离接触的环境里，并且知道自己是这地球上仅存的人类时，他们会做些什么？”

“你们所有人都彼此发生关系？”

“你猜对了。我们就像是住在山里的大家庭。我们当中也死过一些成员，死去的人大多数都是逃跑之后被怪兽吃掉的，可是从来没有人被谋杀。”

“阿莉莎的死令你们所有人都震惊不已，对吗？”

“是的，我们的心情没法平复下来。你也知道，这正是皮尔彻安排你来调查这件事的唯一理由。他明令禁止其他人插手调查她的死。”

“他怕你们会私自采取报复行动？”

艾伦嘴角露出了一丝不易察觉的凶暴笑容。

“也许你还没想过，只要我带着十名持械手下冲到镇上去，就能带来一场多大的血雨腥风？”

“你心里清楚知道，并不是每一个黑松镇居民都应该对她的死负责。”

“所以，正如我先前所说，皮尔彻让你来执行调查任务是有理由的。”

“跟我说说阿莉莎生前的工作任务。”

“我只知道她住在镇上，其余的细节我确实不了解。”

“你最后一次见到她是在什么时候？”

“是前天晚上。阿莉莎偶尔会回到山里来过夜，其实这挺奇怪的。你见过我们的宿舍吗？”

“见过。”

“宿舍没有窗户，非常狭小，没有一点私人空间。但在黑松镇，她就可以独自住在一栋宽敞的大房子里。可她居然还是会想要回到山里的小宿舍，这真是令人费解。想想她的身份，其实她想住哪里就可以住在哪里，但她却努力做着自己分内的工作，尽力过着跟基地里其他成员一样的生活。”

“你刚刚说‘想想她的身份’，这话是什么意思？”

“难道你不知道？”

“知道什么？”

“噢，该死！听着，这事儿不应该由我来告诉你。”

“这当中有什么我不知道的隐情吗？”

“算了，别再纠缠这个话题了，好吗？”

好吧。我暂且答应你。

“那你最后一次见到她是在哪里呢？”伊桑问道。

“在食堂里。我刚开始吃晚饭，看到她端着餐盘朝我走了过来。”

“你们当时聊了些什么？”

艾伦转头望向检验灯照不到的黑暗空间。

他的表情略显柔和，可能是因为此时存留在他头脑里的回忆令他心情愉快了一些。

“没什么特别的，不过是一些生活琐事而已。我们正在读同一本书，所以偶尔会交流一些彼此的阅读心得。另外我们还聊了一些别的，但我都记不太清了。她一直都是我的朋友，我们偶尔会上床。我们相处得非常自在，没想到那次竟是我最后一次见到她活着的样子。”

“你们没有谈论她在镇上的工作任务吗？”

“我记得我问过她任务进行得是否顺利，她的回答大概是‘应该很快就会结束了’之类的话。”

“你觉得她那样说是什么意思呢?”

“我不知道。”

“你们就没再聊别的什么了?”

“嗯，就这些了。”

“皮尔彻为什么会让你来搬运她的尸体?难道他没考虑到你们之间曾经……”

“这是我主动提出来的。”

“噢……”

伊桑有些不情愿地发现自己竟然开始对艾伦产生了一些好感，他从艾伦身上看到了自己从前一些战友身上的某些特质。伊桑看得出来，在艾伦勇武强健的体魄之下隐藏着一颗正直、无畏和忠诚的心。

“你还有别的问题要问吗，伊桑?”

“没有了。”

“你一定要把凶手找出来。”

“我会的。”

“然后让他们付出惨痛的代价。”

“你需要我和你一起把她放进冷藏柜里去吗?”

“不用了，我自己来就好了。不过，我想先坐在她身边，再陪她一会儿。”

“好的。”

伊桑伸出手去把放在秤盘上的帽子拿了起来。走到门边时，他停下脚步，回头望了望。他看到艾伦将凳子挪到了离解剖台更近一些的地方，正伸手去握住了阿莉莎的手。

第六章

特丽萨坐在门廊里，等待着丈夫回家。

前院白杨树的叶子被风吹得“窸窣”作响，阳光透过枝叶间的缝隙照下来，将摇曳多姿的树影投射在了比人造草皮还更绿的草坪上。

她看到伊桑沿着第六大道走了过来，他走路的速度比平时要慢得多，步态也有些奇怪。他的右腿似乎受了伤，所以走路的时候不敢太用力。

只见他离开人行道，走上了前院的石头小径。此时她能清楚看出伊桑是忍着腿疼在走路，不过一看到她，他原本紧绷着的脸上便立即绽放出了一个大大的笑容。

“你受伤了。”她说。

“没事儿。”

特丽萨站起身来，走下阶梯，穿着拖鞋的脚一踏上草坪便感觉到一阵幽幽的凉意。

她抬起手来，轻抚着他左边脸颊上一块淡紫色的瘀伤。

他疼得皱了皱眉。

“你被人打了吗？”

“不是的。没事儿，别太担心我。”

“到底发生什么事了？”

“我出车祸了。”

“什么时候？”

“昨天夜里。不过不算太严重。”

“你去过医院了吗？”

“没有，不碍事的。”

“你没去医院做一下检查吗？”

“特丽萨……”

“车祸是怎么发生的？”

“一只兔子或别的什么动物突然蹿到我的车子跟前来了，我猛打方向盘想要避开它，结果车子翻了。”

“什么？你的车翻了？”

“但我没事儿。”

“我们得马上去医院。”

他俯下身来，吻了一下特丽萨的额头，“我不去医院，别再想这件事了。你今天看起来很漂亮，这是怎么回事呢？”

“难道我看起来漂亮还需要原因？”

“你应该明白我的意思。”

“看来你忘记了一件事。”

“这倒很有可能，我这几天实在过得够呛。我把什么给忘了？”

“我们要去费希尔家吃饭。”

“是今天晚上吗？”

“没错，再过十五分钟就到我们当初约定的时间了。”

说完这话，特丽萨以为伊桑可能会提出给费希尔家打电话，取消今晚的安排。他能这么做吗？他有这个权力吗？

“好吧。我得进屋去先把这身脏衣服换掉，五分钟之内就能搞定。”

#

两周前的星期六早上，特丽萨和费希尔太太在农贸市场上不约而同地伸手去拿同一根黄瓜，之后两人便自然而然地交谈了几句。

上个星期的一天傍晚，伯克家的电话响了。电话那头传来的是梅根·费希尔的声音，她说想邀请伊桑和特丽萨在未来一周的周四去她家吃晚餐，不知两位能否出席？

特丽萨当然知道，梅根并不是因为当天早上一觉醒来，心里突然涌起了一股想要结交新朋友的强烈渴望，所以才打电话来邀约他们的。她一定是收到了一封建议她向伯克夫妇伸出友谊之手的信。特丽萨以前也收到过一些类似的信，她认为从某种程度上讲，这种“建议”方式还挺合乎情理的。考虑到镇上居民相互之间真正意义上的接触是被禁止的，特丽萨绝对不会开口邀请邻居们来自己家里吃饭，因为那样会显得过于矫情，也颇有些奇怪。

与其那样做，倒不如沉浸在自己的小世界里安安静静地过日子更轻松。

#

特丽萨和伊桑手牵着手走在街上，她的右手臂弯里抱着一大块刚从烤箱里取出来的面包，还冒着热气呢。

本杰明一个人待在家里，这种感觉就好像她和伊桑是在夜里偷偷溜出来约会似的。

傍晚的山谷已经有了一些凉意。他们出发得晚了一些，现在已经过了七点，《与赫克托尔共进晚餐》节目已经开始了，由赫克托尔弹奏的美妙柔和的琴声从街边一扇扇打开着的窗户里飘了出来。

“你还记得费希尔先生是做什么工作的吗?”特丽萨问道。

“他是一名律师。他的妻子是一名老师，而且是本杰明的老师。”

特丽萨当然知道费希尔太太是本杰明的老师，可是她倒更希望伊桑不会提及这件事。在黑松镇，学校可真是个奇怪的地方，年龄介于四岁至十四岁之间的孩子都必须得上学，但他们在学校里学些什么却是一个谜。她压根儿不知道自己的儿子在学校里的课程安排，学生们从来都没有家庭作业，也被禁止跟任何人——包括他们的父母在内——讨论跟学校生活有关的任何话题。本杰明从来没有跟她提起过与学校有关的只言片语，而她也知道自己最好不要去向他打探什么。父母得以略窥子女学校生活的唯一途径是去学校出席学年末的戏剧表演，时间是在每年6月。在黑松镇，学生年末演出的重要性跟圣诞节、感恩节不相上下。三年前，一名学生的父亲因强行进入校园，结果让自己不幸成为了一场“庆典”上的牺牲品。特丽萨不清楚伊桑对这件事到底知道多少。

“费希尔先生是哪方面的律师呢?”特丽萨心里清楚知道这是一个相当愚蠢的问题。其实费希尔先生极有可能跟她一样，每个工作日都坐在一间鲜有访客，连电话铃声都很少响起的办公室里，安安静静地打发无聊的时光。

“这个我不太确定。”伊桑说，“我们稍后可以把这件事列在我们的‘可谈论事项’中。”说完，他捏了捏特丽萨的手。特丽萨从他的语气里听出了一些挖苦讽刺的意味。换作别人可能听不出来，可是在她听来却非常明显。她抬起头来看着他，露出了笑容。他的眼里流露出了心照不宣的神色。就这样，他们俩在私底下分享了一个只有彼此才能会意的玩笑。

自打伊桑回家之后，特丽萨觉得这是两人的心最为接近的一刻。

她能想象在将来的人生旅途中，他们将会不断尝试着激出这种连通两人心灵的火花。

#

费希尔夫妇住在小镇北端一座舒适的房子里。

伊桑还没来得及抬手敲门，梅根·费希尔就把门打开了。她大约二十五六岁，长得很漂亮，穿着一条白色连衣裙，裙摆饰有蕾丝花边。她的头顶绑了一条棕色发带，这发带的颜色跟她那晒得黝黑、长着色斑的肩膀竟是如此的相近。

在特丽萨看来，她的笑容——咧开的嘴里露出洁白的牙齿——跟电影明星们在荧幕上的笑容极为相似。可是如果你细细察看，便会发现她的笑里缺乏真情实意。

“特丽萨，伊桑，欢迎你们来我们家！你们的到来令我们备感荣幸!”

“谢谢你们的邀请。”伊桑说。

特丽萨将手里那块用布包起来的面包递给了梅根。

梅根有些抗拒地摇了摇头，“我不是跟你说了不用带东西过来吗？”不过她还是从特丽萨手里接过了面包，“噢，它还是热的呢！”

“是刚刚出炉的。”

“你们快进来吧。”

特丽萨将伊桑头上的帽子取了下来。

“让我来放吧。”梅根说。

厨房里飘出的晚餐香气弥漫在整个房子里，是大蒜土豆烤鸡的味道，香得令人垂涎欲滴。

布莱德·费希尔正在餐厅里忙碌，他将四套餐具中的最后一套整整齐齐地摆放在了用蜡烛精心装饰过的餐桌上。

他带着笑容走进了客厅，朝伊桑伸出手来。他看上去比他妻子年长两三岁，穿着前端有翼状装饰皮的正装皮鞋、灰色长裤和袖口卷到上臂的白色牛津纺衬衫，没有系领带。特丽萨猜测这身行头很可能就是他上班时的着装，他看起来确实像一名年轻的律师，浑身上下散发出一种极富进取心的好斗气质。

伊桑跟他握了握手。

“治安官，你的光临让寒舍蓬荜生辉啊。”

“我很荣幸受邀而来。”

“你好，伯克太太。”

“你好，请叫我特丽萨就好。”

梅根说：“我再去厨房里忙活一小会儿，我们就能坐下来吃饭了。特丽萨，你愿意来厨房里帮我一把吗？先生们或许可以去后廊那儿边喝饮料边聊天。”

#

特丽萨一面清洗着拌沙拉用的绿叶蔬菜，一面透过水槽上方的窗户看着站在草地上的伊桑和布莱德，他们各自端着一个玻璃酒杯。由于距离有些远，她看不出来两个男人是不是真的在彼此交谈。后院的围栏是紧临着高达上千英尺的峭壁修建起来的，山崖上遍布着稀稀疏疏的松林。

“梅根，你的家很漂亮。”特丽萨说。

“谢谢你的称赞。”

“我记得这学年我儿子好像正好在你的班上。”她原本不打算说这个的，可是这些话却不由自主地脱口而出。两人谈话的局面本来会因此而变得尴尬，不过还好梅根落落大方地作出了得体的回应。

“没错。本杰明是个可爱的孩子，他也是班上最优秀的学生之一呢。”

说完之后，梅根便住口了。

她俩的对话时断时续地进行着。

特丽萨将一棵温热的甜菜根切成了深紫色的大圆片。

“切好的甜菜根应该放在哪里？”她问道。

“把它们放到这里来吧。”

梅根递给特丽萨一个木碗，特丽萨用两只手将切成片的甜菜根捧起来，放进了碗里。她觉得甜菜根带有一种有些奇怪，但还算讨人喜欢的泥土味道。

“你在房地产中介机构工作，对吗?”梅根问道。

“是的。”

“我以前从你的办公室旁边经过时，曾透过店面的玻璃橱窗看到你坐在办公桌后面。”说到这里，她朝特丽萨倾过身去，语气变得有些神秘，“布莱德和我正在努力，唔……你懂我的意思吧?”

“真的?”

“如果我们成功了，我们就得在镇上找一栋更宽敞的房子来住。或许我们会请你做我们的房产经纪人，领着我们看看黑松镇能提供的最好的住所。”

“我很乐意为你们提供帮助。”特丽萨说。

特丽萨觉得，自己竟然能像什么事都没发生过一样，自然而然地站在梅根家的厨房里，这实在是太奇怪了。梅根来黑松镇不过才几年的时间，而她的融合过程可谓是灾难性的。她曾两次试图逃离小镇，还试图将前任治安官的眼珠挖出来。特丽萨记得很清楚，有一天午后，自己坐在办公室里，透过玻璃橱窗看着外面的梅根在主街上崩溃痛哭，嘴里还高喊着：“这地方他妈的到底出了什么问题？这地方他妈的到底出了什么问题？这里的一切都是假的，没一样是真的!”特丽萨原以为当天夜里会有一场以梅根为主角的“庆典”，可是镇上的电话铃声却一直没有响起。梅根消失了。三个月后，特丽萨看到梅根重新回到了镇上——她带着极其平静的面容走在街边的人行道上。在那之后不久，梅根便成了学校的老师，然后与布莱德结了婚。后来接连进行的几场“庆典”

中，梅根都扮演了重要的角色，甚至有一次她还拿着一根拆卸汽车轮胎用的铁棒走进了人群围成的圆圈里，给予垂死的逃亡者致命的一击。

此时此刻，特丽萨却和她一起在厨房里烹饪菜肴，而她们的丈夫们则在屋外轻松地喝着威士忌。

特丽萨冲洗着沾在手上的紫色菜汁，脑子里一直在想一个问题：

他们是如何改变你的？

#

伊桑抬头望着嶙峋的峭壁，小口啜饮着杯中的威士忌。

酒的味道好极了——这是产自苏格兰高地的单一麦芽威士忌。黑松镇的居民除了能在镇上的“啤酒花园”酒吧随时喝到口味极差的啤酒之外，几乎就不再有其他购买酒类饮品的途径了。伊桑认为自己已经洞悉了皮尔彻在这方面的想法——居民们在黑松镇的生活已经够艰难了，如果这里还有卖酒的商店，那么小镇可能很快就会沦为一个酒鬼云集之地。不过皮尔彻也会不时允许几瓶好酒流入市场，它们或许会出现在杂货店的货架上，或许会在餐馆里以高价进行售卖。旱季的时候，居民们还会自己酿酒来喝。

“这款苏格兰威士忌还不错吧，伊桑？”

“这酒太棒了！谢谢你的款待。”

伊桑上个星期才仔细看过布莱德·费希尔的档案。

他出生在加利福尼亚州的首府萨克拉门托。

毕业于哈佛大学法律系。

毕业后在加州帕洛阿尔托市一家新兴公司担任法律总顾问。

在当年一个为期两周的夏日假期里，布莱德和他的新婚妻子在自驾游旅途中经过了爱达荷州，那时他们决定在黑松镇投宿一晚。布莱德的档案中并没有明确记录皮尔彻是否安排这对夫妇遭遇了与伊桑及其他很多人类似的交通事故。

和黑松镇的其他居民一样，费希尔夫妇于一千八百年后在这个美丽但如同监狱一般的小镇里醒了过来。

仅过了两个月，第一任费希尔太太攀上了小镇北端的一座峭壁，从五百英尺高的地方跳崖身亡了。

布莱德伤心欲绝，不过除此之外，他的融合过程还算相当顺利。他从来没有试图逃跑，也没有任何偏激行为。在布莱德的档案中只有一份监视报告：一天夜里他与梅根大吵了一架，几个户外摄像头拍到他在超过规定的散步时间之后，仍在镇上胡乱溜达，不肯回家。这份报告最终被皮尔彻的分析师判定为“非可疑行为”。自那之后，布莱德身上就没再出现过任何可疑言行了。

“你的新工作怎么样啊?”布莱德问道。

“还好，我已经开始渐渐适应了。跟我说说你的律师事务所吧，你们主要办理哪一类案子呢?”

“噢，没有特定的类型。事务所里只有我和我秘书两个人，我称其为‘进门律师事务所’，就是说任何送进门来的案子我都会亲自办理。”

听你说得这么煞有介事，就好像真的有人曾走进过你的事务

所大门似的。

他们站在峭壁的阴影下，喝着杯中的威士忌。

过了一会儿，布莱德说："偶尔我会看到峭壁的岩架上有一两只山羊出现。"

"噢，是吗？我还从来没有见到过呢！"

在接下来的两分钟里，两人都没有说话，之后伊桑对费希尔家的花园表示了称赞。

谈话过程中不时出现的沉默并没有特别令人不舒服。伊桑开始渐渐明白，在黑松镇，人们谈话时共享的这些寂静片刻其实是非常正常的，是意料之中的，也是不可避免的。有些人天生就比其他人更擅长言不由衷的肤浅谈话，他们也更懂得该如何游走在镇上的谈话规则之内，设法游刃有余地绕开那些被禁止谈论的话题。在这里生活的人得思虑再三、反复权衡之后才开口说话。伊桑曾遇见过一两个能就着允许的谈话主题侃侃而谈的居民，不过总的来说，黑松镇里的对话大多是以审慎的方式、极为缓慢的节奏来推进的，跟以前的世界大不相同。

伊桑上次喝酒已经是许久之前的事情了，此时的他已经有些头晕目眩的微醺感觉。他的神智有些恍惚，这令他颇感不安。他将酒杯放在围栏上，心里企盼着两位太太会尽快叫他们去餐厅吃晚饭。

#

晚餐进行得还算顺利。

他们一边用餐，一边闲聊，餐桌上的谈话偶尔会短暂地中断片刻。

尽管谈话偶尔会暂时无法继续，但刀叉、碗碟相撞以及觥筹交错的叮当声，还有真空管收音机里传出的赫克托尔·盖瑟的悠扬琴声，都能令这些彼此沉默的时刻显得没那么令人不快。

伊桑相当确定自己曾在皮尔彻的某个监视屏上见到过这个房间。如果他没有记错的话，在瓷器柜上方的天花板角落就藏着一个摄像头。

他知道但凡是三人以上的聚会，就肯定会受到皮尔彻的监控小组的特别关注。

此时此刻，他们的一举一动都暴露在监视人员的眼皮子底下。

#

吃完了餐后甜点，他们玩起了大富翁游戏。在黑松镇，这种棋类游戏在晚餐派对上很受欢迎。在明确的游戏规则之下，参与者可以开怀大笑、互开玩笑、彼此自然而然地互动，还能从相似的目的感和竞争感中找到共鸣。

他们四人分成了男士组和女士组。

特丽萨和梅根在游戏开始之后不久便率先抢占了帕克广场和散步浮桥。

伊桑和布莱德则专注于购买基础设施——铁路、电力公司、自来水厂等等。

快到晚上九点半的时候，两位先生宣告破产，游戏结束。

#

伯克夫妇在费希尔家的车道上与两位主人挥手道别，年轻的费希尔夫妇手挽着手站在前廊的灯光下。两家人互喊着今晚的相处是多么的融洽和愉快，并彼此承诺要尽快找机会再次相聚。

特丽萨和伊桑散着步回家。

此时的街道冷冷清清，除了他们俩，似乎就再无别人了。

当他们从一片矮树丛旁经过时，一声蟋蟀的鸣叫从隐藏在枝叶中的音箱里传了出来，伊桑发现自己竟然在心底深处假装将其当作了真正的蟋蟀叫声，甚至还想把这一切都视为真实的。

特丽萨用手摩挲着双臂。

“我把外套脱下来给你穿吧。”伊桑说。

“不用了，我没事儿。”

“费希尔夫妇人真的很好。”

“请永远别这样对我，亲爱的。”

“怎么了？”

她在黑暗中抬起头来看着伊桑，“你知道的。”

“我不知道。”

“流于表面的谈话，讲一堆言不由衷的话题来填补沉默。我每天都在做这样的事情，而且被要求要一直这样做下去。可是，我不能忍受连跟你在一起的时候也要这样做。”

听了这话，伊桑不由得有些畏缩。

他不知道这附近是不是有麦克风捕捉到了刚才的对话内容。根据他从洞穴基地和监视报告中所获取到的有限经验，他知道人们在户外的谈话不一定能被清晰地录下来。就算他们先前所说的话清楚地落入了监视人员的耳朵，那些话也不能表明特丽萨明显违反了某条规定，不过她却可能因此而被划入灰色地带。毕竟她承认自己发现了事情的怪异之处，并用语言表达出了对现状的不满。他们先前的对话至少会被监视人员做成一份监视报告。

“要小心。”伊桑用近似于耳语的声音低声说道。

特丽萨松开了他的手，在马路中央停下了脚步，抬起头来看着伊桑，她的眼睛里渐渐盈满了泪水。

“我要小心谁?”她问道，“是你吗?”

#

午夜时分，伊桑家的电话响了。

他走下楼去，拿起了听筒。

“我很抱歉这么晚给你打电话。”电话那头传来了皮尔彻的声音。

“没关系。一切都还好吗?”

“今天晚上我和艾伦见面了，他说你们在太平间聊了一会儿。”

“是的，他很乐于提供帮助。”

“这实在是太难了。”皮尔彻的声音突然变得有些嘶哑，听上去就像快要哭出来了，“伊桑，我得告诉你一件事。”

BLAKE CROUCH

PINES

第七章

芝加哥，西北大学，卡恩大礼堂，2006年

能容纳一千名观众的大礼堂里座无虚席，从讲台下方乐队席打上来的强烈灯光刺痛了他的双眼。二十年前，能对着坐满一教室的学生讲课就足以令他兴奋好几天的，可现在面对着台下为数众多的观众，他也觉得习以为常了。这次巡回演讲除了能为他带来一些必需的研究资金，并不能帮助他更快地完成手头的工作。近来，他唯一想做的事情就是赶快回到实验室去。再过七年他就要离开眼前这个世界，得充分利用好每一分每一秒的光阴。

待掌声渐渐变小之后，他的脸上挤出了一个笑容。他将视线从笔记本上移开，抬起头来，将两只手放在了讲台两侧。

他能不看稿子就讲出开场白。噢，其实他能不看稿子就讲完全场，毕竟这是他本次巡回演讲的第十场，也是最后一场了。

他开口说道："'生命暂停'并不是二十世纪才有的科学概念。它不是我们的发明，而是大自然的产物，如同宇宙间的诸多伟大奥秘一般。请想想莲花的种子，它在放置了两千年之后依然可以发芽。研究人员从封在琥珀中的蜜蜂身上所发现的细菌孢子竟然被完好地保存了好几千万年，而且还能继续分裂增殖。最近西彻斯特大学的科学家们更是成功地将发现于地底盐晶中的已经存活了两亿五千万年的细菌复活了过来。

"量子物理学领域曾提到过时光旅行的可能性，尽管这种新奇的想法非常富有吸引力，可这类理论却只能适用于亚原子微粒。真正的时光旅行并不需要虫洞或通量电容器。"

观众席上传来了此起彼伏的笑声。他的开场白总是能逗得观众发笑。

他朝台下所有这些自己压根儿就看不清楚的面孔微笑着。

好似他们作为个体根本就不存在一般。

对他来说，这里除了人群聚集的能量、强烈的灯光以及强光灯所散发的热量之外，就别无他物了。

他继续往下说："真正的时光旅行其实早在万古之前就已经存在于大自然当中了，而这正是我们的科学家们应该关注的重点。"

在这场持续四十分钟的演讲中，他的思绪一直都飘在别处。

他的身体在讲台上，但心却飞往了爱达荷州的一个小镇——黑松镇，他觉得那里越来越给他真正的家的感觉。

他想到了哈维尔，后者曾承诺在年底前会为他征召到十名新成员。

他还想到了已经进入最后阶段的研究，以及正和军方谈判的项目，这个项目一旦谈成，那么现有的资金缺口将得以弥补。

演讲结束之后是现场观众提问的环节，想要提问的观众在中央通道正前方的麦克风后面排成了一条长队。

第四个提问的观众是一名留着黑色长发的生物学系女生，她提出了一个他在每场演讲中都会被人问到的问题。

她说："非常感谢您能来到这里为我们做演讲，皮尔彻先生。

您在我校逗留的这几天，对我们来讲，实在是极大的荣幸。”

“这也是我的荣幸。”

“您在演讲中谈到了生命暂停将来在医学方面可能会有的应用——比方说让受到严重创伤的病人生命暂停，一直等到更先进的医疗技术出现为止。可是您为什么没再提到演讲开场时所讲到的事情了呢?”

“你指的是时光旅行吗?”戴维问道，“那部分内容很有趣吧?”

“没错，我说的就是这个。”

“唔，我说那个只是为了吸引你们的注意力而已。”

台下的观众哄堂大笑。

“那么，您的确是实现自己的目的了。”

“你想问我时光旅行是否真的可能?”

“是的。”

他取下眼镜，将其放在皮面笔记本的封面上。

“唔，让自己的想象力驰骋在这片领域，的确是件乐事，不是吗?”他说，“听我说，我们以老鼠作为实验对象，以降低体温的方式确实成功地令它们进入到了生命暂停的状态。可是，你应该能想象得到，要将这类实验应用在人类身上，尤其是长时间的生命暂停，一切就要复杂得多。那么，这究竟可行吗?是的，我认为可行。可是我们还有几十年的路要走。就目前而言，我认为以生命暂停来进行的人类时光旅行恐怕不过是三流科幻小说中的情节罢了。”

#

当他走下讲台时，观众仍然报之以热烈的掌声。

在大学逗留的这几天，一直陪着他的是一名很有进取心的年轻女助理，此时她正站在舞台侧面迎接他，脸上带着无比灿烂的笑容。

“真是太精彩了，皮尔彻博士。天哪，你的演讲让我受益颇多！”

“谢谢你这么说，安布尔。看到你喜欢这场演讲，我也很高兴。请告诉我最近的出口怎么走，好吗？”

“你要走了吗？可是待会儿还有你的新书签名会呢。”

“我想先出去呼吸点新鲜空气。”

她领着他走过后台的走廊，穿过化妆室，来到了礼堂背面卸货区旁边的两扇大门跟前。

“你感觉还好吗，皮尔彻博士？”安布尔问道。

“当然。”

“那你待会儿还会回来吧？好些观众已经在你的签名桌前排队了。我自己也有一本书想请你为我签名呢！”

“放心吧，我很快就回来。”

戴维推开面前的对开门，抬脚踏入了一条小径。

置身于安静寒冷的夜色中，他感到一种无以名状的惬意。

附近的几个大垃圾桶正散发着臭味，他能听到礼堂顶部的中央暖气系统发出了“嗡嗡”的声响。

当前正介于感恩节和圣诞节之间，秋季学期已经到了尾声，空气中弥漫着枯叶的气息，整个校园都笼罩在一种考试临近前所特有的静谧气氛当中。

他的座驾——一辆黑色雪佛兰萨博曼越野车——就停在这条小巷子里。

穿着一件乐斯菲斯冲锋夹克的阿诺德·波普正坐在汽车的引擎盖上，在路灯下读着一本书。

戴维朝他走了过去。

“一切都顺利吗?”阿诺德问道。

“不错，最后一场巡回演讲终于结束了。”

“新书签名会也结束了吗?”

“我在签名会开始之前就开溜了，这也算是我犒劳自己的一份小礼物吧。”

“恭喜你。那我现在送你回市区吧。”阿诺德边说边合上了手中的平装书。

“再等一下吧，我想先在校园里散散步。如果有人向你问起我……”

“我就说我也没见到你。”

“很好。”

戴维拍了拍他的手臂，然后沿着小径继续往前走。波普跟在他身边已经有四年了，最初只是他的司机，后来戴维知道他从前做过警察，就让他兼做一些侦察方面的业务。

波普是个聪明、能干又可怕的家伙。

如今戴维不仅重视波普在侦察方面的精湛技艺，同时也俨然将其当作了不可或缺的得力助手，凡事都会询问他的意见。

穿过谢里丹路，戴维很快便发现自己走进了一片开阔的广场。

虽然现在已经很晚了，图书馆的彩绘玻璃窗里仍然亮着灯。

天空很清朗，月亮正缓缓爬上远处一座巨型哥特式建筑的尖顶。

他的外套留在了车里，从不足四分之一英里远的湖边吹来的凉风穿透了他的羊毛西装。

不过这风令他觉得很舒服。

他真切地感受到自己还活着。

他在迪林草坪上走了一段路之后，嗅到了微风送来的一阵烟味。

他又向前迈了两步，差点儿被她给绊倒了。

他站稳之后后退了几步。

他首先看到的是烟头上的红色火光，随后，待他的眼睛充分适应了微弱的月光之后，才看到了这个将点燃的香烟拿在手里的女孩。

“对不起。”他说，“我刚才没看到你。”

她抬起头来看着他。

他发现她是蹲在地上的，双膝紧靠在胸前。

随即她猛吸了一口香烟，烟头的火光变得更亮了，紧接着又渐渐暗淡下来。她不时将香烟凑到嘴边吸上一口，烟头的火光便忽明忽暗地闪烁不已。

尽管此地光线如此微弱，他也能看出这女孩并不像这里的学生。

戴维在她身旁的草坪上跪了下来。

她斜着眼睛瞟了他一眼。

她浑身都在发抖。

她身旁的草丛中放着一个被塞得满满当当的双肩背包。

“你还好吗?”他关切地问道。

“我没事。”

“都这么晚了，你在这里做什么呢?”

“这他妈的跟你有什么关系?”她吐出了一团烟雾，“你是这里的教授吗?”

“我不是。”

“唔，那你这么晚了在这又黑又冷的地方做什么呢?”

“我也说不清。我只是想要暂时地远离人群，让自己的头脑清醒清醒。”

“我想我明白你所说的那种感受。”她说。

这时月亮终于爬到了他们身后那栋建筑的尖顶之上，月光照亮了女孩的脸。

她的左眼又青又肿，只能微微张开一条小缝。

“你被人打了吗?”他问她，然后再次看了看她身边的双肩包，“你离家出走了?”

“当然不是啊。”

“放心，我不会出卖你的。”

她夹在两根手指之间的香烟已经燃得很短了，于是她随手将其弹进了草丛里，接着从衣兜里又掏出一根，将其点燃。

“你知道吗，这样做对你的身体很不好。”戴维说。

她耸了耸肩，“最坏的结果会是什么？”

“你可能会因此而丧命。”

“噢，那可太不幸了。”

“你几岁了？”

“那你又几岁了？”

“我五十七岁。”

戴维把手伸进口袋，找到了自己的钱夹，将所有的钞票都取了出来。

“这里有两百多美元……”

“我才不会和你上床呢！”

“不是的，我不是这个意思……我只是想把这些钱给你，没别的。”

“真的吗？”

“是真的。”

当她伸出两只手来接过那叠钞票时，手被冻得抖个不停。

“你今天晚上会为自己找张温暖的床过夜吧？”戴维问道。

“哼，当然咯，所有的旅店都会乐意让十四岁孩子投宿的。”

“可外面实在太冷了。”

她自鸣得意地笑了笑，眼里顿时有了神采，“我自有办法。别担心，我今天晚上不会被冻死的。不过我肯定会去吃一顿热腾腾的大餐。谢谢你。”

戴维站起身来。

“你离家出走多长时间了？”

“四个月。”

“冬天就要来了。”

“我宁愿被冻死在外面，也不愿意再被送去另一个寄养家庭。你不会明白……”

“我出生在康乃迪克州西南部的格林尼治镇。从纽约曼哈顿的中央火车站乘坐火车去那里只需要四十分钟的时间。那是一个可爱的小镇，家家户户的前院都用白色的尖桩篱栅作为装饰，孩子们在大街小巷玩耍嬉戏。那个小镇五十年代的模样就跟诺曼·洛克威尔笔下的画作一样美，噢，你可能还不知道诺曼·洛克威尔是谁吧……在我七岁那一年，我的父母在一个星期五的傍晚离家外出，留下我和保姆待在家里。他们打算开车去城里吃晚餐和观看演出，可自那以后他们就再也没有回来过。”

“他们抛弃你了？”

“不，他们在一场车祸中丧生了。”

“噢。”

“请永远不要妄自揣测别人的出身背景。”

他转身走开了，裤腿和草丛摩擦，发出了“窸窸窣窣”的声响。

她在他背后喊道：“在你把我的事情告诉警察之前，我应该早就从这里消失了。”

“我不会告诉警察的。”戴维答道。

又向前走了十步之后，他突然停了下来。

他回头看了看。

然后转身走回去。

在她面前蹲了下来。

“我就知道你是个性变态。”她说。

“不是的，我是一名科学家。你听我说，我可以给你一份真正的工作，一个温暖的容身之所。你可以不用在马路上游荡，也不用担心自己会被警察、养父母或儿童服务机构的工作人员找到。在那里，你可以避开你想要避开的一切。”

“你给我滚蛋！”

“我住在市中心的德雷克酒店，我姓皮尔彻。如果你改变了主意，我可以立即为你准备一个你自己的房间。”

“我才不相信你的鬼话呢。”

他站起身来。

“你自己好好保重吧。顺带说一句，我叫戴维。”

“祝你生活幸福，戴维。”

“你叫什么名字？”

“你问这个干吗？”

“说实话，我也不知道我为什么要问。”

她翻了个白眼，嘴里吐出一团白色的烟雾。

“我叫帕梅拉。”她说，“大家都叫我帕姆。”

#

戴维轻手轻脚地走进酒店套房，将脱下来的外套挂在了门边的衣架上。

伊丽莎白坐在客厅的一把皮椅上，就着窗边落地灯的柔和光芒读着一本书。

她今年四十二岁，一头金色短发已经开始渐渐失去光泽，褪成了一种掺杂着银光的黄色。

虽然她已进入中年，但仍然算得上是极美的女人。

“演讲怎么样啊？”她问道。

他俯下身去吻她，“非常顺利。”

“这么说你的工作已经完成了？”

“是我们的工作完成了，我们很快就可以回家了。”

“你指的是山上的家吗？”

“现在那里就是我们的家，亲爱的。”

戴维走到窗边，拉开厚重的窗帘。看不到城里的夜景，只能偶尔看到一辆沿着湖畔路行驶的晚归车辆的车灯，以及更远处黑乎乎的湖面——看起来就像一张正在打哈欠的大嘴。

他穿过客厅，小心翼翼地打开了卧室的门。

他蹑手蹑脚地走了进去。

悄无声息地走在卧室里厚厚的地毯上。

过了好一会儿，他的双眼才渐渐适应了这里的黑暗。随后他看到了她。她的身体在一张大床上蜷缩成了一团，先前在睡梦中她已经踢掉了原本盖在身上的毯子，整个人也滚到了床的边缘。他把她抱回到床垫中央，再次为她盖好毯子，然后把枕头轻轻地塞回到她的头颅下方。

小女孩深吸了一口气，但是并没有醒来。

他俯下身去，吻了一下她的脸颊，轻声说道："愿你做个好梦，我亲爱的阿莉莎。"

当他打开卧室门的时候，发现妻子正站在门口。

"怎么了，伊丽莎白?"

"刚刚有人敲我们的门。"

"是谁啊?"

"是个十多岁的女孩。她说她叫帕姆，她说是你告诉她可以来这里找你。现在她在外面的走廊上等你。"

BLAKE CROUCH

PINES

第八章

托比亚斯绑好自己的露营袋，从一棵大松树上爬了下来。天色渐暗，他俯身站在一堆石块围成的小圈旁边，用燧石和铁块取火，同时努力让自己鼓起勇气。这样做的确需要勇气，因为这实在是一件极其冒险的事情。他已经有好几个星期没感受到过火光的温暖了——他曾将松针放在一壶开水中煮来喝，自那之后他就再也没有吃过任何热食。他已经在这片区域进行过全面而彻底的搜寻，没有发现任何脚印和排泄物，只是在一丛覆盆子的刺须上发现了一簇白色的粗毛。由此他可以判定，这里除了几只鹿之外，就再无别的动物出没。

他将打出的火花引到炭布上，黄色的火苗一蹿而起，将一簇与干枯树枝绑在一起的松萝吞噬了。紧接着，枯枝上的赤褐色松针也被点燃，火焰上方升腾起了盘绕的烟雾。

他的心里洋溢着一种最为原始的快乐情愫。

托比亚斯找来一些树枝，在越烧越旺的火焰上方搭成了一个锥形柴堆，然后伸出两只手来感受热气。自从上次渡河到现在，起码有一个月的时间了，在这期间他再也没有洗过澡。他还记得自己映在平静如镜的河面上的倒影——长长的胡须一直延伸到了胸口，皮肤上积满了尘土污垢，看起来活脱脱就是一名穴居人。

托比亚斯又往火堆中添了一根木头，然后背靠在一棵松树的树干上。待在这一小片松树林中，他觉得自己还算比较安全。不过他仍然不敢放松警惕，不敢过度仰赖自己无数次借以从死里逃生的运气。

他从凯尔蒂双肩背包的底部掏出了一个钛制露营壶，然后将最后一个尚有存水的瓶子里的水倒了一半到壶里。

他将一把刚从松枝上摘下来的新鲜松针放进壶里。

他不时用脚随意向后蹬踏着身后的树干，并等候着壶中的松针茶煮开，这一刻，他觉得自己终于又找到了活得像个人样的久违感觉。

#

他喝了一些壶里的松针茶，然后任由火苗渐渐熄灭。在最后一丝火光消失之前，他仔细检查了一下背包里的物品。

还有六个容量为一公升的水瓶，总共只剩下了半瓶水。

燧石和铁块。

一个只剩下一颗止痛药的急救药箱。

一个装着牛肉干的密封袋。

一根烟斗，几盒火柴，还有一些他特别留存下来的烟草，他打算将这些烟草留到自己在这荒野的最后一天晚上——如果这一天真的会来到的话——才吸食。

最后一盒温彻斯特步枪子弹。

一把他在一年前就耗尽了子弹的“史密斯和威森”左轮手枪。

背包防雨罩。

一本放在密封塑料袋里的皮面日记本。

他拿出一根牛肉干，刮掉了覆盖在上头的霉菌。他允许自己从牛肉干上咬下了小小的五口之后，便将剩下的又放回到密封袋里。他将壶里剩下的松针茶全都喝光了，把所有的物品都收拾妥当后放回到背包里。他背起背包，往树上爬了二十英尺，来到了自己的栖身之处。随后，他将自己的凯尔蒂背包绑在了一根粗壮的树枝上。

他解开登山靴的鞋带，将其绑在了树上。这双登山靴的底部早已磨穿，靴子的皮面也开始皲裂了。他身上穿着的巴伯牌防水风衣早在几个月前就该上蜡了，不过到目前为止它的防水功能还是不赖的。

他钻进露营袋里，拉上了拉链。

噢，他身上好臭啊。他简直像一只麝香鹿一样不断散发着浓郁的体味。

他的头脑仍在不断运转着。

一大群怪兽进入这一小片松树林的几率很小，不过还是有可能遇上一小群或一只落单的怪兽。

他选择在树上过夜，有好处也有坏处。

好处是躲在树上能使他不容易被发现。数不清有多少次了，他在半夜里听到树枝被踩断的“啪啪”声，当他小心翼翼地翻身向下张望的时候，赫然发现一只怪兽从他所栖息的树下经过。

坏处也很明显，一旦某只怪兽发现了他的藏身之处，那么他就被困在树上，难以脱身了。

他伸手摸到了自己携带的单刃长猎刀的刀柄上裹着的平滑皮革。

这把单刃长猎刀是他目前唯一能派得上用场的武器。在近身搏斗时，温彻斯特步枪极易令他伤到自己，所以他现在仅仅用枪来捕猎食物了。

他握着刀柄睡着了。偶尔在半夜里醒来的时候，他会发现自己的手仍然下意识地紧握着这把刀，就像握着一块护身符似的。想想还真是奇怪，一个如此暴力的物品竟然能给他带来如此显著的抚慰作用，就像儿时记忆中母亲的温言软语。

#

后来他醒了过来。

他透过头顶上树枝的缝隙看到了天空。

呼出的气体在寒冷的空气中凝结成了一团团白雾。

现在正值黎明时分，四周一片寂静，他只能听到自己“噗……噗……噗……”的缓慢心跳声。

他转了转脖子，看着林中地面上残存的篝火。

仍有白色的烟雾从余烬中袅袅升起。

#

托比亚斯抹掉了步枪长长枪管上的露珠，背上了自己的凯尔蒂双肩背包。他朝这片松树林的边缘走去，随后在两棵松树苗之间蹲了下来。

天实在是太冷了。

这一季的第一场霜冻在一两天之内应该就会来临了吧。

他从口袋里掏出了一枚指南针，面朝东方。一大片草甸和森林朝着远方的山脉蔓延开去，那片山脉离此地大约有五十公里……可能是六十公里？虽然他对此并不确定，但他希望那儿就是曾经被人称作“锯齿山脉”的地方。

如果是的话，就说明他离家已经没多远了。

他把步枪的枪托抵在肩头，透过瞄准镜观察前方的地形。

现在一丝风也没有。

荒原上的野草直挺挺地立着，一动也不动。

他看到两英里外有两头野牛——母牛带着它的幼崽在吃草。

接下来的这片森林看起来大约有三四英里长，得在林中走上好长一段时间才能进入开阔地带。他把步枪背在肩上，迈步离开了这一小片庇护着他的松树林。

走出两百米之后，他又回过头来望着身后这片越来越小的松树林。

昨晚在这里过得还算不错。

有篝火，有茶水，还有在荒野里所能指望得到的最为安稳的睡眠。

他走进了太阳的光照之下，沐浴着近来他觉得最为强烈的阳光。

他留着黑色的胡须，带着黑色牛仔帽，穿着长及脚踝的黑色长大衣，这一切令他看起来像极了一位周游列国的流浪先知。

从某些方面来看，他确实也是。

虽然他还没写今天的日记，可是他心里清楚知道今天是他这趟艰苦之旅的第一千二百八十七天。

他所去到的最西边是太平洋沿岸，最北则走到了曾经的大港口城市西雅图所在之处。

他曾有过十几次死里逃生的经历。

他杀死了四十四只被唤作“艾比”的怪兽，其中有三十九只是被他的左轮手枪射杀而死，有三只死于他的单刃长猎刀之下，另外还有两只是他赤手空拳与其近身搏斗时险胜的。

此时此刻，他需要尽快回家。

不仅仅是为了一张温暖柔软的床，以及不用担心死亡威胁的安心睡眠；也不仅仅是为了美味的食物，以及长久以来想与自己心爱的女人共度良宵的渴望。

还因为他有重要的信息需要汇报。

噢，天哪，这信息的确是太重要了！

第九章

伊桑跟着马库斯在二楼的走廊里穿行，陆续经过了“A实验室”、“B实验室”和“C实验室”。

他们很快便来到了走廊末端，伊桑的领路人在离楼梯井很近的地方停下了脚步，这里有一扇镶着圆形玻璃的房门。

马库斯掏出了自己的门禁卡。

“我不知道我会在里面待多长时间。”伊桑说，“不过等我准备回镇上的时候，我会让他们通知你的。”

“没关系，我会一直候在这里的。”

“你不必这样做。”

“治安官先生，我所接到的命令是……”

“得了，这话你留着去跟你的老板讲吧。你可以是我的司机，但你并不是我的影子，以后也不可能是。在你去见你老板的时候，顺带还能帮我索要一份阿莉莎的任务报告。”

伊桑从年轻人手中一把夺过门禁卡，在门禁系统上刷了一下，然后将其重新塞回到后者胸前的衣兜里。伊桑飞快地跨进打开的门，回过头来看着马库斯的脸，直到门渐渐关上。

房间里亮着灯，不过光线还是很暗淡——有点儿像电影开场前五分钟影院里的情形。正前方的墙上亮着二十五个显示屏，它们排列成五行，每行五个。屏幕区的右边还有一扇门，同样也需要门卡才能开启。在此之前，伊桑从来都不曾被授权一窥基地里的这套监视系统。

一名头戴耳机的男人将转椅转了半圈，看着伊桑。

“听说你可以帮我。”伊桑说道。

那人从转椅上站起身来，伊桑看到他穿着一件有领尖扣的短袖衬衫，戴着一条卡夹式领带，头发稀疏，留着小胡子。他的衬衫翻领上有一块像是咖啡渍的印迹，给人的整体印象如同一名宇航飞行指挥中心的工作人员，而他所置身的这个房间无疑也散发着与之相匹配的氛围。

伊桑朝他走近了几步，可是并没有伸出右手。

伊桑说：“我相信你已经知道很多关于我的事情了，但我却连你的名字都不知道。”

“我是泰德，监视小组的组长。”

以前伊桑曾设想过，当自己见到皮尔彻手下第三号重要人物——此人负责监视黑松镇每一位居民私生活的所有片段——时该作何反应。此时此刻，他想要挥拳打断这人鼻子的愿望已经远远超过了自己的预期。

你偷窥过我和特丽萨做爱的过程吗?

“听说你正在调查阿莉莎被谋杀一案?”泰德问道。

“没错。”

“她是个了不起的女人。我愿意不遗余力地向你提供帮助。”

“很高兴你能这么说。”

“请坐下吧。”

伊桑跟着泰德来到屏幕区前，两人各自在一把附有滚轮的转椅上坐了下来。面前复杂而精密的控制台看起来就像是为发射外星飞船而建造的，好几个同时使用中的键盘，以及快速响应的触摸屏技术，看上去比伊桑记忆中的任何设备都要先进许多。

“在我们开始之前。”伊桑开口说道，“我想先问你一个问题。”

“请讲。”

“你每天的全部工作就是坐在这里监视和窃听每个人的私生活，对吗？”

泰德的眼里似乎掠过了一片阴云——他的内心为此而感到羞惭吗？

“没错，这就是我的人生。”

“你知道阿莉莎去镇上执行任务的事吗？”

“我知道。”

“那么，现在我的问题来了，既然你掌控着我所见过的最为精密复杂的监视系统，那你怎么会没看到她被谋杀？”

“我们无法捕捉到镇上的所有活动，伯克先生。诚然，黑松镇的确安设了几千只摄像头，不过大部分都在室内。十四年前当黑松镇刚被建造起来的时候，我们的监视系统覆盖了比现今更为广泛的区域，可是这里的气候状态令我们的户外监视设备严重受损，摄像头常常出故障，于是我们的监视范围便受到了极大的限制。”

“这么说，阿莉莎所遭遇的事情……”

“没错，她出事的地方肯定是在我们的监视盲区里。”

“你刚刚提到‘盲区’——那你知道它们具体在哪里吗？”

泰德将注意力转向控制台，他的手指在面前的一排触控式屏幕上飞快地滑动着。

墙上各个显示屏里原本的监视画面顿时消失了。

二十五个显示屏共同显示出了一大幅黑松镇的航摄照片。

泰德说："现在我们看到的是整个小镇乃至整个山谷的画面，可以说通电围栅之内的每一寸土地都涵盖在其中了。我可以拉近你想看的任何一处地方。"这时学校的画面被迅速拉近——显示屏上清晰地展现了学校操场里的运动设施。

"这是实时画面吗？"伊桑问道。

"不是，这张照片是几年前拍摄的，不过它能反映出我们的监视轨迹。"

泰德用指尖在触控式屏幕上轻轻敲击了几下。

显示屏墙的航摄照片被覆盖了一层荧光色。

镇上的大部分区域都处在这层荧光的遮蔽之下。

泰德指了指显示屏。

"在你所看到的所有覆盖着荧光的区域里，都安装有由追踪芯片所触发的实时摄像头。不过你应该也看到了，即便是在这样的区域之内，也有一些小黑块存在。"他轻触了一下面前的触控式屏幕，墙上的显示屏中出现了一栋房子，拍摄角度从鸟瞰模式切换成了三维街景视图模式。他的手指在触控式屏幕上滑动了一下，显示屏中维多利亚式房屋的窗户和木板外墙立刻变成了一幅交互式建筑蓝图。

"你看，这栋房子里有三处监视盲区。不过……"显示屏上的荧光色被大红色取代了。“这里却没有所谓的‘窃听盲区’。这栋房子和镇上的其他所有房子一样，内部安装了足够多的窃听器，足以捕捉任何超过三十分贝的声音。”

“三十分贝有多大声？”

泰德低声回答道：“就跟人们通常在图书馆里彼此交谈时的音量差不多。”说完他将显示屏的画面切回到覆盖着荧光色的黑松镇航摄全景图。“所以，每栋房子里虽然都有一些监视盲区，不过镇上的大多数建筑物内部都装有足够多的窃听器。可是一旦到了户外，即便是在中心地带，我们的监视系统也显得不那么严密。请看看这些黑色区域。这栋房子的后院里完全没有任何监视窃听设备，墓地这里就更是一团糟了——偌大的一片区域里却只有寥寥几只摄像头。从小镇中心往峭壁那边走，这一路上的情况更为糟糕。你看小镇南边的这些盲区，足足二十英亩的地域范围之内，竟然连一个监视器都没有。当然，针对这种情况，我们在理论上是有办法对付的。”

泰德在一个键盘上敲打了几下。

画面上顿时出现了成百上千个红色的光点。

绝大多数闪烁的红点都集中在镇中心方圆六个街区之内的区域里。

有些红点正在移动。

“你知道这些是什么吗？”泰德问道。

“追踪芯片。”

“我们读取到了四百六十个芯片信号。缺少了一个。”

“是因为我来到这里了吗?”

“没错。”

泰德将光标移动到主街一栋建筑物里一个静止不动的红点上，然后敲击了一下触控式屏幕。墙上的显示屏上立即出现了一行文字。

伊桑念了出来：“布莱德·费希尔。”

“我记得你昨天晚上同布莱德和他妻子一起吃过饭。现在是上午十点十一分，费希尔先生正待在他的律师事务所里，这也是他应该出现的地方。当然，这些数据有很多种显示方式。”

此时显示屏上除了代表费希尔的红点还在，其他的红点全都消失了。

显示屏底部的时间戳开始往回倒退。

代表费希尔的红点离开了那栋建筑物，沿着主街往北移动，最后进到了他的家里。

“你能像这样回溯到多久之前?”伊桑问道。

“可以一直追溯到费希尔先生完成融合的那一天。”

红点继续在镇上各处快速移动着。

时间回退到了几个月前。

然后是几年前。

“我能为他画一条轨迹线。”泰德说。

显示屏上出现了一条往各个地方延伸的复杂轨迹线，就像是有人拿着笔在上面胡乱作画一般。

“真是令人大开眼界啊!”伊桑感叹道。

“的确如此，不过你也知道我们的系统有个致命问题。”

“一旦人们将植入其体内的芯片取出来，那么系统就失去效用了。”

“取出芯片既不容易，也非常痛苦。当然，你对此应该相当清楚。”

“那么，你每天究竟都做些什么呢？”伊桑问道。

“你是想问我一个人怎么能监视整个小镇，对吗？”

“是的。”

“你把耳机戴上吧。”

伊桑从控制台上抓起耳机。

“你能听到我说话吗？”泰德的声音从耳机里传了出来，清晰而又响亮。

“能听到。”

泰德的手指在触控式屏幕上滑动，继而点击了几下，显示屏上的黑松镇航摄照片以及布莱德·费希尔的历史行动轨迹都消失了，二十五个显示屏又变成了最初的模样，各自显示着不同的监视画面。

“算上我在内，我们总共有三名实时监视分析师。”泰德说，“在那扇门里面还有四名监视工作人员，他们负责全天候毫不停歇地分析有问题的影像和录音，同时对相关的镇上居民进行追踪调查，再生成监视报告。之后他们会与我们在镇上的团队成员进行沟通，也会和你沟通。你知道我们的系统是如何搜集和检索资料的吗？”

“这我不了解。”

“影像资料固然很重要，不过对我们来说最有利用价值的资料其实是录音。我们的监视系统安装了最先进的声音识别软件，一旦录音资料里出现了某些词汇或语调，系统就会向我们发出警报。比起实际的用词，我们更为关注词汇背后所包含的感情色彩。另外，我们还有一套肢体语言识别软件，不过在实际应用中的效果并不如人意。”

“你能示范给我看一下吗？”

“当然可以。不过，你得忍耐一下，因为刚开始的画面会比较混乱。”

墙上显示屏的画面开始不断变换起来。

伊桑看到了很多场景：

一个女人在洗碗。

梅根·费希尔在一间教室里用手指着黑板。

河边空荡荡的公园。

一个男人坐在屋里的椅子上，两眼茫然地望着前方。

一个男人和一个女人在浴室里做爱。

诸如此类的画面不停变换着。

变换的速度越来越快。

其间还穿插着一些声音片段。

都是些毫无意义的对话片段，听起来很像一个小孩胡乱拨动收音机的转台旋钮时收音机里发出的支离破碎的声音。

“你看到什么了吗？”泰德问道。

“没什么特别的，有哪里不对劲吗？”

这时所有显示屏上的画面全都静止不动了，接着其中一个屏幕上的影像被放大并占满了整个显示屏墙。

这是从某个房间的天花板向下拍摄的画面，一个女人背靠着冰箱，两只交叉的手臂被荧光线条圈了起来。

“你瞧！”泰德说，“这是一个防御性的姿势。你看到系统生成的警告信号了吗？”

从画面上可以看到一个男人正站在那女人的对面，不过看不到他的脸。

“我们来试试看能不能找到从更好的角度拍摄的画面。”

这时从三个不同角度所拍摄的同一间厨房的影像在显示屏上快速变换着，速度快得伊桑根本没法看清。

“嗯，没有了，还是刚才的角度最好。”

伊桑看到泰德用右手对数字音量条进行了调节。

原本轻微模糊的对话声在他耳机里突然变得清晰无比。

女人说：“可是我看到你跟她在一起。”

男人回答道：“什么时候？”

“就在昨天。你和她坐在图书馆里的同一张桌子旁边。”

“我和她只是一般朋友，唐娜。仅此而已。”

“我怎么知道你们是不是真的只是一般朋友？”

“因为你应该信任我啊！因为我爱你，不会做出任何伤害你的事情！”

泰德关小了音量，“好了，我记住这一对夫妻了。其实这个男人真的对妻子不忠。在我记忆中，他至少跟四个女人发生过不伦关系，他就是个卑鄙的人渣。”

“那么你们是不是不会继续对他的动向进行监控了?”

“不，我们会继续监控。”泰德一面讲话一面在键盘上打字，“我正在为这段影片添加警告标记。待会儿我会安排一名手下将这位‘外遇先生’从上周或更早之前直到现在的监视录像调出来仔细查看，确保不漏掉他与每一名外遇对象的任何一次幽会。这份监视报告将会在明天一大早就提交给皮尔彻先生和帕姆。”

“然后呢?”

“接下来他们将会采取必要的行动。”

“你的意思是说他们会阻止他乱搞男女关系?”

“如果他们认为他的行为对全镇的和平构成了威胁，那么肯定会阻止他的。”

“他们会对他做些什么?”

泰德抬起头来，将视线从控制台转向伊桑，笑着说：“你指的应该是你会对他做些什么吧。因为十有八九将会由你出面去处理关于他的事情，伯克治安官。”

泰德将显示屏上的画面重新设成了黑松镇的航摄照片。

“既然你对我们这个监视系统的运作方式和能力已经有了初步认识，那么，现在我就听凭你调遣了。我可以为你调出你所需要的任何资料。告诉我吧，你想看什么?”

伊桑向后靠在椅背上。

“你能找出阿莉莎的追踪芯片在什么位置吗?”

一个闪烁的红点出现在了小镇东端的一栋房子里。

泰德说："很明显，她本人并不在那里。在阿莉莎死去的那天晚上，她已经取出了体内的芯片，并将它放在了自己的床头柜抽屉里。"

"我以前甚至还不知道皮尔彻有个女儿呢。他现在情况还好吗？"

"说实话，我不知道他目前情况怎样。戴维是个难懂的人，他从来不在人前流露自己的情绪。不过，我相信他私底下一定非常伤心。"

"阿莉莎的母亲在哪里？"

"她不在这里。"泰德的语气表明他不希望伊桑继续深究这个问题。

"好吧，让我看看前一个星期她在镇上的活动轨迹。"

泰德开始在控制台上操作起来。

代表阿莉莎的红点从房子里出来，去到了社区农场，然后又回到了房子里。

随后它又离开房子，去到了地图边界的外面。

"那是她最后一次进入山里的基地吗？"伊桑问道。

"是的。"

阿莉莎的芯片又回到了黑松镇。

在主街上来来回回地移动着。

去到了社区农场。

然后再度回到家里。

伊桑从椅子上站起身来，将双臂举过头顶伸了个懒腰。

“你能找出另一个人的芯片在哪里吗?”伊桑问道。

“当然可以。你要看谁的?”

“凯特·休森。”

“你说的是凯特·博林格吧。”

泰德键入了她的全名，然后用右手点击了一下触控式屏幕。

第二个闪烁的红点出现在了小镇的另一片区域。

伊桑问道：“你可以找出这两个点在何时何地相遇过吗?”

“现在你终于上道了。你需要回溯到多久之前。”

“跟刚才一样，就从一个星期之前开始好了。”

伊桑看着泰德键入了日期。

当他把视线转回墙上的显示屏时，看到航摄地图上有四对红点在闪烁着。

“你能……”

“你想让我把她们每次碰面时的影像和录音资料都调出来，对吗？我还在担心你想不到这个呢。”社区农场里有两对红点，泰德从时间较早的那一对拉出了一个视窗，“这是她俩在我们指定时间范围内的第一次相遇。”他说，“发生在六天以前。请给我一点时间，我会找出最佳拍摄角度的影像。”一连串画面在显示屏上一闪而过，速度快到令伊桑根本无法辨识出任何东西，泰德则目不转睛地盯着这些画面仔细筛选，“找到了，这个角度最好。”

凯特出现在了显示屏上，她穿着夏季连衣裙，戴着太阳镜和遮阳草帽。她缓缓走近一台安设在两排花坛中间的摄像头，一只手臂上挎着一个篮子，里面装满了蔬菜和水果。

这时一个人的后脑勺出现在了屏幕下方的画面中。

“那是阿莉莎吗？”伊桑问道。

“没错。”

泰德将音量调高了。

凯特说：“没有苹果了吗？”

阿莉莎答道：“是的，它们很受欢迎，很快就没了。”

凯特将手伸进自己的篮子里，掏出一个东西递给了阿莉莎。

“暂停一下！”伊桑说。

画面被定格——凯特刚伸长了手臂。

“她手里拿着什么？”伊桑问道。

“像是……一个青苹果吧？”

泰德继续播放录像。

凯特说：“你总是带给我们最好的水果和蔬菜。我想我也应该从我的菜园里带点东西送给你。”

阿莉莎说：“这辣椒长得真好。”

凯特说：“承蒙夸奖。”

阿莉莎说：“我今晚就吃。”

这时凯特走出了镜头的拍摄范围。

“你想再看一次吗？”泰德问。

“不用了，你放下一段吧。”

接下来他们观看了凯特和阿莉莎随后三次碰面的情形。

第二天，两个女人在主街擦肩而过，其间阿莉莎摇了摇头。

第三天，她们在河边的公园里再度短暂相遇。

这一次阿莉莎点了点头。

“我不知道那代表什么。”泰德看了伊桑一眼，“你知道吗？”

“我也不知道。”

泰德开始播放阿莉莎和凯特最后一次碰面的录像。

这次碰面发生在阿莉莎死亡的当天，地点是社区农场，两人的互动和交流几乎跟先前所看到的第一次碰面一模一样。

凯特在阿莉莎的蔬菜摊前停了下来。

她们彼此交谈了几句。

随后凯特又递给阿莉莎一个灯笼椒。

泰德将画面暂停。

伊桑说：“辣椒里很可能藏有纸条。”

“纸条上会写些什么呢？”

“我不知道。或许是下次碰面的时间和地点？也可能是告诉阿莉莎应该如何取出自己体内的芯片？现在我有一个问题要问你，我知道这些‘漫游者’取出身上的芯片之后，你们就没办法再追踪他们了，可是难道连镇上的摄像头也不能拍到他们的活动吗？”

“不能。”

“不能？”

“我们的摄像头只会在有芯片接近并移动时才会启动。”

“你能解释得更详细一些吗？”

“是这样的，镇上有好几千只摄像头，我们没必要将它们全部都同时打开。因为如果这样做的话，我们所看到的拍摄画面大多都是空白。所以，我们的摄像头被调制成只在侦测到芯片时才会启动，也就是说，有芯片进入摄像头的传感器感应范围之内时，摄像头才会从睡眠模式激活过来。只有接收到了芯片发出的信号，摄像头才会录像并传输影像。还有，如果被侦测到的芯片停止活动超过十五秒，摄像头便会再度进入睡眠模式。”

“那么，你的意思是说……”

“镇上的摄像头并不是随时都在运行。如果一个居民取出了自己体内的芯片，那么无论从哪方面来看，他都成了我们看不到、听不见的鬼魂。不管怎么说，这些‘漫游者’确实是找到了可以成功躲过监视的方法。”

“可以示范给我看看吗?”

泰德调出了一段新的影像，他说：“这是阿莉莎被杀害的当晚，摄像头所拍到的关于凯特的最后三十秒录像。”

一间卧室出现在了显示屏上。

穿着及膝睡衣的凯特走进了卧室。

她的丈夫也跟在她后面走了进来。

两人同时爬上床，然后关灯。

他们头顶上的摄像头切换到了夜视模式。

博林格夫妇直挺挺地躺在床上。

十五秒钟过后，画面一片漆黑。

当画面再次亮起来的时候，伊桑看到卧室里充满了清晨的阳光，凯特和丈夫正坐在床上。

“他们把芯片放回到身上了。”伊桑说。

“没错。不过从当晚十点一刻到次日清早七点半的一整夜，他们两人都是‘鬼魂’，而阿莉莎·皮尔彻就是在那段时间内被杀害了。”

“这就是皮尔彻要举办‘庆典’的真正原因所在，不是吗？”伊桑看着泰德，“我说得没错吧？他不仅仅是为了让镇上的居民通过‘庆典’来保持警醒，还因为如果有人取掉了自己的芯片，那么他不靠众人的帮助根本就没法找到他们。”

#

伊桑唤来了马库斯。

见到领路人之后，伊桑说：“我想去看看阿莉莎的宿舍。”

他们走上两层楼梯，来到了四楼。

伊桑进入走廊后才跨了五步，立即就知道阿莉莎的寝室是哪一间了，那扇门外摆放着好几束刚摘下来的鲜花。他猜测这些花是皮尔彻派人去镇上买来的。门框周围的墙上贴满了各式各样的纸条、卡片和照片。

无论阿莉莎生前是个怎样的人，也无论她是什么身份，起码在这个山中洞穴基地里，她一定深受同伴们的喜爱。

“治安官先生。”马库斯说，“我拿到你要的报告了。”

马库斯递给伊桑一个马尼拉文件夹。

“我想去里面待一会儿。”伊桑说。

“当然可以。”

马库斯掏出门禁卡，在门口的扫描装置上扫了一下。

伊桑转动门把手，推开门走了进去。

门内是个很小的房间。

没有窗户。

房间的面积应该不会超过一百平方英尺[①]。

门对面的墙边摆放着一张单人床、一张书桌和一个五斗柜，另一面墙边摆着一个占据了整面墙的大书柜，书柜里一半摆着书，另一半则摆放着许多装有照片的相框。

伊桑仔细察看着相框里的照片，发现所有的照片都是同一个女人在不同年龄阶段拍摄的——从妙龄少女一直到五十岁左右的中年妇女。

她是阿莉莎的母亲吗？

伊桑在阿莉莎的床上坐了下来。

大书柜对面的墙上贴着一幅很大的海滩壁画，画里有棕榈树丛、漫过深色珊瑚礁的碧绿色海水、白色的沙滩以及永远碧蓝的晴朗天空。

伊桑向后靠在枕头上，踢掉了脚上的靴子。

他不自觉地微笑起来。

从这个角度看着墙上那幅壁画，会有一种身临其境的感觉，仿佛自己正斜倚在沙滩椅上，望着远方海天相交的景致。

马库斯给他的文件夹上写着“第1055号任务联络记录”。

他打开文件夹。

里面有五页纸。

是五份报告：

---

① 约合9.3平方米。

第5293日

发件人：阿莉莎·皮尔彻

收件人：戴维·皮尔彻

第1055号任务

第1号联络报告

联络对象：第308号居民，凯特·博林格

上午十一点二十五分，我在主街和第九大道的交会街角第一次跟她接触。我将一张写有“我对被人监视感到极其厌倦”的纸条递给了她。我和她有简短的目光接触，彼此没有交谈。当天没有更进一步的接触。

第5311日

发件人：阿莉莎·皮尔彻

收件人：戴维·皮尔彻

第1055号任务

第2号联络报告

联络对象：第308号居民，凯特·博林格

与博林格第一次接触之后的第十八天，她在社区农场给了我一颗灯笼椒。我把它切开之后，发现里面藏着一张纸条，上面写着：“你的左大腿后部肌肉里有一个追踪芯片，去衣橱里把它取出来，不过要随身携带着它，同时等候我的进一步通知。”纸条上还说她接下来还会和我碰面两次，以确认我是否已经取出了芯片。

第一次碰面的时间将在第5312天的下午两点，第二次将在第5313天的下午三点。如果到了第5313天我还没有取出追踪芯片的话，她将不会再与我有任何联络。当天没有其他接触。

第5312日

发件人：阿莉莎·皮尔彻

收件人：戴维·皮尔彻

第1055号任务

第3号联络报告

联络对象：第308号居民，凯特·博林格

当天下午两点，博林格在主街与第六大道的交叉口附近往南走，我与她擦肩而过。我对她摇了摇头。当天没有其他接触。

第5313日

发件人：阿莉莎·皮尔彻

收件人：戴维·皮尔彻

第1055号任务

第4号联络报告

联络对象：第308号居民，凯特·博林格

当天下午三点，我与在河边散步道往南走的博林格擦肩而过。我朝她点了点头，她对我笑了笑。当天没有其他接触。

第5314日

发件人：阿莉莎·皮尔彻

收件人：戴维·皮尔彻

第1055号任务

第5号联络报告

联络对象：第308号居民，凯特·博林格

博林格来到我在社区农场的摊子前，她又给了我一颗灯笼椒。藏在里面的纸条上写着：“今晚，凌晨一点，去墓园里的陵墓区。出门前把你的芯片放在床头柜抽屉里，记得穿一件连帽外套。”明天我会提交新的报告。

#

伊桑和马库斯并排着走在三楼的走廊上。

走到一半的时候，伊桑在一扇对开门前停下了脚步。透过门上的玻璃窗，他看到里面正在进行一场篮球比赛。一队人穿着上衣，另一队人则打着赤膊。看着篮球在硬木地板上跳动，听着运动鞋的鞋底与地面摩擦所发出的“吱吱”声，有那么一刻，伊桑脑子里突然涌起了想要加入到他们当中的疯狂想法。

他们继续往前走。

“你介意我问你一些问题吗，马库斯？”

“请讲。”

“你今年几岁了？”

“我二十七岁。”

“你在这个基地住了多久？”

“两年前，皮尔彻先生让我从生命暂停状态复活过来，好接替一个在通电围栅外执行任务时遇害身亡的守卫。”

“这个山中洞穴基地里的每一个人在加入皮尔彻的团队时，就已经知道了自己将要面对的是什么，对吗？”

“没错。”

“那你为什么还要这样做呢？”

“做什么？”

伊桑在一间自助餐厅的门口停了下来。

他转而面对着马库斯。

“你为什么愿意抛下过去的生活？”

“其实我并没有抛下什么，伯克先生。你知道我从前的人生是什么样的吗？”

“是什么样的？”

“我是个瘾君子，也是酒鬼。”

“然后呢？皮尔彻找到了你？他提出要给你一个机会来发挥你的潜能？”

“我刚出狱就遇到了他，那时我因交通肇事过失杀人罪刚蹲完三年监狱。因为三年前的除夕夜，我在吸过毒并醉酒的状况下驾车撞死了一家人。皮尔彻在我身上发现了一些我自己从来都没有觉察到的潜力。”

“那时你没有家人或朋友吗？你起码有自己的生活吧？是什么使得你从一开始就相信他的？”

“我也说不清，不过他是对的，不是吗？我们是这项计划的一部分，伯克先生。这是一项由我们所有人一起参与的重要计划。”

“马库斯，有件事我希望你永远都不要忘记。他妈的从来没有人问过我或镇上的任何居民，我们是不是想要成为这个计划的一部分。”

伊桑继续往前走。

他开始沿着楼梯下楼，当他走到临近一楼的几级阶梯时，突然听到了一个声音，不由得停下了脚步。

马库斯已经用门禁卡在一扇门旁边的扫描装置上扫了一下，大洞穴入口的玻璃门就这么打开了。

伊桑却掉头朝走廊里走去。

“伯克先生，你要去哪儿？”

那声音听起来像是在尖叫。

如同苏格兰民间传说中报丧女妖所发出的长长哀号。

完全不像人类的声音，听起来似乎饱受痛苦。

他以前就听过这声音，此时再度听到，不由得令他不寒而栗。

“伯克先生！”

伊桑在走廊里慢跑起来，耳边的尖叫声也越来越响亮。

“伯克先生！”

他在一扇宽大的窗户前停下了脚步。

透过厚厚的平板玻璃，伊桑能看到里面的实验室。

实验室里有两个穿着白大褂的男人，还有戴维·皮尔彻。

一只怪兽被他们围在中间。

伊桑再定睛一看，怪兽被捆缚在一张金属轮床上。

两条腿的膝盖都被厚实的皮带绑得紧紧的。

上半身以及肩部也各捆了一条皮带。

还有第五条皮带把它的头固定起来。

怪兽的两只粗壮的手腕和脚踝都被结实的不锈钢手铐铐在了轮床两侧，被皮带捆缚住的身体就像遭受了电击一般，剧烈地抖动不已。

“你不该来这里的。”马库斯来到伊桑身旁说道。

“他们在对它做什么?”

“行了，我们赶紧走吧。如果皮尔彻看到你在这里，他肯定会不高兴……”

伊桑伸出拳头，重重地敲击面前的玻璃。

马库斯喊道：“噢，天哪!”

玻璃窗里面的三个人都转过头来。

两名身穿白大褂的科学家阴沉着脸，皱起眉头。

皮尔彻对他们说了几句话，之后便朝实验室的门口走来。他打开门时，怪兽的叫声更大更清晰了，在走廊里回荡着，犹如从地狱传来的可怖呼唤。

皮尔彻出来之后，他身后的门迅速关上了。

“伊桑，你有什么事吗?”

“我正要出去的时候，却听到了尖叫声。”

皮尔彻转过头去，看着厚厚的玻璃窗。怪兽要么是镇静下来了，要么是力气已经耗尽了。此时只有它的头还在皮带下面转动着，它的尖叫声也减弱成了低沉嘶哑的吼声。伊桑看到一颗巨大的心脏正在透明的皮肤下面剧烈地搏动着。他只能看清怪兽的颜色、形态以及动作，却没法看清它身体的其余细节。

“这可是个大家伙，对吧?”皮尔彻说，“它的体重达到了三百一十七磅[1]，是迄今为止我们所见过的最大的雄性之一。你可能会认为他是一支大族群的领袖，可是今天早上我的狙击手却发现它孤身出现在峡谷里。它被注射了四百毫克舒泰麻醉剂，这样的剂量足以令一头成年雄性美洲豹倒下，不过当我们抓到它时，它却只是行动有些迟缓而已。”

“这种麻醉剂的药效能持续多久?”

“大约只有三个小时。等药效退去之后，最好得把它关起来，因为它们清醒之后会变得异常狂暴。”

“它的个头好大啊。”

“没错，它的确比跟你搏斗过的那几只要大得多。毫不夸张地说，如果你在山谷里遇见的是它，那么今天我们就不可能站在这里彼此交谈了。”

“你们在对它做什么呢?”

“我们准备切除它颈部底端的一个腺体。”

“为什么?”

“艾比怪兽是通过信息素[2]来彼此交流的。它们通过信息素向同类发出信号，从而引起对方的回应。”

---

① 1磅约合0.45千克。

② 信息素：同种个体之间相互作用的化学物质，能影响彼此的行为、习性乃至发育和生理活动。信息素由体内腺体制造，直接排出散发到体外，依靠空气、水等传导媒介传给其他个体。从低等动物到高等哺乳动物都有信息素。由于信息素靠外环境传递，故又称外激素。

“人类不也是这样的吗？”

“没错，不过人类在更本能和更宽泛的层面上使用信息素，比方说异性之间的相互吸引，母亲和婴孩之间的彼此辨认。而艾比对信息素的使用更像我们对语言的使用。”

“使用语言……那么你们为什么要做这种相当于割掉它舌头的事情呢？”

“因为我们最不希望发生的就是它设法将自己陷入困境的事情告诉给同类们。当然，我很爱我们的通电围栅，也对它充满了信赖。可是，如果知道围栅另一面聚集着好几百只试图救出同类的艾比，我还是会觉得不太舒服。”这时皮尔彻低头看了一眼伊桑的腰间，“你还是没有带着你的左轮手枪。”

“我现在是在山中的基地里，带不带枪有什么要紧？”

“这当然要紧，伊桑，因为我要求过你得这样做。其实这很容易做到，不是吗？只是随时随地带着你的枪而已。你来看看这可怕的一幕吧。”

伊桑将视线转回到平板玻璃那里。

其中一名科学家正俯身靠向那只艾比的脸部，并用手中的一支笔型手电筒照射它的左眼，它发出了“嘶嘶”的叫声。

看上去它的高度大约有六七英尺。

它的手臂和腿部全是紧实的肌肉，似乎是一条条扭曲纠缠在一起的钢纤维。

伊桑没法将自己的视线从怪兽身上移开。

它的黑色爪子跟伊桑的手指一样长。

“它们聪明吗?”伊桑问道。

“噢，相当聪明。”

“能与黑猩猩相当吗?”

“它们的脑容量比我们的还要大。由于我们与它们有着很深的交流障碍，所以要按我们的方式对它们进行智商测试是非常困难的。我试过让它们做一连串的社交和体能测试，可它们不是不能完成这些测试，而是压根儿就拒绝去做。就好像是我试图对你进行测试，可你却让我滚一边去吧，诸如此类的反应。不过，几个月前我们倒是捉到了一只顺从的样本。它是雌性的，我们给它起名叫‘玛格丽特’，关在九号笼子里。它的敌意程度比较低。”

“低到什么程度?”

“我在它的笼子外面摆了张桌子，然后我就坐在桌子对面对它进行记忆测试。那时我让两名守卫站在我身后，他们各举着一把大口径散弹猎枪瞄准它的胸口，可它却丝毫没有表现出任何攻击性。”

“你是怎么对它进行测试的?”

“我用的是一种简单的儿童记忆游戏。你跟我一起走走吧。”

皮尔彻敲了敲玻璃窗，朝里面的科学家们举起了一根手指。

他们往走廊尽头的玻璃门走去，马库斯跟在他们身后十英尺远的地方。

“我用的是硬纸板小卡片。卡片的一面是空白的，另一面印着各式物品——一只青蛙、一辆自行车或一杯牛奶。我把卡片有图画的一面朝上，摆放在玛格丽特面前的桌子上，让它观察这些图画。我们先从简单的开始，起初一次摆五张卡片，接下来再增加到十张。它每次可以看两分钟，然后我就把卡片全部翻过来，这样它就看不到那些图画了。接下来，我从另一个装着同样卡片的袋子里随机取出一张卡片，比方说我取出一张印着一杯牛奶的卡片给它看，它就会伸出爪子来触碰桌上被翻转的卡片，我再把它选择的卡片翻过来，看它是不是选对了。”

“它的测试结果如何？”

“伊桑，我们最后进行到一次让玛格丽特看一百二十张卡片，而且只给了它三十秒的时间来记忆卡片的摆放位置。”

“她全都选对了？”

皮尔彻点了点头，内心的骄傲溢于言表，“它全都记住了！”他停下脚步，指着一扇门上的小窗户，这扇门看起来只能用门卡才能打开。“我把它关在这里面的。你想见见玛格丽特吗？”

“一点儿都不想。”

走廊天花板上的荧光灯反射在了玻璃窗上。

伊桑伸出两只手来圈在眼睛，透过玻璃窗向内张望。

“我知道你在想什么。”皮尔彻说，“不过我并不认为它是个例外，我是说从智商方面来看。它只是性情脾气跟其他艾比不一样罢了。当然，如果它认为只要撕裂我的喉咙就能逃出去的话，它应该也会立刻动手的。”

这个用作笼子的房间里除了地板、墙、天花板和怪兽之外，就别无他物了。

被称作“玛格丽特”的家伙正坐在角落里，双腿弯曲在胸前。它用一双不透明的小眼睛眨也不眨地盯着门上的玻璃窗。

“我已经教会了它使用五十二种手势。它学得很快，也表现出了和我们沟通的愿望。可惜它的喉头构造跟我们很不一样，没法讲话，起码没法用我们能理解的方式讲话，它完全做不到。”

这只怪兽看起来像是在冥想一般。

看到这样一只静坐着的温顺的怪兽，伊桑的内心感到无比震撼。

皮尔彻说：“不知道你今天早上有没有看我的报告。”

“还没呢，我从家里直接就赶过来了。”

“我们让一名新人从生命暂停状态复活了过来。他叫韦恩·约翰逊。今天是他重生的第一天。现在他很可能刚刚在医院里苏醒过来，帕姆负责帮助他初步适应新环境，不过在未来一段时间里，你可能会被叫去帮忙。”

“没问题。”

“我希望监视小组的泰德有帮上你的忙。”

“的确如此。”

“那么你很快就会开始与你过去的老搭档接触吗？”

“我今天晚上或明天就会去找她。”

“很好。你想好策略了吗？”

“还正在想呢。”

“你每天都得向我汇报你的工作进展。”

伊桑说：“戴维，关于你昨天晚上在电话里说的……”

“行了，别再提这事儿了。我只是觉得应该让你知道。”

“我想再次告诉你，我为你所失去的感到非常难过。如果你需要任何……”

皮尔彻注视着伊桑，眼睛里分明充满了怒火，可语气却异常冷静，“你得找到是谁对我的女儿下了毒手。我需要你做的就只有这个，没别的了。”

BLAKE CROUCH

PINES

第十章

当韦恩·约翰逊醒来的时候，穿着标准护士服的帕姆正坐在他的病床末端。

他一动不动地躺在被子下面，睁开眼睛看着天花板，就这么过了好长时间。

最后，他终于坐起身来，打量着帕姆。

他上身赤裸着，头发快要掉光了。

他四十二岁。

没有结过婚。

也没有小孩。

1992年8月8日，百科全书推销员韦恩·约翰逊来到了位于爱达荷州的黑松镇。他抵达小镇时天色已晚，所以只敲开了五户居民的家门进行推销。成功售出一套百科全书之后，他在傍晚时分去黑松镇酒店办理了入住手续，随后步行去一间家庭式餐馆吃晚饭。他在途中过马路的时候，被一辆疾驰而来的摩托车撞倒在地……他遭遇了一场非常完美的肇事逃逸事故——撞击的力度大到足以令他头部受伤而失去知觉，但却不足以夺去他的性命或对他的脑部造成严重的永久性损伤。

由于彼得·麦考尔在两天前的晚上撞向通电围栅，自杀身亡，所以镇上需要一名新居民的加入。

韦恩·约翰逊的皮肤还是灰色的，毕竟他在十个小时前才刚刚接受了生命暂停后的输血复活。不过，等到了今天晚上，他的皮肤应该就会恢复到正常状态了。

帕姆微笑着对他说：“嗨，你好!”

他眯缝着眼睛盯着她看，由于他的身体系统才刚刚重新启用，此时他的视线很可能仍然有些模糊不清。

他转动眼球，环顾了一下整个房间。

他们在医院四楼的一间病房里，窗户是开着的，风不断地吹进房间，白色的亚麻布窗帘随着风的涌入而不时飘起、落下，节奏稳定得就像房间本身在呼吸似的。

韦恩·约翰逊说：“我这是在哪里啊?”

“这里是黑松镇。”

他把棉被往上拉，盖住了自己的脖子，可他并不是因为感到羞怯才这样做的。

“我好……好冷啊。”

“这很正常。我向你保证，等到了今天晚上，你就会感觉好些了。”

“我好像出了什么事。”他说。

“没错，的确如此，你记得你遇到什么事了吗?”

他眯缝着眼睛。

“你知道你的名字吗?”帕姆问道。

百分之三十九的人，在刚复活的四十八小时之内都是处于完全失忆状态的。

“韦恩·约翰逊。”

“非常好。你记得你来黑松镇是为了做什么吗?”

“我好像是来推销百科全书的?”

“没错，很好。那么你还记得你推销了几套出去吗?”

“我记不清……好像是一套。对，是一套。”

“接下来又发生什么事了呢?”

“我走路去吃晚饭，然后……”帕姆能看出韦恩此时正被关于痛苦经历的回忆所笼罩着，他的脸上显露出恐惧的阴影。“我被撞了，我也不知道撞我的是什么，在那之后发生的事情我就完全不记得了。这里是医院吗?”

“是的。还有，从现在开始，你就是这个小镇的一员了。”

“小镇的一员?”

“没错。”

“可我并不住在这里啊，我的家在内布拉斯加州的斯科茨布拉夫。”

“你以前的确住在斯科茨布拉夫，可是现在你住在这里了。”

韦恩坐得更直了一些。

这无疑是整个融合阶段中帕姆最喜欢的一部分：看着镇上的新成员渐渐开始明白他们的人生——或者说是眼下这种全新的存在——已经被永远改变了。当然，“庆典”才是她最喜欢的，不过在她看来，这些新成员因发现了自己的新处境而震惊不已的无声时刻，带给她的快乐绝对可以排在第二位。

“你这话到底是什么意思?”韦恩·约翰逊问道。

“我的意思就是你现在住在这里。”

有时候他们自己会在脑子里将一些信息点连接成线。

有时候她得引导他们去思考。

她静静地等候了一分钟，其间她能看出这位约翰逊先生的大脑正在飞速地运转着。

他最终开口说道："在那场事故中……我受伤了吗？"

帕姆伸手拍了拍他盖在被子下面的腿。

"我很抱歉，你的确受伤了。"

"那么，我伤得很严重吗？"

她点了点头。

"我是不是已经……"

他环顾了一下这间病房。

然后低头看了看自己的双手。

帕姆能觉出他就要问出那个问题了。

赶快问啊！

他就要开口了，话已经到了嘴边。

"我是不是已经……？"

帕姆心里想着：**快问吧，你就问出来吧！**已有的档案资料显示，如果一名新成员自己能想到这个问题，并且有勇气把它问出来，那么此人接下来的融合过程多半将会进行得相当平顺、毫无障碍。而那些没有问这个问题的新成员，则几乎可以确定将会成为不相信、抗争和试图逃跑的人。

韦恩突然闭嘴了。

他就像吞下一颗难以下咽的苦药丸一样，把已到嘴边的问题咽了下去。

帕姆并没有催逼他把问题问出来，她没必要这样做。

现在还为时尚早。

她还有足够多的时间让约翰逊先生逐渐以为自己已经在事故中丧生了。

第十一章

伊桑坐在“热豆咖啡”咖啡馆里一张靠窗的桌子旁边，一面品尝卡布奇诺，一面望着马路对面那家名为“木玩宝藏”的玩具店。每逢工作日，哈洛德·博林格都会在店面隔壁的工作室里制造玩具，而他的妻子凯特·博林格——也就是从前的凯特·休森——则负责照看店面，她是伊桑从前在特勤局的搭档。

自从来到黑松镇之后，伊桑只和凯特交谈过一次，那时他还处于可怕的融合期内。可是在他成为治安官之后，他们就再也没有说过话了，而他也竭力避免跟她见面。

此刻他正透过咖啡馆的玻璃窗仔细观察着她。

玩具店里一名顾客也没有，凯特坐在收银机旁边，正全神贯注地看着一本书。现在已临近傍晚，阳光斜斜地照射在玻璃窗上，令她满头的少年白发看起来很像一团炫目的银色火焰。

也很像一片被阳光照得发亮的云朵。

至于她的居民档案，伊桑已经反复读过好几次了。

凯特已经在黑松镇住了将近九年。当初伊桑来小镇寻找失踪的凯特时，她三十六岁，而如今再过三个星期她就要度过自己的四十五岁生日了。从前他比她年长一岁，现在却变成了她大他八岁。

她的档案里记载了极其惨烈的融合过程。

她曾激烈地反抗过，也曾试图逃跑，令皮尔彻的耐心受到极大的考验，差点儿就下令举办一场属于她的“庆典”。

可是不知怎地，她却突然变得温顺起来。

乖乖地住进了分配给她的房子。

老老实实地干起了分派给她的工作。

两年之后，她遵照当时的治安官的指示，顺从地嫁给了哈洛德·博林格，并搬过去与他同住。在这整个过程中，她连一丝一毫轻微的反抗也没有。

在婚后的五年里，他们一直都堪称模范镇民。

直到有一天，安装在他们的床上方的窃听器捕捉到了一句话，由此引来了她的第一份监视报告。

凯特讲那句话时声音极其低微，然而却不料刚好处在窃听器可捕捉到的分贝范围之内。

她说：“恩格勒夫妇和戈尔登夫妇也加入了。”

风平浪静地过了一个月之后，有一天凯特的追踪芯片突然在凌晨两点出现在了墓园里。

治安官波普去墓园找到了她，发现她独自在那里胡乱转悠。波普对她进行了问询，可她却答非所问地装傻，还不断地道歉，撒谎说因为自己跟哈洛德发生了激烈的争吵，所以想出来透透气。

两天后又发生了一件事：哈洛德和凯特在卧室衣橱里待了一个小时才出来，而那里正好是他们的屋子里为数不多的几个监视盲区之一。

监视系统因此发出了警告信号，分析师也提交了监视报告，可是后来却没再发生什么异常的事情。

在接下来的一年半时间里，没有任何关于凯特的监视报告，然后监视小组的泰德提交了一份备忘录给皮尔彻和帕姆。

咖啡店里的伊桑一面喝着卡布奇诺，一面又读了一次这份备忘录。

第5129日

发件人：泰德·厄普肖

收件人：戴维·皮尔彻

研究对象：第308号及第294号居民，凯特·博林格及哈洛德·博林格

在过去的几个月里，我心中的疑虑一直在逐渐加深，到现在它已经到了无以复加的程度，以至于我觉得必须将一些事情告诉你们。每隔几个星期，过了午夜十二点以后，我们发现有十一户人家（博林格、恩格勒、科尔比、史密斯、戈尔登、欧布莱恩、奈斯旺德、格林、勃兰登堡以及肖欧）屋内的摄像头在四至七小时不等的持续时间之内，完全没有进行任何拍摄活动。在正常情况下，去掉完全静止不动的熟睡时间，每户人家的摄像头应该能拍到大约两小时的变换睡姿的画面。那么，这十一户人家的摄像头在夜里长时间持续处于不活动状态，唯一的原因就是他们的追踪芯片完全没有移动。换句话说，也就是摄像头没有被芯片激活。

然而这是根本不可能发生的。

要让摄像头在夜里连续好几个小时都不启动，躺在床上的那个人要么就得完全保持静止，要么就是已经死了。我们的摄像头

灵敏度非常高，而且被设定成可以被极其轻微的动静所激活，即便是人的呼吸略微粗重时所带动的胸膛起伏，也能被其捕捉到。

这些摄像头并没有发生故障。倘若这样的情形只在一户人家发生过一次，那么我可能会轻描淡写地将其归咎为设备故障。可是这么多户人家的摄像头都在夜里长时间停止活动，而且这样的情况还一再重复出现，这就让我不得不怀疑也许有人正在我们背后偷偷地策划造反活动。

我相信上述居民——甚至还可能有更多我们尚不知道的居民——不但已经发现了他们体内的追踪芯片，而且还掌握了如何在不惊动监视系统的情况下取出芯片的方法。显而易见，一旦他们取出了体内的芯片，我们的摄像头就无法拍摄到他们的活动了。他们可以在家中、镇上随意活动而不被发现，甚至还能神不知鬼不觉地逃到通电围栅外面去。

根据上述情况，我认为镇上有越来越多的居民在私下暗中集会，而且可能性极大，这实在令人忧心。我认为我们应该立即对此采取相应的行动，以防事态进一步扩大。

伊桑匆匆喝光了杯子里剩下的咖啡，随后走出咖啡馆，来到了马路对面。

当他拉开玩具店的大门时，挂在门上的风铃“叮当”作响。

刚才过马路的时候他做了好几次深呼吸，可是此时他的心脏却依然在胸腔里狂跳不已。

凯特从一本破旧的平装书上抬起头来，伊桑看到她读的是李·查德所著的“浪子神探”杰克·雷彻系列小说的最后一部。

头顶的白发令她从远处看去时非常显老，不过在近处看的话她还是挺年轻的。尽管她的脸上出现了一些笑纹，不过仍然相当漂亮。就在不久之前——起码从他的角度来看是如此——他还深深爱着这个女人。

他们在一起偷情的那三个月，是他人生中最热烈、最无所顾忌、最恐惧、最快乐同时也最充满活力的时光。

那时他们是工作上的搭档，有一次两人整整一个星期都一起在北加利福尼亚州出差。

他们在酒店订了两个房间，不过接连五天两人每天晚上都睡在同一个房间里。那个星期，他们几乎就没有入睡的时候。他们时时刻刻都想抚摸对方的身体，已经到了爱不释手的程度；除了一次又一次地做爱，其余时间他俩一直都有着聊不完的话题。到了白天需要办理公务的时候，他们又不得不摆出专业的形象，彼此保持疏离，以至于这样的时刻成为了最甜蜜的煎熬。从来不曾有其他任何人——甚至包括特丽萨在内——令伊桑如此甘愿地丧失自我，他对这个女人有着无条件的爱，他的身体，他的内心，还有他那不可触摸的灵魂，都深深地迷恋着她。伊桑从来不曾和其他人有过如此契合相通的关系，他觉得这个女人是上天赐给他的慷慨祝福，同时也是足以摧毁他现有生命的恶毒诅咒。尽管他的内心饱受着罪恶感的折磨，而且他也清楚知道如果他仍然爱着的妻子知道了他的这段不伦之恋，将会受到多大的感情伤害，可是他却无可奈何地发现他在潜意识深处认为，离开凯特就是对自己灵魂的背叛。

正因如此，最后是她为他作出了抉择。

国会山有一家名为“不醉不归”的酒吧，幽暗而吵闹。一个寒冷的雨夜，他们坐在这家酒吧的一个小隔间里，各自点了一杯比利时啤酒。

他已经准备好了要离开特丽萨，并抛下现有的一切，为的只是能跟凯特在一起。他约凯特来到这里，就是为了把自己的决定告诉她。摆在他面前的这张桌子的桌面已经被成千上万个啤酒杯的杯底磨得无比光滑了，而凯特从这张桌子的对面朝他伸出手来，将他的心撕了个粉碎。

那时凯特尚且单身，也没有孩子。

可是在他不顾重重阻力与牵绊，一心只想拉着她的手共同奔向那交织着爱与罪恶的渊薮时，她却不打算和他同行。

两个星期之后，她提交的调职申请获得了批准，她被调去了博伊西分部。

又过了一年，她在爱达荷州一个名为黑松镇的偏僻小镇失踪了，伊桑则奉命派去寻找她。

接下来，一千八百多年转瞬即逝，在他们所知道的一切都化为灰烬或毁坏崩塌之后，两人却在地球上仅存的最后一个小镇的一家玩具店里，面对面彼此凝视着。

有那么一会儿，如此近距离地看着她的脸，令伊桑的头脑一片空白，无法思考。

凯特首先开口了。

“我不久前还在想，有朝一日你会不会来这里呢。”

“我自己也想过同样的问题。”

“恭喜你了。”

“恭喜我什么？”

她从柜台后面伸出手来，在他佩戴的星形黄铜胸章上轻轻敲了敲。

“因为你升职了啊。很高兴看到这里的一切由我熟悉的人来负责掌管。你对新工作适应得怎么样啊？”

从这几句短短的交谈中，伊桑能看出凯特显然已经纯熟地掌握了黑松镇所特有的仅流于表面的社交方式，并且可以游刃有余地将其发挥到极致。

“很顺利。”他说。

“我想，对你来说，过一种稳定而富有挑战性的生活还不错吧。”凯特笑着说。伊桑认为自己听出了她这句话中的言外之意，他开始猜想别人是不是也能听出来呢。毕竟，这实在太明显了。

这比半裸着身子在镇上躲避所有人的追杀要好得多吧？

“唔，这工作蛮适合我的。”他说。

“那太好了，我真为你感到高兴。那么，今天你来这里是有何贵干呢？”

“我只是想进来跟你打个招呼。”

“噢，真是荣幸万分。你儿子怎么样啊？”

“本杰明很好。”伊桑回答道。

“他一定长大好多了吧。”

“没错。”

天哪，像这样跟她对话实在是太别扭了。这简直就是拙劣小说里的对话内容，或者是两个演员在呆板僵硬地对台词。

这时隔壁传来了敲打木头的声响——是哈洛德在做玩具。

“你丈夫好吗？”伊桑问道。

他极不喜欢这个称谓——因为这代表那个男人在过去的七年里一直和凯特睡在同一张床上。或者，他们的婚姻有没有可能只是有名无实而已？她其实很讨厌他，却勉强与他维持着表面的婚姻关系？她是不是从来都没有让他碰过自己？

“他实在是太好了！”说这话时，她脸上自然而然地流露出了真诚的笑容，与她先前说那些套话时的表情截然不同。看来她是爱哈洛德的，因为一提到他她就两眼放光。在这样的时刻，就在这短短的一瞬，伊桑瞥见了一个真实的凯特。

“他在隔壁吗？”伊桑问道。

“是的，他在敲打木头做玩具哩。我们常常开玩笑说，他是店里的肌肉，而我是店里的大脑。”

伊桑勉强地笑了笑。

继而说道：“我还没见过他呢。唔，我是说真正意义上的会面。”

他以为她能听懂话语中的暗示，并安排自己跟哈洛德认识。

可她却只是说：“你会有机会认识他的。他今天下午要赶工完成学校的订单，抽不开身。既然来了，你何不为本杰明选一个玩具呢？你可以在店里随意挑选，我们免费赠送。”

“噢，这可不好。”

“不用客气，我可是诚心诚意的。”

“那太谢谢了。”

伊桑离开收银台，在玩具店里四下走动着。这是一家小店，可是与天花板齐高的货柜里全都摆满了手工制作的玩具。他拿起了一辆轮子可以转动的木制小汽车，它有四扇车门，有引擎盖，甚至车尾还有一个可以打开关上的行李箱。

“真是太精美了！”他赞叹道。

“哈洛德的手艺确实好得没话说。”

伊桑将手中的小汽车放回到货架上。

凯特从柜台后面走了出来。她穿着一条与秋日的山杨树叶一样黄的连衣裙，身材几乎跟从前一模一样。

“本杰明现在几岁了？”她问道。

“十二岁。”

“嗯……像他这种年纪的男孩，已经不会被传统玩具所吸引了。”她光着脚朝店面后方走去，午后的阳光透过玻璃窗倾斜地照着店里的硬木地板，光滑的地板竟微微泛着光，“不过这里有个东西也许他会喜欢。”

她踮起脚尖，伸手从最高的一层货架上取下来一把弹弓。

线条简单，但做工却极为精致。

弹弓是由未上漆的原木制成的，被砂纸打磨得非常光滑。

一条厚厚的橡皮筋固定在弹弓的两个叉头上，还有一个棕色的皮袋。

“这弹弓做得真好！”伊桑再次发出感叹。

“那么，请尽管拿去吧。”

他伸出一只手接过凯特递来的弹弓，同时将另一只手伸过去握住了凯特的手。这时隔壁的敲击声停了下来，可是伊桑却觉得自己激烈的心跳声在这间安静的玩具店里振聋发聩。

他低头看着她的眼睛，它们看起来比他记忆中的颜色还要更蓝一些，然后他轻轻拉开了她左手的手指。

他努力忽略掉他们的皮肤相互碰触时所激起的内心强烈震荡。

她没有把手挪开。

她低下头看着他们交握着的手。

然后接过了他手里藏着的小纸片，并紧紧地握在自己的拳头里。

伊桑说：“能再次见到你真的太高兴了。”

随即他转身走出了店门。

#

黑松镇房地产中介公司大门上的铃铛发出了几记清脆的“叮当”声。

特丽萨从自己的办公桌上抬起头，看到一个从未见过的陌生男人走进门来。

她一眼就看出他是镇上的新成员，尽管她并不确切知道所谓的“新成员”意味着什么。

他面色苍白，看起来困惑不已。

他来到她的办公桌旁，开口问道：“请问你是特丽萨·伯克吗？”

"没错，我是。"

"他们说我应该来这里和你谈谈关于房子的事，可是说实话我并不知道……"

"噢，是的，当然，我能在这方面为你提供所需的帮助。你叫什么名字呢？"

"嗯……韦恩，韦恩·约翰逊。"

她伸出右手跟他握手，"很高兴认识你，韦恩。请坐下吧。"

她取出可供选择的房屋资料夹，放在桌面上，滑到了他面前。

他有些犹豫。

有那么一刻，她不禁怀疑他可能会起身夺门而出。

不过他最终还是打开了资料夹，一页一页地翻阅起来。

眼下自己将要面对的情境着实令她感到憎恶。帮助那些在黑松镇住过好几年，只是想要换一栋新房子的老居民来说是一回事——他们知道内情，也知道该如何与她配合着闲扯淡，可是帮助这类"新人"完全又是另一回事了。这个可怜的男人根本就不知道自己遇到了什么事，也不知道自己为什么会在这里，为什么无法离开。她甚至在想，不知道他们有没有威胁过他？

过了一两分钟，他朝特丽萨倾过身来。

"你找到自己喜欢的房子了吗？"特丽萨问道。

他压低声音说："这里到底是怎么回事？"

特丽萨赶紧答道："你是指什么呢？不知道你看得怎么样了。我明白要买一栋新房子不是那么轻巧的事情，不过我可以尽力帮助你。"

她讲出这些话的语气极为恳切，几乎连她自己都相信了。

透过办公室正面的大玻璃窗，她瞥见了一幕场景——伊桑出现在了街对面的“木玩宝藏”玩具店，手里握着一把弹弓。

#

透过厨房水槽背后的窗户，伊桑看着天空逐渐变暗，镇上一栋栋房子里的灯都亮了起来，山谷里飘荡着赫克托尔·盖瑟弹奏的优美钢琴声。

从纱窗吹进屋里的风带着冬季将临的凛冽寒意。伊桑最近渐渐发现，一旦太阳落到了峭壁背后，小镇便会立即被寒意所笼罩，再加之他听说这里的冬天酷寒而又漫长，这令他感到极为沮丧和厌烦。

伊桑把双手泡在温暖的洗碗水里。

特丽萨突然来到了他身后。

她将一个盘子重重地放在砧板上。

“你还好吧？”伊桑问道。

先前吃晚餐的时候，她就一直不大对劲，即便是以黑松镇的标准来看，她也显得不对劲。她在用餐过程中始终一言不发，视线一直没有离开过自己面前的盘子。

她抬起头来看着伊桑。

“你没有忘记什么事吗？”她问道。

“没有啊。”

她显然在生气，绿色的眼睛里流露出难以抑制的愤怒之情。

“你不是有东西要送给本杰明吗？”

噢，该死！

他被她看到了。不知怎地，总之她就是看到他去了那家玩具店。可是伊桑并没有把弹弓带回家，他离开玩具店之后便去了治安部办公室，和比琳达打了个照面，然后把凯特送的弹弓放进了自己办公桌最下面的一层抽屉里。

他那样做的目的就是为了避免此时的这种谈话。

"你把它放到哪里了？"她质问道，"我想我们的儿子应该会想要拥有一把弹弓的。"

"特丽萨……"

"噢，天哪，你应该不会想要否认吧？"

他把手从洗碗水里抽出来，用挂在烤箱门把手上的毛巾擦干了手。

他觉得喉咙那里好像哽了一块大石头，这让他想起了他将自己跟凯特之间所发生的事情向特丽萨坦白的那个夜晚。那时他的前任搭档已经离开他去博伊西了，可他还是下定决心让特丽萨坐下来，向她吐露了一切。他做不到怀揣谎言与她继续生活在一起，因为他太尊重她也太爱她了。就连他的出轨，其实也并不是因为他不再爱自己的妻子了。

特丽萨一时接受不了残忍的现实。

这不足为奇。

不过她并没有把他赶出家门。

这倒有些出乎他的意料。

她捶胸顿足地号啕大哭，悲痛欲绝，可是最终还是像从前一样爱着他。

尽管他做了那样的事，她还是爱他。

接下来发生了最为奇妙的事情，特丽萨的反应令他更爱她了。他从妻子身上看到了自己以往不曾见过的那一面，或者说是他从未注意到过的那一面。

特丽萨朝他走近了一步。

“我看到你在那里。”她说，“你在她的店里。我亲眼看到了。”

“我是去了那里。”伊桑说，“她送给我一个弹弓，让我带给本杰明，可是我没把它带回家来……”

“因为你想对我隐瞒一些事情！”

“如果我和她背着你有见不得人的勾当，那她为什么会给我一个一看就来自她店里的东西呢？”

“可是你并不想让我看到它。”

“没错。”

特丽萨闭上了双眼，有那么一瞬间，伊桑以为她就要崩溃了。

她再度睁开了眼睛，问道：“那你为什么要去见她？”

伊桑把两只手放在灶台上，努力沉住气。

“是为了工作上的事，特丽萨，我只能跟你说这么多了。”

“工作？”

“不然我绝对不会去找她的。”

“你觉得我应该就这么相信你所说的话吗？”

“亲爱的，我爱你，我希望我从来都不曾遇见她。你不知道我是多么地希望自己从未认识她。”

“那你觉得我应该怎么想?”

特丽萨打开水龙头，用水杯接了满满一杯水。

然后一口气喝光了杯子里的水。

她把杯子放下。

她透过纱窗看着窗外，开口说道：“我知道，你从她身上得到了从我这里无法得到的东西，那是一种你在我这里无法获得的体验。我并不因此而恨你，我从来没有因此而恨过你。”她在水槽边转身面对着他，蒸汽不断地从放了餐具洗涤剂的洗碗热水中往上冒，盖瑟正在弹奏莫扎特的一首钢琴协奏曲。“可是这并不意味着你没有伤害到我。”她说。

“这我知道。”

“我想知道你对她的感觉跟我对你的感觉是不是一样的。当然，你并不是一定得回答这个问题。依你说，你去见她纯粹只是为了工作上的事情，是吗?”

“是的。”

“那么我猜这就意味着……”

“这我不能再说了。”

她点了点头，“我要去放一缸热水泡个澡。”

“我和她已经结束了，特丽萨，彻底结束了。”

他看着妻子走出厨房，听着她穿过走廊朝浴室走去时硬木地板在她脚下“嘎吱”作响的声音。

随后他听到了浴室门关闭的声音。

一分钟过后，他听到了流进古典四脚浴缸里的哗啦水声。

#

伊桑钻进了被窝。

他侧躺着，用一只手臂支撑着头，看着妻子的睡姿。

她的身体温暖了被子和床垫之间的空隙。

她睡前已将窗户打开了一条一英寸左右的缝隙，从那里吹进来的冷风令伊桑开始后悔上床前没从床尾的橡木储物箱里多拿一条毛毯出来。

他觉得自己可能还能够睡上半小时左右，可无论他怎么努力地闭上眼睛，却还是睡不着。

他的脑子没法停止思考。

毫无疑问，凯特已经读到了他写的纸条。

可问题是她会如何看待它呢?

七个小时之前，当他坐在咖啡馆里的时候，最终确定了一套行动方案。

他从最新一期《黑松镇之光》上撕下了一块空白的纸条，在上面写下了：

他们已经知道了你的事情，正在监视你。他们派我来调查你的情况。

今晚凌晨两点，我们在陵墓见。

第十二章

再过五分钟就到凌晨两点了。

漆黑的夜空中没有月亮，只散布着点点繁星。

天气实在很冷。

公园里那个见不到鸭群的小池塘的边缘已经开始结冰。

头天下午，皮尔彻的一名手下将一辆看起来相当新的野马越野车驶来并停在了伊桑家门前的道路边。这辆野马除了表面更有光泽之外，跟他之前的那辆越野车简直一模一样。

可是伊桑却选择了步行。

他将两只手都插进了身上穿着的派克式风雪大衣的口袋里，可指尖还是被冻得麻木了。

没过多久，他已经来到了河边，湍急的水流冲刷着河底的大石块，发出“哗啦哗啦”的声响。夜晚的空气中弥漫着一种清新而略带甜香的气息。

全镇的居民都在后面追赶着他，而他在夜深人静之时冒着极大的风险涉水过河，然后沿着峡谷一路逃窜，这些事真的不过是两个星期之前才发生的吗？

他觉得此时的自己跟彼时已经判若两人，有一种恍如隔世的感觉。

伊桑翻过了一道破旧石墙，犹如弗罗斯特的诗歌中所描写的残垣，石墙表面摸起来像冰块一样冷。

进入墓园后，河水的声音渐渐小了，星光下的一座座墓碑看起来仿佛一张张古老的人脸。

伊桑在齐腰深的野草里行走着，还穿过了一片片矮栎丛。

置身于小镇南端的这座墓园里，完全看不到镇上的灯光。

远处的陵墓若隐若现。

她来了吗?

换做是从前那个凯特，她一定会来，这是毋庸置疑的。

那么这个新的凯特又如何呢？她已经在黑松镇住了九年之久，已经不再是他从前所认识的那个凯特了。

伊桑心里下意识地涌起了一种令他厌恶且吃惊的感觉。

恐惧。

倘若阿莉莎·皮尔彻真的是被凯特及其同伙施虐后杀害的，该怎么办?

你根本不知道她现在能做出什么样的事情来。

他没办法不去回味皮尔彻昨天早上所说的话。他渐渐靠近那座陵墓，突然想到了一件事——*我本该把枪带来的*。

陵墓建在几棵叶子已经纷纷掉落的高大山杨树下，如同金币一般的落叶散落在枯萎的野草丛中。陵墓铁门两旁的石花盆早已碎裂，可门柱却依然屹立着。

这里没有一丝风。

远处河流的水声犹如轻柔的耳语。

他低声呼唤着："凯特?"

没有任何回应。

他从口袋里掏出一把手电筒，用光束在几棵山杨树间来回扫射着，再次呼唤起她的名字来。

片刻之后，伊桑用力地推开了厚重的铁门，门的底部与石头地面摩擦着，发出了尖厉刺耳的噪音。

他将手电筒照向门内。

光束照亮了陵墓里的石墙。

也照亮了嵌在后壁上的彩绘玻璃窗。

可她却不在这儿。

他又绕着陵墓的四周缓缓地走了一圈，并用手电筒扫射着附近被霜露压弯了腰的野草丛。

借着手电筒的光，他看到了草叶上亮闪闪的冰晶。

他绕回到陵墓的入口，一屁股坐在了石柱之间的台阶上，这时他才渐渐意识到她应该不会来了。他过于冒进地宣告了自己的意图，她一定是被吓到了。

那她接下来会怎么做？逃跑吗？

他关掉了手电筒。

从家里走到陵墓的运动，以及对于即将见到她的热切期待，足以帮助他的身体抵御严寒的侵袭，然而此时这种天寒地冻的感觉却令他难以忍受。

伊桑费力地站起身来。

突然间他猛地倒抽了一口凉气。

他看到凯特就站在离自己五英尺远的地方，她穿着一袭黑装，还将连帽黑衣的兜帽也拉起来戴在了头上，看起来就像是夜色中的幽灵一般。

当她朝伊桑走来时，她手中握着的一把菜刀闪过了一丝微光。

伊桑不禁喊道：“你带了刀？这样做真的有必要吗？”

“我以为我可能会面临一场打斗。”

“那你现在怎么认为呢？”

“在如今这情势下，谁又能说得清呢！”

“你能把那该死的玩意儿放下吗？我甚至连枪都没有带呢？”

可她只是一动不动地看着他。由于光线太暗，他看不清她的眼神，不过却能清楚看到她的嘴唇紧紧地抿成了一条直线。“怎么？你不相信我？难道你想搜我的身吗，休森特工？”

“把你的外套拉开。”

凯特将手中的刀插进了一个用布基胶带做成的简易刀鞘里。

她伸出双手，在伊桑的腰际摸了一圈。

然后沿着他两条大腿的两侧分别上下摸索了一番。

动作迅速但又搜得彻底。

“看来你在这方面仍然技艺精湛啊。”

“哪方面？”

“我是说你的搜身技术，仍然相当专业。”

凯特后退了一步，用一种他未曾在她眼里见过——或者说至少她从未向他展露过——的冷酷而坚毅的眼神看着他。

“你是在耍我吗？”她说。

“当然不是啊。你是一个人来的吗？”

“是的。”

“哈洛德在哪里？”

“你认为我们会愚蠢到让你一次捉拿我们两个？”

“没有人想要捉拿你们，凯特。至少今晚没有。”

“我甚至不知道自己该不该相信你。”

“可你还是如约而至了。”

“难道我有选择的余地吗？”

“我们进到里面去说话吧。”

“好啊。”

伊桑跟在凯特身后走上了陵墓前的石阶。

待两人都进到陵墓里面之后，她用一侧肩膀用力抵住门，将其推过去关上了。

接着她转过身来。

在黑暗中与伊桑面对面地站着。

“你身上有芯片吗？”她问道。

“有。”

“那他们知道你来这里了。”

“应该是吧。”

凯特立即转身，伸出手去抓住了门把手，不过伊桑把她拉了回来。

“你放开我！”

“别紧张，凯特。现在没有危险。”

“见鬼！怎么会没有危险？他们知道你在这里啊。”

“他们只是知道我所处的位置而已，这座陵墓里没有窃听器，我身上也没有窃听器。”

“可是他们知道你今晚要来见我，对吗?”

“是他们派我来的。”

她使出极大的力气猛地将他向后一推，他便重重地撞在了那扇彩绘玻璃上。随后，她用手抚平了身上的衣服。

伊桑从口袋里掏出手电筒，打开开关，然后将其立着放在两人之间的地面上。手电筒的光束从下往上照射着，将两人的脸映得怪异无比。

他们呼出的空气在这寒冷的陵墓里形成了一团团白雾。

“我需要你相信我，凯特。”

她背靠着石墙，说道：“我需要你向我证明你是值得我相信的。”

“那我应该怎么做才能让你相信我呢?”

“他们知道多少关于我的事?”

“他们知道你和其他一些人取掉了植入你们体内的芯片，也知道你们有时候会在晚上偷偷外出。”

“所以他们派你来调查我?”她问道。

“没错。”

“调查我什么?”

“你真的想这样玩吗?”

“我不知道你在说什么。两个星期前你不顾一切地想要离开这里，这件事在镇上闹得沸沸扬扬的。可一转眼你现在又成了镇上的治安官，公然为他们工作。”

“这么说，你知道‘他们’的存在咯。”

“只有白痴才会不知道吧？”

“你还知道些什么，凯特？”

她坐在了冰冷的地面上。

伊桑也坐了下来。

“我知道小镇的外围有一圈通电围栅。我知道我们所有人随时随地都受到监视。我还知道两个星期以前你也想找出真相。”

“你去过围栅的另一边吗？”

凯特迟疑片刻，摇了摇头，“你去过吗？”紧接着她一定从他脸上的表情读出了答案，在他还来不及撒谎否认的时候，她就立马惊呼道：“噢，天哪，你已经去过了。”

“跟我说说关于阿莉莎的事情。”

听到阿莉莎的名字，凯特并没有表现出畏惧和退缩的神色，不过他看到了她眼中的惊讶。

“关于她的什么事？”

“两天前的晚上她被人杀害了，这个你知道吗？”

“你说的是真的？”

“她的尸体赤身裸体地被人扔在了马路中间，她是被刀刺死的，死前还受过酷刑折磨。”

“噢，天哪！”她哆嗦着吁出了长长的一口气，“是谁发现她的？”

“是我。”

“你为什么想到来问我关于她的事呢？”

“凯特。”

“什么?”

“难道你认为他们还不知道你和阿莉莎有过接触?”

她飞快地转了转眼珠，伊桑从她的眼神中看出了一丝恐慌。

“是她来找我的。”凯特低声说道。

“我知道。我看过监控录像。在她遇害身亡的那天晚上，你和她本来是约好了要见面的。”

“你怎么知道这个?”

他没有回答，想让她自己去想个明白。突然，凯特脸色一沉，“噢，我明白了，她跟他们是一伙的。”

“没错。”

“原来她是个卧底。”

“那天晚上发生什么事了，凯特?你和她本来应该在凌晨一点会面的，她把这些事都记录下来了。请告诉我，到底出了什么事?”

凯特低头盯着地面，一言不发。

他继续说道:“不管你相信也好，不相信也罢，我想告诉你的是:我是作为你的朋友来这里跟你聊这些的。”

“我不相信。”

“为什么?”

“因为我承担不起因错信了你而有可能导致的严重后果。”

“快跟我说说到底发生了什么，我可以帮助你。”

“我需要你的帮助吗?”

“在我看来非常需要。”

“通电围栅的另一边有什么？”

“拜托，别再问我这个了。”

“我一定得知道。”

“阿莉莎遇到什么事了？”

“这个我不知道。”

“是你杀了她吗？”

“你自己来说说看，我会是个杀人凶手吗？”

“说实话，我现在已经不再了解你是怎样的人了。”

凯特站起身来，“你这句话带给我的伤害远远超出了你的想象。”

“是你杀了她吗？”

“不是。”

伊桑拿起手电筒，挣扎着站了起来，“告诉我你在做些什么。”

“再见了，伊桑。”

“我需要知道答案。”

“是你自己想知道，还是那些在背后操纵你的人想知道？”

“他们可能会杀了你，凯特，哈洛德也在劫难逃，他们会让你们俩消失掉。”

“我知道自己面对着怎样的风险。”

“然后呢？”

“我要按自己的意愿来生活，如果这会让我走上绝路，我也甘心接受。”

“我只是想要帮助你而已。”

“你到底是站在哪一边的，伊桑？说实话！”

“我现在还不确定。”

她笑了，“这是你对我讲的第一句实话，谢谢你。”她伸出手去握住了他的一只手。她的手指很冰凉，不过手的形状还跟从前一模一样。他上一次握住这只手是两千年前在北加利福尼亚州的一片海滩上。

凯特说：“你觉得害怕。”

她的脸距他不过几英寸，她对他的关注就像一盏加热灯一样令他感到温暖。

“我们所有人不是都感到害怕吗？”

“我已经在这里住了九年了。直到现在我也不知道自己究竟是在哪里，也不知道自己为什么会在这儿。有时候我会认为我们都已经死了，可是在夜深人静之时细细琢磨，我知道事情不是这样的。”

“你们夜里取下芯片离开家，是去做什么了？”

“通电围栅外面有什么？”

“我可以保护你，凯特，可是你得……”

“我不需要你的保护。”

她用力拉开铁门，重新走进了漆黑的夜色中。

当她走出陵墓五步之后，突然停了下来，转过身子看着伊桑。

“我最后一次见到活着的阿莉莎是在两天前的晚上。”

“你是在哪里见到她的？”

“我们是在主街上分开后各走各路的。我们没有杀她，伊桑。”

“可是她死去的那个晚上曾和你在一起。”

“是的。”

“你们最后是在哪里会面的?”

凯特摇了摇头。

“你们晚上离开家是去哪里，凯特?还有，你们聚在一起是为了做什么呢?”

“通电围栅外面有什么?”

他没有回答。

她笑了，“我就知道你不会说。”

“你爱他吗?”

“你说什么?”

“我是说你丈夫。你爱他吗?你们的婚姻是名副其实的吗?”

她脸上的笑容不见了。

“再会，治安官。”

#

他带着很多谜团走回了家。

他不知道凯特是否对他撒谎了。

不知道她是不是去过通电围栅的另一边。

也不知道阿莉莎是不是她杀的。

他什么都不知道。

在他俩有着暧昧关系的时候，她也常常给他这样的感觉。有时候他和她一起度过了欣喜若狂的一天，可离开之后他却不知道自己在她心目中的地位究竟如何。于是，他只得在脑子里对两人共处时她的一言一行进行反反复复的推敲。他一直都搞不明白，到底是她有意在他们的关系中营造这样的氛围，还是他自身在恋爱中的盲目导致这个女人在他的头脑最深处搅扰着他，令他的灵魂不得安生。

他走进自家前门后，先脱掉了脚上的靴子，然后轻手轻脚地踩着硬木地板朝楼上走去。屋子里很冷，地板在他脚下发出清脆的“嘎吱”声，这声音在静夜里听起来尤其响亮。

他沿着二楼走廊朝儿子的卧室走去。

房门是开着的。

他走向儿子的床。

现在房间里的温度不会超过5℃。

本杰明睡着了，身上盖着五层毯子。伊桑将毯子往上拉了一点点，更严实地遮住了他的脖子，然后用手背轻轻地摸了摸他的脸颊。

孩子的脸蛋柔软而温暖。

柴火很快就会被装入卡车，然后运给每家每户。伊桑已经听说每年冬天镇上的每户居民都会分得六大捆木柴，以作取暖之用。皮尔彻派出了一小队人马，他们在严密的保护之下，每天都去通电围栅的外面砍树劈柴，从而保证镇上居民有足够多的柴火过冬。

伊桑朝自己的卧室走去。

他在门口脱掉了长裤和衬衫，任其堆在地板上。

他的脚踩在地板上，感觉就像踩在冰面上一样冷。

他匆匆爬上床。

钻进被窝之后，他面朝特丽萨侧卧着，继而伸手搂住了她，将她拉得离自己更近一些。

她背对着他，散发着温暖的体温。

他亲吻了一下她的后颈。

看起来他今晚想要入睡不会那么容易。最近他越来越觉得要关掉自己脑子里不断冒出来的噪音是不大可能的事情。

他闭上了眼睛。

也许过一会儿睡意来了还是能睡着吧。

“伊桑。”

“嘿，亲爱的。”他低声回应着。她翻过身来面对着他，他的脸顿时感觉到了她呼出的热气，这种熟悉的感觉令他倍感安适。

“快把你的脚从我身上拿开，冰得我难受。”

“噢，对不起。我吵醒你了吗?”他问她。

“你走了以后，我就一直没有睡着。你去哪里了?”

“工作。”

“你去见她了?”

“我不能……”

“伊桑。”

“怎么了?”

“你去哪里了?”

“这不重要，特丽萨。这真的不……”

“我实在受不了了！”

“受不了什么？和我在一起吗？”

“这个小镇，像这样生活着的我们、你和她，还有你的工作，这一切都让我难以忍受。”她靠得更近一些，将嘴唇凑到了伊桑耳边，低声说道：“我能这样说话吗？这样会被他们听到吗？”

他有些犹豫。

“不管怎样我都要说出来，伊桑。”

“那你就别动。”

“什么？”

“让你的身体完全保持静止。”

“为什么？”

“你就按我说的做，行吗？要注意，尤其不能动你的左腿。”

他们在寂静中一动不动地躺着。

他的胸膛能感受到妻子心脏的跳动。

伊桑在脑子里从一数到了十五，然后轻声说道：“你可以用不超过这个音量的声音讲话了。”

“我从前还以为只要我能再次和你生活在一起，我就可以继续忍受下去。我一直用这个想法来支撑着自己。”

“然后呢？”

“我发现我错了。”

“你没有选择，特丽萨。你知不知道，仅仅是你和我之间的这段对话，就会将我们全家人置于巨大的危险之中？”

她的嘴紧紧地贴在他的耳朵上。

他感到一股寒意窜过自己的背脊骨。

“我想离开这个地方。我已经受够了，伊桑。我不在乎我们会遇到什么事，我只想离开这里。”

“那你在乎我们的孩子吗，你在乎他会因此而遭遇什么吗？”伊桑低语道。

“这种生活根本不是人过的。就算我们都死了，我也不在乎。”

“很好。因为我们的确会死。”

“你确定？”

“我百分之百确定。”

“你真的知道？”

“没错。”

“外面有什么，伊桑？”

“我们不能聊这个。”

“可我是你的妻子啊。”

他们紧贴着彼此的身体。

她的腿紧挨着他，冰凉而又柔软。她身上散发出的热气温暖着他，这一切都令他感到身心躁动。他疯狂地想要和她做爱。

“呃，你的那里怎么变得那么硬？”

“我也不知道。”

“外面到底有什么，伊桑？”

“你真的想知道吗？”

她将手滑向了他的隐私部位。

“你还在想着她吗？”

“没有。”

“你敢指着上帝对我发誓吗?”

“我发誓。”

她在被窝里朝床尾滑去，这令他难以自持。随后她坐起身来，脱掉了身上的睡衣。她跨坐在他身上，大口地喘着粗气，并俯身亲吻他。

特丽萨翻了个身躺在床上，她一把拉过伊桑，使他趴在了自己身上。

最兴奋的时刻即将来临，她把伊桑的头拉了下来，让自己的嘴唇凑到了他耳边，与此同时他的嘴唇正好也靠在她的耳边。她一边呻吟，一边说道：“快告诉我。”

“什么?”他有些喘不过气来。

“告诉我……噢噢噢噢……伊桑啊……我们到底是在哪里?”

伊桑将半边脸埋进了她的耳朵旁边，“地球上就只剩下我们了，亲爱的。”他们一同大声地喘息和呻吟着，“这里是地球上最后一个属于人类的小镇。”

特丽萨高喊着：“噢……太棒了！不要停!”这声音盖过了伊桑接下来所说的话。

“小镇外面全是怪兽。”

#

他俩大汗淋漓，身体一动不动地缠绕在一起。

伊桑贴着妻子的耳朵，把一切都告诉了她。

他讲述了他们目前所处的时间和地点，关于皮尔彻的种种事情，以及艾比怪兽的情况。

随后他用一只手撑着头斜躺着，轻抚着她的脸颊。

特丽萨直勾勾地望着天花板。

她在这里住了五年，比他长得多。这些年来，她觉得自己就像活在地狱的边缘，而且完全搞不清楚自己的处境。现在她终于彻底明白了。有些事她从前略有怀疑，这下子所有的怀疑和不确定都尘埃落定了：除了伊桑和本杰明，她永远都不可能再见到自己人生中所爱着的所有人了，他们早在两千年前就全都死去了。如果说她还抱着有朝一日能离开黑松镇的希望的话，伊桑刚才那番话足以彻底浇熄那希望的火焰。

她在这里的刑期是没有止境的。

她被判了终身监禁。

伊桑知道此时特丽萨的脑子里一定是五味杂陈，充斥着各种情绪，可他在想究竟哪一种情绪会占据上风呢，是愤怒、绝望、心碎抑或是恐惧?

借着远处一盏路灯射进窗户的亮光，他看到她的眼眶里盈满了泪水。

同时感觉到她那只被他握在手心里的手开始颤抖起来。

第十三章

西雅图，志愿者公园里的水塔，2013年

当汉索尔走近水塔的入口时，一个女人从门边的隐蔽处走了出来。

她说："你迟到了。"

"不过迟到了五分钟而已，别太计较。他已经在上面了吗？"

"是的。"

她的年龄应该不会超过二十岁，苗条、结实而且非常漂亮，然而一双眼睛却显得很无神。这样的一个人竟然会被皮尔彻选来扮演其保镖的角色，倒也着实有趣。很明显，她刻意摆出了一副自信心爆棚的样子。

她站在汉索尔和水塔入口中间，挡住了他的去路。

他说："你介意挪开一点，好让我进去吗？"

有那么一瞬间，她看起来似乎不打算让开，可最终她还是朝旁边挪了一步，把门让了出来。

汉索尔跨进门之后，回头对她说道："你守在这里，别让任何人上来。"

"你用不着告诉我该如何做好自己分内的工作，特工先生。"

汉索尔穿着一双前端有翼状装饰皮的皮鞋，缓缓地攀上阶梯，钉有铁皮的鞋底踏在阶梯上，发出了铿锵的"叮当"声。

瞭望层的光线很暗，水塔的环形砖墙上开了许多拱形窗户，不过窗户上都钉着厚重的铁丝网，以防有人通过窗户爬出去。脚下这部高达七十五英尺的螺旋梯也从上到下都被铁丝网包裹着。

戴维·皮尔彻穿着一件黑色长大衣，头戴一顶圆顶硬呢帽，坐在瞭望区另一侧的长凳上。

汉索尔沿着弧形地板朝他走去，随后在他身旁坐了下来。

有好一会儿，除了能听到雨水“叮叮咚咚”地敲打在水塔顶部的声音之外，他们所在之处一片寂静。

皮尔彻转过头来看着汉索尔，脸上带着若有若无的淡淡微笑。

“你好，汉索尔特工。”

“你好，戴维。”

窗外的云层压得很低，西雅图的天际线看上去就像一道模糊的霓虹线条。

皮尔彻将手伸进大衣的衣兜里，取出了一个被塞得鼓鼓囊囊的信封。

他把这个信封放在了汉索尔的大腿上。

汉索尔小心翼翼地打开信封，往里头看了一眼，随即将大拇指从那一叠百元美钞的侧面滑过。

“我看这里面应该有三万美元吧。”他边说边把信封重新封好。

“你有什么新消息吗?”皮尔彻问道。

“自从伯克特工失踪、斯托林斯特工丧生之后，到现在已经过了十五个月了，他们仍然没有找到任何线索，也没有新的证据出现。不过你不要误会，我并不是说财政部会忘掉我们有一名特工在爱达荷州黑松镇遇害身亡，另有三名特工在那里执行公务时失踪的事实。可是由于无法获得任何新的资讯，他们的调查工作也不过只能在原地打转而已，根本没法向前推进，而他们自己也清楚知道这一点。就在两天之前，上级部门已经正式宣告将寻找失踪特工之任务的优先级调低了。"

"你手下的人认为发生什么事了？"

"你是说他们的猜测吗？"

"是的。"

"他们有着五花八门的想法，可是没一个是接近事实的。今天他们才举办了伊桑·伯克的希望仪式。"

"什么是'希望仪式'？"

"其实我也搞不清楚。"

"那你去参加了吗？"

"我去了在特丽萨家里举办的仪式后派对。"

"在我们谈完之后，我会去拜访她。"

"真的吗？"

"是时候做这件事了。"

"你要去找特丽萨和本杰明？"

"我的原则是：如果可能的话得尽量让一家人待在一块儿，这样将会让他们的融合过程进行得更为顺畅。"

汉索尔站起身来，走到了窗户边上，透过装饰着节日彩灯的玻璃向外望去。

他能听到国会山上车来车往的声音，还有音乐会现场的演奏声，不过置身于这高高的水塔顶部，他觉得下面的一切都离自己好远好远。

片刻之后汉索尔说："你有没有考虑过我们上次谈到的事情?"

"我考虑过了，你呢?"

"自从上次我们谈完之后，我脑子里几乎就再也容不下别的事情了。"汉索尔转过身来，看着皮尔彻，"那会是什么样子的?"

"你在说什么?"

"我是说黑松镇。当你从那个被你叫做什么的东西里出来之后……"

"那是生命暂停装置。"皮尔彻脸色一沉，"你对我的计划的了解已经超过了我所期望的程度。"

"如果我想制服你，戴维，那我在几个月前就可以动手了。"

"汉索尔特工，如果我想置你和你所爱的每一个人于死地，这世上没有任何人能阻止我实现自己的目的，连监狱和坟墓也做不到。"

"所以我们可以彼此信任了。"汉索尔说。

"也许是这样吧。或者说起码我们清楚知道彼此都拥有足以摧毁对方的实力，这就是所谓的'信任感'存在的基础。"

"反正都一样。"几颗冰冷的雨滴被风吹进了窗户，飘到了汉索尔的后颈，他顿时感到一阵彻骨的寒意。"那么，现在回到我刚才的问题，戴维。等你们都醒过来之后，会是怎样一个情形?"

"刚开始会有很多很多的工作需要完成。我们需要重建黑松镇，这会花上一些时间。至于接下来具体会怎样？这我就不知道了，毕竟那是距今两千年后的事情。到了那时，我们脚下的这座水塔将会变成废墟，我们现在所看到的天际线也会消失不见。这座城市里的所有人，连同他们的孩子、孙子、曾孙都会化为乌有，甚至连他们的骸骨都不会留下来。”

汉索尔伸手抓住了窗户外的铁丝网。

“我也想加入。”

“我可没办法向你做出任何保证，亚当。”

“这我明白。”

“这就像哥伦布寻找东印度群岛和人类试图登陆月球一样，任何细节都有可能出错。我们可能再也不会醒过来：也许会遇到行星撞击地球，或者遇上一场大地震什么的，然后就这么被毁灭了。即便我们能醒过来，也可能发现自己面对的是有毒的大气环境，或者发现我们赖以生存的环境极为恶劣，根本没法继续存活下去。”

“你真的认为会发生这样的事情吗？”

“我不知道我们醒来后会面临怎样的情况，我只是在脑子里想象着我们将有机会建造一个完美的小镇，让人类得以在那里开启全新的生活。一直以来，就是被这个愿景驱使着，我才能继续进行自己的计划。”

“那么，你会带上我一起吗？”

“我已经有足够多的人手，你拥有什么我用得上的技能吗？”

“智慧，领导才能，还有求生技能。我在加入特勤局之前曾经是三角洲特种部队的一名成员，不过我相信你已经调查过我的背景了。”

皮尔彻只是笑了笑，“唔，我想你确实有资格加入我们。”

“我有一个请求，如果你同意的话，就可以把这个信封拿回去。”

“什么请求?”

“让伊桑·伯克永远都不要醒来。”

“为什么?”

“因为到时候我想和特丽萨在一起。”

“你是说特丽萨·伯克?”

“没错。”

“她是伊桑的妻子呀。”

“是的。”

皮尔彻说：“难道你爱上她了?”

“的确如此。”

“那么她爱你吗?”

“不，她一直都爱着他。”汉索尔感到胃部一阵灼痛，心中燃起了嫉妒的烈焰，“他对她不忠，和前任搭档凯特·休森搞婚外情，可她还是接纳他回归家庭，而且仍然爱着他。你见过特丽萨·伯克吗?”

“还没有，不过我很快就会见到她了。”

“他根本就配不上她。”

“而你配得上她。”

“我会让那个女人得到无与伦比的爱，我会让她在黑松镇生活得比以往任何时候都更加快乐。”他用急促而热切的语气说出了这些话。在此之前，他还从未向任何人坦白过自己对特丽萨的感情。

皮尔彻笑着站起身来，“这么说，我们大费周折执行的计划，到头来就是为了能让你抱得美人归啊？”

“不是的，只是……”

“我是开玩笑的，我答应你的请求。”

两个男人彼此握了握手。

“我们从什么时候开始进入假死状态？”汉索尔问道。

“我们称之为‘生命暂停’。我的基地已经建好了，现在要做的是将仓库填满各种物资，再最后招募几名成员。我已经六十四岁，时候不多了，而且等我们醒来之后，还有大量的工作需要完成。”

“所以呢？”

“我们将于新年前夜在黑松镇举办一场派对。届时我、我的家人以及团队里的一百二十名成员将一齐畅饮这世上所能买到的最好最贵的香槟酒，然后再沉沉地睡上两千年。欢迎你加入我们。”

“还有两个星期？”

“没错，就在两星期后。”

“人们会认为你去了哪里呢？”

“我已经作好安排了。自从我上一次公开演讲之后，已经有七年的时间没有公开露面。我一直过着类似隐居的生活。我猜要是我死了，美国联合通讯社有百分之五十的可能性不会刊登讣告。那么你呢？你想过要如何退场吗？”

“我会把银行账户里的钱全取出来，然后再故意留下一些线索，让人以为我去找过那些专门为人制作假护照的不法分子。不过，这并不是困难的部分。”

“那困难的部分是什么？”

汉索尔回头望着窗外被云雾包围着的安妮女王山区——特丽萨·伯克就住在那一带。

“困难的是，我知道自己还得等上两千年才能和我魂牵梦绕的那个女人在一起。”

第十四章

托比亚斯平趴在随风摇摆的草丛中。

他一动不动，连大气也不敢出一口。

在离他五百米远的地方，一只怪兽正从一大片黑松林里蹿了出来。

它进入了草地，迈着闲适轻快的步伐朝托比亚斯所在的大方向慢跑过来。

真该死!

五分钟之前，托比亚斯才刚刚走出草地另一侧的一片森林。在那之前的半个小时里，他渡过了一条溪流，然后在岸边逗留了半秒钟，心里琢磨着自己要不要停下来喝点水。最后他决定不要停留，继续赶路，否则他就会花上五到十分钟的时间喝水喝到饱足，并且把随身携带的几个一公升容量的水瓶都灌满水。这样一来，等他抵达草地边缘时，那只怪兽已经先他一步进入了草地。于是他可以退回到森林里，在树荫的掩蔽和保护之下观察它的动向，确保自己不会陷入当前所遭遇的境况：他将不得不开枪射杀它，冲突在所难免。现在是大白天，而那只怪兽又正好处在他的下风处。他被困在了这里，离他最近的那片树林也在好几个足球场的距离之外，除了开枪别无他法。艾比怪兽的嗅觉、视觉和听觉都非常灵敏，一旦他起身站立，立刻就会被它发现。考虑到风向，它随时都有可能嗅到他的气味。

当托比亚斯第一眼发现怪兽在远处的动静时，赶紧将自己的背包和步枪扔进了草丛里。此刻他伸出手来，握紧了温彻斯特M70步枪。

他抓住枪托的尾端，用右手肘支撑住身体。

然后将眼睛靠在了瞄准镜后面。

这枪已经许久没有校准了。看着怪兽进入到瞄准镜的视野范围，托比亚斯不禁想到自己每一次把枪靠在树干上或扔到地上的时候，一定都撞到了瞄准镜。在这一千多个野外求生的日子里，雨雪的侵袭也一定大大损伤了这个武器的性能。

托比亚斯估计目前怪兽与自己的距离大约有两百米，仍然还很远，不过它的粉红色心脏赫然出现在了十字准线的后面。他根据此时的风力和风向，调整了一下枪管的角度。他的肚腹紧贴着地面，而这地面因为昨天夜里的霜冻而变得又冷又硬。上次他跟怪兽搏斗已经是好几个星期……噢，不对，应该是好几个月以前的事情了，那时他还有左轮手枪的弹药。天哪！他真的很想念那把枪！如果那把左轮手枪现在还能用的话，他就会立马站起来，高声喊叫，任由那只怪兽朝自己跑过来。

接着再近距离开枪，把它打得脑浆四溅。

他能看到怪兽的心脏正在十字准线上跳动着。

他打开了枪的保险。

将手指按在了扳机上。

可他并不想扣动扳机。

如果在这里开枪的话，那么方圆三英里之内的所有生物都会知道他的存在。

他心里想着：要不就这么让它过去吧，兴许它不会看到你。

随即他又转念一想：不行，你必须得干掉它。

子弹尾部爆炸的声音在草地上回荡，随着子弹钻进了远处密密匝匝的树林，声音也渐渐消失殆尽了。

这一枪没有命中目标。

那只艾比怪兽突然停下了脚步，一动不动地伫立在草地上，它的两条腿看起来就跟橡木一样壮实。此时它正扬起头来用鼻子嗅着风中的气息，脸上和脖子上还挂着一圈先前捕食猎物时所留下的干涸血渍。托比亚斯很难通过瞄准镜看出它的体型大小，不过其实这并不重要，因为即便是体重大约只有一百二十磅的小型怪兽，也具有极大的杀伤力。

托比亚斯把枪栓向上转动，然后猛地往后一拉。

热乎乎的空弹壳便随着一阵烟落了出来。

他将枪栓向前一推，往下转动并锁住，然后把眼睛凑到瞄准镜后面窥伺着。

该死！那只怪兽已经跑了好一段路了，现在正在草地上迈着又碎又快的步伐，低伏着身子，以一种类似比特斗牛犬的姿态全速朝他冲来。

在托比亚斯过去的人生中，他曾去世界各地参加过战斗，其中包括摩加迪沙、巴格达和坎大哈，甚至还有哥伦比亚的古柯种植场。他执行过诸如解救人质、猎杀“高价值目标”、隐匿暗杀之类的任务，可是没有哪一项任务比面对一只正向你猛冲过来的怪兽更令人胆寒。

它和托比亚斯的距离已经缩短到了一百多米，而且还在快速靠近，令托比亚斯感到惶惑的是他不知道自己的瞄准镜究竟有多大的偏差。

他将十字准线对准了怪兽的心脏。

随即扣动了扳机。

强大的后坐力使得步枪的枪托猛地撞向他的肩膀，震动中他看到那只怪兽的左侧身体出现了一道血痕。原来他射出的子弹只是从它肋骨旁边擦过而已，它正以毫不畏惧的姿态继续朝托比亚斯奔来。

不过现在他知道了瞄准镜的偏差角度——略微朝左下方偏差了几度。

托比亚斯再次将空弹壳抛了出去。

继而将一颗新子弹推进枪膛，锁好了枪栓，略微调整了一下枪管的方向。

现在他已经能听到那只怪兽的声音了——急促的呼吸声，还有它的爪子飞速掠过草地的声音。

不知怎的，他突然对自己有了满满的自信。

他用十字准线对准怪兽的头，干净利落地扣动了扳机。

待枪管发散的烟雾被风吹散之后，托比亚斯看到怪兽脸朝下一动不动地趴在草地上，头颅后方被子弹爆出了一个大洞。

这是他杀死的第四十五只怪兽。

他在草地上坐了起来。

他的两只手都戴着无指手套，里面全是汗水。

森林里突然传来了一声尖叫。

他举起步枪，用瞄准镜看着三分之一英里外的森林边缘。

这时又传来了第二声尖叫。

第三声尖叫紧随其后。

他看不清森林里面有什么。

只看出树荫下像是有什么东西在移动。

在他想明白的那一刻，一种极其强烈的恐惧感袭上了心头——有更多的怪兽跟了上来。

他先前杀死的不过是一大群怪兽队伍的“侦察员”。

他赶紧背上背包，把温彻斯特步枪牢牢地抓在手里，在草地上狂奔起来。

他朝着距离自己只有几百米远的森林跑去。他将步枪的背带套在肩膀上，然后加速死命地奔跑，两只手臂飞快地挥舞着。他每迈出几步就会转头朝自己左侧看一眼，那里不断地传来阵阵尖叫声，而且声音出现得越来越频繁，也越来越响亮，已经压过了他自己上气不接下气的喘息声。

你得在被它们看到之前就躲进森林里，拜托啊！如果你能躲进树丛中，也许还有活命的机会。如果这群怪兽看到了你，那么你在十分钟之内就会毙命。

他回头往后望去，只看到了死在草地上的怪兽尸体，以及更远处的森林，却看不到草地上有任何在移动的东西。

那片也许能挽救他性命的森林就矗立在前方五十米远的地方。

他已经有一年多的时间没像现在这样逃命了。在通电围栅外的生存之道其实是一种基于避让原则的艺术，你永远都不能贸然闯入一片未知的区域，你得缓慢地推进。步伐要够慢够轻，只要有可能，就尽量待在森林里，只有万不得已的时候才去开阔地带。你在任何时候都不能冒进，一路上也不要留下行踪。如果你能在每一分每一秒都保持警觉，那么你就有可能存活下去。

当他最终跑进森林时，第一只怪兽刚刚进入了他身后的草地。他并不确定自己是不是已经被它们看到了，而他现在看不见它们，也听不见它们的任何声音。他此时唯一能听到的就只有胸膛里狂暴的心跳声和自己的喘息声。

他在树丛中穿梭行进，双臂不时会被身旁的树枝缠住。

他的右侧脸颊被一根树枝划出了一道口子。

血涌了出来，流到了他的唇边。

他从一根倒在地上的树干上方跳了过去，落地的那一瞬，他迅速回头看了看后面——除了一团团在风中摇曳的绿叶之外，他什么也没看到。

他的两条腿酸胀不已。

肺部也感到阵阵灼痛。

像这样狂奔，他应该坚持不了多久了。

走出森林，他来到了一片布满大石头的空地，再往前没多远是一道七十英尺高的山崖。出于本能，他很想沿着山崖攀爬而上，可是他的理智告诉他这样的想法是绝对错误的。艾比怪兽攀爬峭壁的速度几乎跟它们在地面上奔跑时一样快。

一条小溪蜿蜒着流过这片空地。

他穿着靴子涉水过河。

一阵阵尖叫声又从他身后的森林里传了出来。

他的体力已经撑到极限了，没法再继续跑下去。

他朝一小片树叶已经变成深红色的矮栎林跑去。

终于进到了林子里。

他使出最后的力气，拖着脚步跑进了一丛矮栎中，然后双膝跪地，大口大口地喘着粗气。托比亚斯感到精疲力竭，头也有些眩晕。他把步枪放下，拉开了背包的拉链。

在经历了这么多事情之后，难道我就要死在这里了吗？

那盒温彻斯特步枪子弹就放在背包里头的最上面。

一直以来都是如此。

他打开子弹盒，开始将子弹填入枪栓前方的弹匣里。他往弹匣里装了两颗子弹，最后一颗则塞进了弹膛，接下来他将枪栓推回到原位。

他翻身趴在了地上。

四周的地面上全是橘红色的落叶。

空气中弥漫着枯叶的气味。

他的心脏依然猛烈地狂跳着，仿佛想要从胸腔里挣脱出来一般。

他回头透过枝叶繁茂的树林看着来时的空地。

它们来了。

他还看不清自己将要对付的是多大一群怪兽。

如果他被它们发现了，而它们的数量又多于五只的话，那么他很快就得跟这个世界诀别了。

如果他被发现了，可它们的数量只有五只或更少，而他射出的每一发子弹都精准到位的话，那他还有一线存活下来的希望。

然而，要是他开枪的时候没能做到弹无虚发——要是他还得被迫停下来装填子弹——那么他必死无疑。

得让自己放松下来。

他用瞄准镜看着那块遍布着大石头的空地。

他以前也遇到过差点儿就回不去黑松镇的情况。其实，按照预定计划，他早在四个月前就该回去了。他们很可能已经宣布他在执行任务时阵亡了。皮尔彻会等得更久一些，他会在托比亚斯预定的最晚回归时间的六个月之后，另外再派一个人到围栅外面这片可怕的土地上来。可这第二个人发现托比亚斯已经发现的东西的概率有多大呢？他又有多大的概率能像托比亚斯这样在这处处是险情的世界里存活这么久呢？

一只怪兽跑进了空地。

紧接着第二只进来了。

随后是第三只。

第四只。

第五只。

不能再多了，拜托。不能……

又来了五只。

它们身后还跟着另外十只。

短短几十秒的时间，就有二十五只怪兽在这片处于山崖阴影下的空地上四处转悠起来。

他的心不由得猛地一沉。

他爬回到矮栎丛深处，并将自己的背包和步枪都拖到了隐蔽的地方。

现在，他没有机会了。

#

天色渐渐暗了下来。

他在脑子里回放着先前遇到的种种事情，试图找出自己是否有判断失误和行差踏错的时候，可是他发现没有。在他走进那片草地之前，先在其边缘等待了五分钟以上。他用瞄准镜观察过四周的情况，还凝神聆听了一阵。所以，他并没有鲁莽行事。

当然，他本来应该沿着草地周边绕行的，应该让自己始终不离开森林的边缘，那样做的话他得花上整整一天才能抵达草地的另一头。

不，人不能总是做事后诸葛亮啊。总而言之，他觉得先前的行为没有一丝一毫草率鲁莽的成分。

根据他的估算，黑松镇在东边，距离此地大约有三十或四十英里。

如果行程顺利的话，四天后他就能回家。

但如果天气恶劣或带着轻伤行进的话，就得花上十天。

噢，上帝啊，他已经离家不远了。

三天前，他进入了高山地区的森林地带，林中不再只有单一的松树，冷杉和山杨也和松树一起混合生长着，昼夜的温差越来越大。这三天里，他一直都在空气稀薄的山林里攀爬。每次呼吸的时候，他都感觉到自己的肺吸收不到足量的氧气。

妈的，现在该怎么办才好?

你得让自己平静下来，战士。

把内心的恐惧感驱逐出去。

他闭上双眼，用意志力让内心的恐慌平息了下来。在他右手旁边的落叶堆里躺着一块小石头，他拾起这块石头，默默地在自己的温彻斯特步枪的枪托上刻上了第四十五条凹痕。

#

傍晚来临了。

它们并没有发现他，可是也没有离开。

这倒有些奇怪——他从前曾见到过艾比怪兽追踪气味。他回忆起有一天晚上自己在一棵四十英尺高的松树上过夜，借着月光，他看到一只怪兽从树底下经过，最近时它跟他所在的树的距离还不到五十米。它的鼻子紧贴地面，显然是在循着气味跟踪追赶着什么目标。

或许跟那条小溪有关吧。

他在很短的时间内便匆匆忙忙地渡过了小溪，溪水的深度刚好达到他的膝盖，也许他身上的气味就这么被溪水冲刷并淹没了。事实上，他并不确切知道艾比怪兽的嗅觉究竟有多敏锐，也不知道它们到底是靠什么来进行追踪的。是死去的皮肤细胞吗?还是新近被踩踏过的草叶所散发出来的气味？但愿上帝没有赐给它们侦探猎犬般的嗅觉天赋。

夕阳西沉，继而不见了踪影。

怪兽们在空地上安顿了下来。

有几只艾比像婴儿一样将身体缩成了小小的一团，靠在大石块上睡觉。

其余的则懒散地在小溪边休息，把爪子浸泡在溪水里。

过了一会儿，四只怪兽聚集起来，一齐走进森林，很快就消失不见了。

他还从来没有如此接近过一大群怪兽。

他躲在矮栎丛中，瞥见三十多米远的地方有三只不到四英尺高的小艾比，它们正在靠近森林的溪流边戏水。它们之间的互动看起来既像是在一起扭打玩耍的幼狮，又像是在一起玩游戏的人类幼童，这种怪异的结合令他颇感不安。

他觉得越来越冷，而且嗓子也干渴得不行。

他的背包里还剩下半瓶水，他觉得如果眼下这种极度口渴的景况再持续下去，他便会顾不得被发现的危险，伸手去取瓶子来喝水，可是他还没渴到那种程度。

至少目前还没有。

#

天快黑的时候，四只怪兽从森林里出来了。

它们走进了空地，其中两只怪兽扛着一头不断挣扎嘶吼的动物，那是它们的猎物。

一群怪兽全都跑过去围住了它们。

空地上充斥着尖厉的气音和“啧啧”的咂舌音。

类似的声音他已经听到过很多次了，他知道这是它们在彼此沟通。

这群艾比怪兽开始逐渐围成一个圆圈，它们发出了“窸窸窣窣”的动静声，托比亚斯认为这声音应该足以掩盖自己发出的噪音，于是趁机举起了他的步枪，然后透过瞄准镜观察起它们的动作来。

这些捕猎者捉到的是一头瘦长的小麋鹿，它的角才刚刚从两耳之间冒出了一小截。

小麋鹿颤颤巍巍地站立在怪兽们围成的圆圈里，它的右后肢完全骨折了，蹄子悬空，蹄髈处露出了一截白色的骨头。

一只体型硕大的雄性怪兽将一只小怪兽推到圆圈里面。

整群怪兽一齐发出尖厉刺耳的欢呼声，还将爪子抬起来，在空中胡乱挥舞。

小怪兽一动不动地呆立着。

它又被那只雄性怪兽重重地朝前推了一把。

过了一会儿，小怪兽开始慢慢地朝猎物走去，那头小麋鹿只剩三只脚着地，一瘸一拐地仓皇后退着。它们就这么一进一退地持续了好一阵子，看上去就像是在跳一种怪异而可怖的芭蕾舞。

突然，小怪兽伸出爪子，朝受伤的麋鹿猛扑过去。麋鹿猛地晃动头部，迎了上来，结果小怪兽被四仰八叉地撞飞在地上。

怪兽群中爆发出一阵与人类的笑声极为相似的声音，这让托比亚斯感到极为不安。

这时，另一只小怪兽也被推到了圆圈里面。

托比亚斯目测它的身高约为四英尺半，体重大概在八十磅上下。

它飞快地冲向麋鹿，一跃而起扑到猎物背上，爪子深深地刺进了后者的肉里。受伤的麋鹿承受不了小怪兽的重量，跪倒在地。趴在麋鹿背上的小怪兽将头埋进了猎物的皮毛当中，发狂地撕咬起来。麋鹿不禁昂起头来，发出了一声无助而绝望的哀嚎。

游戏继续进行，小怪兽们轮流在圆圈里绕着圈地追逐麋鹿。追上后，它们时而用嘴咬，时而用爪子抓。麋鹿浑身伤痕累累，流了不少血。不过，小怪兽们都没能对猎物发动近距离的致命猛攻。

最后，一只六英尺高的雄性怪兽跳进了圆圈，抓住一只小怪兽的颈部，将其从麋鹿背上提了下来。它把小怪兽放在离自己几英寸远的地方，面对面地以一种近乎恼怒的语调朝后者尖声咆哮了几下。

随即这只雄性怪兽转身离开小怪兽，一步步朝麋鹿逼近。

麋鹿似乎觉出更大的威胁即将来临，便奋力想要用四条腿站立起来，可那条骨折了的后腿却令它力不从心。

雄性怪兽越来越靠近麋鹿。

夜幕迅速降临了。

它朝麋鹿前倾着身子。

扬起了右臂……

托比亚斯听到麋鹿发出了惊恐万状的嘶吼。

雄性怪兽尖声喊了一句什么，三只小怪兽一齐跳进了圆圈里，纷纷冲向麋鹿身边，吞食着刚掉入草丛、仍然还冒着热气的内脏。

其余怪兽都纷纷聚拢过来看着小怪兽进食，托比亚斯放下了手中的步枪。

此时怪兽群那边传来的骚动声应该足以掩饰他的细微动静，他把手伸进背包里，不断翻找着，最后他的手指终于触到了那个水瓶。他将水瓶从背包里取了出来，旋开瓶盖，把瓶口凑到嘴边大口大口地喝了起来。

#

托比亚斯睡着了，他梦见了自己曾经见过的种种场景，身体也不由自主地战栗不已。

他梦见了西雅图的废址——浓密的雨林中偶尔可见几栋摇摇欲坠的摩天大楼。西雅图的著名建筑太空针塔的上半部分已经没有了，下半部分约一百英尺高的遗迹依然矗立着，被藤蔓和灌木丛层层叠叠地缠绕在其中。历经了两千年沧桑的雷尼尔山保持着原来的形象，托比亚斯站在六十英里远的地方望着它，觉得它跟自己记忆中的模样几乎没什么差别。从前他曾坐在安妮女王山区最高处的一棵大树上，远眺雷尼尔山上的原始雨林，聆听着树丛中那些从未见过人类，也从不曾嗅到过人类气息的动物们所发出的动静。

他还梦见自己站在俄勒冈州的海滩上。

在迷雾中若隐若现的岩层仿佛一艘艘即将出海远行的幽灵船。

他曾在这片沙滩上用树枝写下了“美国俄勒冈州”的字样，然后坐下来看着夕阳沉入海中，继而看着一波又一波的海浪涌上沙滩，把他写的字渐渐抚平，最后踪迹全无。

他梦见自己走在一条一眼望不到尽头的路上。

还梦见自己在树上睡觉，蹚水过河。

在梦中他见到了位于黑松镇的家，那里有数不尽的温暖毯子，有让他吃到饱足的热腾腾的食物，还有一扇可以锁上的门。

待在通电围栅里面的生活是安全的。

不必带着恐惧入眠。

还有他的女人在身边做伴。

等你回来的时候——我相信你一定会回来的——我要和你做爱，我的大兵，我要像对待刚从战场上凯旋归来的战士一样以温存待你。

在他离开的前一天晚上，她在他的日记本首页写下了这些文字。当然，她并不知道他要去哪里，只知道他这一去就有可能再也回不来了。

每次一想到她，他的内心便涌起了一股柔情蜜意。

此时此刻，更是如此。

但愿她能知道，在无数个寒冷的雨夜，他曾借着默读她写给他的临别赠言而得到了多么大的慰藉和力量。

他梦见自己就要死了。

梦见自己回家了。

最后，梦里出现了在他自己所见到的一系列糟糕场景中最为恐怖的一幕。

他在十英里之外就听到并嗅到了它的存在。

一阵阵噪声从曾经的加利福尼亚州和俄勒冈州的交界处的古老红木森林里传了出来，那里的红木树高达四百英尺。

随着他渐渐靠近，那声音也变得震耳欲聋。

就像有成千上万个尖厉刺耳的叫声一齐往外迸发。

这是他四年来在通电围栅之外的世界里所做过的最危险的事情，可是强烈的好奇心驱使着他，令他无法就此转身离开。

甚至在那之后好几天，他的听力都没能恢复正常。那声音的音量比最吵闹的摇滚音乐会还要高出十倍以上，如同一千架喷气式飞机一齐起飞时所发出的声音。他趴在地上，以林中地面上的落叶朽木作为掩护，缓缓爬往声音传来的方向。

在他离声音发源地还有半英里远的时候，恐惧感战胜了好奇心，使他不敢再让自己继续前进了。

他透过参天古木间的缝隙往外窥探——前面有一座面积约为十个足球场大小、最高的尖塔甚至比红木树林的树冠还高出好几百英尺的巨型建筑物。他把眼睛凑到了步枪瞄准镜的后面，试图仔仔细细地看个究竟。那是一座由数百万吨泥土、木材和石块修建起来的建筑，所有的建筑材料都是由某种树脂黏合在一起的。从他俯卧的位置望过去，那简直就是一个巨大的黑色蜂房——上万个单独隔间里全是一只只怪兽和它们储存起来的已经腐烂变臭的猎物。

从那里飘来的气味熏得他眼泪直流。

从那里发出的声音犹如听到十万个人同时被活活剥皮似的刺耳。

眼前的场景着实有些怪异，令他费解。他开始缓缓地往后爬……突然他明白了一切。

那可怕的建筑其实是一座城。

艾比怪兽们正在建立属于它们的文明世界。

地球是它们的了。

#

他醒了过来。

天已经亮了，空地沐浴在一片柔和的淡蓝色光芒之中。

眼前的一切都被镀上了一层霜，他的裤腿在膝盖以下的部分全都被冻得硬邦邦的。

那群怪兽已经不见了踪影。

他抑制不住地颤抖起来。

他需要赶快起身，活动一下腿脚，撒泡尿，再生一堆火，可是他却不敢这么做。

因为他不知道那群怪兽离开这里有多久了。

#

太阳升到了山崖之上，阳光洒进了空地。

草叶上的霜开始融化成水珠，一颗接一颗地往下滴流。

从他睁开眼睛到现在已经过了三四个小时，周围的森林里没有传来一丝一毫的动静。

托比亚斯坐了起来。

昨天的夺命狂奔令他每寸肌肉都如同被火烧一般灼痛不已，他的全身僵硬得像绷得过紧的吉他弦。他环顾了一下四周，血液开始流向手脚末端，紧接着他发觉手脚都在疼痛。

他挣扎着站起身，渐渐明白了这些事实：

他仍然能够呼吸。

仍然能够站立。

仍然还活着。

头顶上方的红色矮栎树叶在阳光的照耀下微微泛着光。

他抬起头来，透过红色的树叶，望着那片在他看来比以往任何时候都更加湛蓝的天空。

BLAKE CROUCH

PINES

第十五章

当伊桑醒来时，特丽萨已经出门去上班了，本杰明也去了学校。

这一夜他几乎没怎么睡着。

他光着身子走过冰冷的硬木地板，来到窗边，抬起手来将玻璃窗内侧的一层薄霜抹掉。

透过窗玻璃照进来的太阳光还不够强，由此可以推测此刻太阳还没有爬上小镇东面高耸的峭壁。

特丽萨曾警告过他：在隆冬时节，大概会有一个月的时间——确切地说是四个星期——镇上根本见不到阳光，因为太阳总是还来不及爬上黑松镇四周的峭壁顶端就又沉下去了。

伊桑没吃早餐。

他只是去“热豆咖啡”买了一杯咖啡拿在手上。

然后朝小镇南面一路走去。

早上刚睁开眼睛时，他觉得身体不大舒服，有点类似宿醉之后刚醒来的感觉——昨晚发生的事情显得模糊不清，可他却隐隐觉得自己搞砸了什么，因而有些沮丧不安。

他确实是搞砸了。

他竟然把真相告诉给了特丽萨。

真是难以置信。

公平地说，他在见过凯特之后就已经心乱如麻了，再加之妻子又极力施展魅力来诱惑他，让他在不能自已的情况下说出了她想知道的答案。事实上，他并不知道这个失误会带来多严重的后果。最糟的情形是特丽萨说漏了嘴，无意中将秘密吐露给了镇上其他人，从而使小镇变得四分五裂。接下来，皮尔彻将会为特丽萨举办一场“庆典”，他将因此而失去自己的妻子，本杰明则会失去自己的母亲……光是想象这些事就足以令他崩溃了。

可话又说回来，他无法否认当自己最终把埋藏在心底的秘密告诉另一个人时，那种感觉竟然如此美好，更何况对方还是自己的妻子，而他原本就不该对这个女人隐瞒任何事情。倘若她能管好嘴巴，冷静地接受这个消息——不走漏风声、不因其而软弱崩溃、不出现反常行为——这样一来就有一个人可以和他共同分担这个令人窒息、不堪重负的秘密了。最起码，特丽萨或许总算能了解他生命中每一天要背负的压力是多么的沉重。

他走在马路中央，抬头看到了黑松镇的“告别”广告牌——一家四口挥手微笑着，下面还有两行文字：

希望你在黑松镇度过了愉快的时光！

别见外！欢迎下次再来！

当然，这块广告牌不过是皮尔彻所开的一个大玩笑而已。

再向前行进大约半英里之后，道路就会弯回去，然后这个玩笑的精妙之处就展露出来了。

另一块广告牌上画了同样的一家四口，他们笑容可掬地迎接着每一个人——

欢迎来到人间天堂黑松镇

伊桑并非不懂得蕴含在这两块广告牌当中的讽刺意味，其实从某种程度上来说这甚至算得上是一种幽默。可是一想到昨天晚上发生的事情，以及他已变得一团糟的人生，他真恨不得此刻的自己正好带着那把大口径霰弹枪，这样就能将广告牌上那四张笑得灿烂无比的人脸打出几个大洞。

这事儿留着下次再做吧。

他脑子里竟然存有这样的想法，看来用不了多久他就得去接受心理治疗了。

当他来到森林边缘时，刚好喝完了杯子里的咖啡，杯底还剩了些咖啡渣。

他正打算将手中的一次性咖啡杯捏皱了扔掉，却突然看到杯子里写了字。

是凯特的笔迹。

黑色的记号笔写着：

凌晨三点，主街和第八大道交会处。站在歌剧院正门口等。不能带芯片，否则就不用来了。

#

隧道入口的门已经抬升起来了，帕姆身着黑色贴身短裤和莱卡面料的背心式上衣，正坐在隧道门口一辆吉普车的前保险杠上等他。她的棕色头发被拢到脑后扎成了一束马尾，因为被汗浸湿而显得颜色更深。她看上去像是刚结束了什么吃力的体育运动。

伊桑说：“你看起来真像蹩脚的肌肉车杂志的封面人物。”

“我都快要被冻死了。”

“那是因为你穿得太少了。”

“我刚骑了一个半小时的自行车，没想到你会这么晚才来。”

“昨天晚上我可过得够呛。”

“追着你的老情人四处跑吗？”

伊桑没接她的话，兀自钻进了吉普车的副驾驶座位。

帕姆发动了引擎，全速向前朝森林驶去，随即猛地来了个一百八十度的大转弯，要不是伊桑及时伸出手来握住了车顶的保护杆，肯定会被惯性甩出车外。

她将车驶入了隧道，那扇伪装成岩石的门在他们身后关上了。吉普车一路呼啸着朝山中地下基地的深处驶去。

#

当他们走进电梯，准备前往皮尔彻所在的楼层时，帕姆说：“今天下午你得帮我个忙。”

“什么忙？”

“去探访一下韦恩·约翰逊。”

“哦，就是那个新来的吗？”

“是的。”

“他表现得如何？”

“现在还很难说，毕竟他昨天才醒过来。我会将他的档案复制一份送到你的办公室去，不过我今天一大早收到了一份监视报告，说他曾沿着马路走到小镇边缘去了。”

“他去到通电围栅那里了？”

“没有，他一直没有离开马路，不过他显然站在那里盯着森林看了许久。”

“你想让我做什么？”

“只是和他谈谈而已。确保他了解这里的规定，知道该做些什么，并且明白违反规定的后果。”

“你想让我去威胁他？”

“如果你认为有必要这么做的话，你可以见机行事。如果你能引导他相信自己已经死了就再好不过了。”

“那我要怎么做呢？”

帕姆露齿一笑，伸出手来朝着伊桑的一只手臂猛击了一拳，力度大到令他的肌肉差点儿抽筋。

“噢！”伊桑痛得叫出了声。

“你自己动脑子想啊，笨蛋。你知道吗，那样说不定会很有趣的。”

“什么？告诉一个人他已经死了，这会是有趣的事情吗？”

轿厢停下，电梯门随即打开了，可是当伊桑正要抬脚走出电梯的时候，帕姆却将一只手臂伸到他前面挡住了他的去路。她虽不像卡通片中的女性健美运动员那样拥有棱角分明的肌肉线条，可她的肌肉还是锻炼得相当出色，苗条而又结实。

“如果你直接告诉约翰逊先生他已经死了，那你就完全搞错重点了。你得设法让他自行思索后得出这个结论。”

“这太残忍了。”

“不，这是为了救他性命。如果他真的相信小镇之外还有另一个世界存在，你知道他会怎么做吗？”

“他会试图逃跑。”

“那你猜猜到时候谁会去追捕他？给你一点提示吧，那人的名字和‘毕桑’押韵呢。”

她放下手臂，脸上露出了精神病患者所特有的病态笑容，“你先请，治安官先生。”

伊桑走进皮尔彻的住处，穿过一条过道走向他的办公室。拉开两扇橡木门之后，他迈步走了进去。

皮尔彻站在办公桌后的窗户旁边，正低头看着岩壁外面。

“你到这边来，伊桑，我让你看个东西。动作要快，不然就来不及了。”

伊桑从布满显示屏的那面墙旁边经过，绕到了皮尔彻的办公桌背后。

帕姆也正好来到了皮尔彻的另一侧，他伸手指着面前的玻璃窗，“你们快看。”

站在这个制高点往下望去，黑松镇所在的山谷全都笼罩在一片阴影之中。

“它来了。”

太阳从东边的峭壁顶部露出了头角。

一束束阳光斜射进小镇中央，宛如清晨的第一抹曙光。

“这是我的小镇。”皮尔彻喃喃地说，“一直以来，我都会亲眼看着它迎接每天的第一道阳光。”

他示意伊桑和帕姆坐下来。

“你有什么消息要告诉我吗，伊桑？”

“昨天晚上我见到凯特了。”

“很好。你用的是什么策略？”

“彻底坦白。”

“这是什么意思？”

“我把一切都对她和盘托出了。”

“我不懂你在说什么。”

“凯特不是傻瓜。”

“你跟她说你正在调查她？”皮尔彻的语气中饱含着怒气。

“难道你认为她不会马上猜到这一点吗？”

“我们将无从知晓了，不是吗？”

“戴维……”

“难道不是这样吗？”

“我比你更了解她。”

帕姆说：“在你告诉她我们对她有所怀疑之后，她说：‘好极了，现在我来告诉你这一切是怎么回事。’是这样吗？”

“我告诉她，她成了嫌疑人，而我能保护她。”

“这么说，你演的是旧日情怀的戏码，对吗？”

“差不多吧。”

“好吧，这个方法听起来倒没那么糟。你从她那里打听到什么了吗？”

“她说她最后一次见到阿莉莎是在阿莉莎遇害的那天晚上。她们是在主街上见面的，当她们分头离开的时候，阿莉莎还活着。”

“她还说了什么？”

“她并不知道通电围栅外面的情形是怎样的，而且她不断地追问我这个问题。”

“她为什么半夜三更不睡觉，在外面四处乱跑呢?”

“这个我还不知道，她不肯告诉我。不过现在我有机会找出答案了。”

“什么时候?”

“今天晚上。但是我得把我的芯片取出来。”

皮尔彻转头看了看帕姆，然后又看着伊桑。

“这不可能。”

“她给我的字条上清楚地写着：‘不能带芯片，否则就不用来了。’”

“那你就告诉她你已经把芯片取掉了。”

“你认为他们不会动手检查吗?”

“我们可以在你的大腿后侧割开一个伤口，他们没法知道芯片是不是真的已经取出来了。”

“可万一他们有办法检查出来呢?”

“什么办法?”

“我要是知道就好了，不过如果我今天晚上不能取掉大腿里的芯片，我就待在家里不出去了。”

“我在阿莉莎身上已经犯过错了，我让她在不受追踪的情况下去执行任务。如果当时她身上有芯片，我们就能及时知道她去了哪里，又在哪里遇害了。我不希望再犯同样的错误。”

“我能照顾好自己。”伊桑说，“你们俩都亲眼见识过我在这方面的能力。”

“我们最担心的也许不是你的安危。”帕姆冷冷地说，“而是你的忠诚度。”

伊桑把椅子转过来面对着帕姆。

他曾在医院地下室里与这个女人打斗过。那时她手里握着一根注射针筒朝他扑来，他全速朝她撞去，让她的脸撞上了水泥墙。他像回味一顿美味大餐一样美滋滋地回想着那一幕，真恨不得能再体验一把那种畅快淋漓而且解恨的感觉。

“她说的不是没有道理，伊桑。”皮尔彻开口道。

“什么道理？你不信任我吗？”

“你的确表现得不错，可是时间太短，我们还需要对你进行更多的观察。”

“如果我不能把芯片取出来，那我就不去赴凯特的约。就这么简单。”

皮尔彻的语气听起来更加生硬了。

“明天黎明时分，你要到我办公室来详尽地汇报情况。明白了吗？”

“明白了。”

“现在我得对你进行一番提醒。”

“你又要讲如果我打算逃跑或采取其他不当行为的话，我的家人将会有何遭遇之类的话了吧？你就不能让我自己来想象最糟的情况，并且相信你一定不会心慈手软吗？不过，我现在需要和你私下谈谈。”伊桑看了帕姆一眼，“我想你应该不会介意，对吗？”

“我当然不会介意。”

帕姆出去后，门在她身后关上了，伊桑说：“我想了解更多关于你女儿的事情。”

“为什么？”

“我对她了解得越多，就越有可能查明她遇到了什么事。”

“我想我们已经知道她遇到了什么事，伊桑。”

“我昨天去过她的宿舍，发现房间门口摆了不少鲜花和卡片，看得出来她生前是真的深得人心。不过我还在想，这个洞穴基地里是不是有与她为敌的人呢？我的意思是，她毕竟有很特殊的身份，是大老板的女儿。”

伊桑以为皮尔彻会因他这番触动其隐私和丧恸的话而勃然大怒。

可是皮尔彻的反应却有些出人意料。他向后靠在椅背上，以一种近乎怀有倾诉渴望的语气说道：“阿莉莎最不喜欢利用自己的特殊身份所带来的特权。她本可以和我一起住在这间奢华的套房里，过着随心所欲的生活。但是她却选择住在简朴的宿舍里，和其他人一样接受工作任务。她从来没有因为自己身份特殊就要求得到特别的优待，这是众所周知的。正因为如此，其他人也对她更加爱戴。”

“你们俩相处得和睦吗？”

“非常和睦。”

“阿莉莎是如何看待这一切的呢？”

“你指的是什么？”

“我是指这个小镇、这里的监视系统以及其余的一切。”

“在更早的时候，也就是我们都刚从生命暂停状态复活过来时，她的头脑里装满了许多不切实际的理想。”

“你是说她并不赞同你管理黑松镇的方式?”

“没错。不过等她长到二十岁的时候，就开始真正成熟起来了。她渐渐明白了镇上的监控摄像头、‘庆典’、通电围栅的存在都有其必要性，也知道了其他一些秘密背后的意义。”

“她是怎么变成卧底的?”

“这是她自己要求的。当新任务公布出来时，有不少人自告奋勇想要接手，她也在其中。为此我和她产生了激烈的争吵，我不想让她去接手那个任务，她才二十四岁，又那么冰雪聪明，明明可以选择在许多不那么危险的事情上贡献自己的才华。可是，几个月前她就是站在这里对我说：‘爸爸，我是这个任务的最佳候选人，这是你我都知道的，其他人也都清楚这一点。’”

“然后你就由着她去了。”

“你很快就会在养育儿子的过程中发现，放手由着子女按他们自己的意愿行事是多么的艰难，同时也是我们能为他们所做的最伟大的事。”

“谢谢你的经验之谈。”伊桑说，“我觉得我对她的认识又加深了一层。”

“我倒希望你能有机会认识她，她的确是个与众不同的人。”

伊桑朝门口走去，走到一半时他突然停下脚步，回过头来看着皮尔彻。

“我可以问你一个比较私人的问题吗?”

皮尔彻露出了悲伤的笑容，“当然可以。你都问了这么多，还有什么不能问的?”

“阿莉莎的母亲，她在哪里呢?”

皮尔彻的面部肌肉抽搐了一下，看起来像是突然老了好几岁，整个人的精气神全都消失不见了，变得萎靡而颓丧。

一刹那间伊桑竟有些后悔自己问出了这个问题。

房间里的空气像是凝结起来了一般，气氛无比凝重。

皮尔彻开口说道：“在所有进入生命暂停装置的人当中，有九个人没能成功地复活过来，伊丽莎白就是这九人当中的一个。眼下，我连自己的女儿也失去了。你今天晚上回去后好好拥抱一下你的家人吧，伊桑。记住，要趁着还能这么做的时候，紧紧地拥抱他们。”

#

手术室设在二楼，外科医生已经在那里等着他们了。

这名医生体形圆胖，佝偻着背，行动迟缓而且有些笨拙，仿佛经年累月住在这座山里，日照不足，导致他的骨骼已经萎缩了似的。他身上穿的白大褂长及脚踝，一张手术用的口罩已经戴在脸上了。

当伊桑和帕姆走进手术室时，医生正在一个水槽跟前用水龙头里流出的冒着热气的水用力地清洗双手，听到动静后他抬起头来看着他们。

他并没有作自我介绍。

只是冷冷地说：“脱掉你的长裤，然后趴在手术台上。”

伊桑看着帕姆，“你要留在这里观看吗？”

“莫非你认为我愿意错过这个看你挨刀的机会？”

伊桑在一把凳子上坐下，开始解开鞋带。

一切都已经预备妥当。

手术台旁边的推车上放着一个铺了蓝布的托盘，其上整齐地摆放着手术刀、小钳子、弯头镊子、手术缝合线、针、剪刀、持针器、纱布和碘酒，还有一个未贴任何标签的小瓶子。

伊桑脱掉靴子，解开皮带，然后脱掉了卡其布长裤。

尽管穿着袜子，他仍然感觉地面非常冰冷。

外科医生用手肘关掉了水龙头。

伊桑爬上手术台，趴在干净的白布上。

心脏监护器和输液架背后的墙上有一面镜子，伊桑透过镜子看到医生戴好了外科手套，缓缓地朝手术台走了过来。

“芯片在多深的位置？”伊桑问。

“不是特别深。”医生简短地回答道。

医生打开了装碘酒的瓶子。

将里面的碘酒倒了一些在一块布上。

接着用这块吸了碘酒的布在伊桑左腿后侧来回擦拭着。

“我们是把追踪芯片贴在股二头肌上的。”医生从铺着蓝布的托盘上拿起一个最小的瓶子，然后将一个注射器的针头从瓶口戳了进去。“接下来你会觉得有一点点痛。”他说。

“那个瓶子里装的是什么？”

“只是一些局部麻醉剂而已。”

当他的左大腿后侧变得麻木之后，手术便开始迅速地进行起来。

伊桑什么都感觉不到，不过借助那面镜子，他看到医生拿起了手术刀。

他感受到了轻微的按压。

很快他便看到医生的乳胶手套上沾了一些殷红的鲜血。

约莫一分钟后，医生放下手术刀，拿起了小钳子。

又过了二十秒，伴随着“啪”的一声，芯片被扔进了伊桑头部旁边的一个金属托盘里。

它看起来就像是一小片云母。

“我有个请求。”伊桑在医生用纱布为伤口止血时说道。

“什么请求？”

“请把伤口缝合得粗糙难看一些。”

“你真聪明。”帕姆说，“这样一来凯特就会认为你是自行取掉芯片的，那她会更信任你，会以为你是变节了想要投靠他们。”

“我也是这么想的。”

医生拿起持针器，将一根黑色的线绕了上去。

#

当伊桑和帕姆沿着一楼的走廊朝洞穴走去的时候，他感觉左腿后侧的伤口开始灼痛起来。

伊桑在囚禁玛格丽特的房间门口停下了脚步，倾身靠近玻璃窗，把两只手圈在眼睛周围。

“你在干什么？”帕姆问道。

“我想再看看它。”

“你不能这么做。”

伊桑眯缝着眼睛，透过玻璃窗，他看到房间里面一团漆黑。

什么都看不见。

“你和它打过交道吗？”伊桑问帕姆。

“有啊。”

“你对它有什么看法？”

“我认为它应该和我们的其他样本一样被扔进焚化炉里烧掉。快走吧。”

伊桑看着帕姆，“你认为我们对这些艾比怪兽多一些了解是没用的吗？毕竟它们的数量比我们要多好几亿呢。”

“噢，你的意思是这样一来我们就能找出跟它们和平共处的方法了吗？你这种提倡彼此应该手挽手追求和平的嬉皮思想可真是扯淡！”

“这是为了让我们能更好地生存下去啊。”伊桑说，“万一它们并不都是盲目地使用暴力呢？要是它们真的是有智慧的生物，那么我们兴许能跟它们进行正常的沟通呢。”

“黑松镇已经提供了我们生存所需的一切。”

“我们不可能永远在这个山谷里生活下去。”

“你怎么知道不行？”

“因为我认为镇上的居民并不是真的在‘生活’。”

“那你认为是什么？”

“坐牢。”

他回头看着玛格丽特的囚室。

玛格丽特的脸出现在了圆形玻璃窗后面，离伊桑的距离不过几英寸。

它直勾勾地盯着伊桑的眼睛。

眼神清澈。

全然平静。

“告诉我你在想些什么。”他说。

它的黑色爪子开始轻轻地敲打玻璃窗。

第十六章

这是一栋位于小镇东北端的维多利亚式房屋，里面有两间卧室，新近刚刷过油漆，前院种着两棵松树，韦恩·约翰逊的姓氏已经印在黑色邮筒上了。

伊桑登上了前廊的阶梯，伸出手来拉起门上的铜环轻叩了几下。

片刻之后，门打开了。

一个秃顶、圆胖、面部肤色有些发灰的男人抬头看着伊桑，他眯缝着眼睛抵御阳光的刺激。

他穿着睡袍，仅存的少许头发看起来还没梳理过，有些凌乱，似乎刚刚才起床没多久。

“请问你是约翰逊先生吗？”伊桑问道。

“是的。你有什么事吗？”

“嗨，我只是顺道过来看看你，跟你认识一下。我叫伊桑·伯克，是黑松镇的治安官。”提到这个职位令伊桑觉得像吞了苍蝇一般很不舒服。

屋里的男人一脸困惑。

“我们可以进去谈吗？”

“唔，当然可以。”

房间里仍然弥漫着消毒水的味道和久不通风的气息。

他们在一张小餐桌旁坐了下来。

伊桑取掉了戴在头上的斯泰森毡帽，然后解开了派克大衣的纽扣。

厨房台面上摆放着好些装满食物的砂锅和包裹着锡箔纸的盘子。

约翰逊先生的邻居们无疑都接到指示，要在他最难挨的第一个星期里为他带些午餐和晚餐来。

离他们最近的三盘食物看上去连动都没有动过。

“你有吃饭吗?”伊桑问道。

“说真的，我没什么胃口，可是人们不断地给我送食物过来。”

“很好啊，这样一来你正好可以跟邻居认识一下。”

韦恩·约翰逊对这句话充耳不闻。

每一位新居民都会收到的《黑松镇欢迎手册》此时正摊开放在桌面上，在这本册子里，长达七十五页的严峻威胁都被包装成了“建议”，看起来就像是在告诉人们如何才能在黑松镇过上快乐的生活。伊桑就任治安官以后，第一个星期里一直在背诵整本册子的内容。桌上的册子正好翻到了解释在冬季菜园结冰的几个月里，镇上居民的食物会如何分配那一章。

“他们跟我说，”韦恩开口说道，“我很快就要开始工作了。”

“没错。”

韦恩将双手放在膝盖上，低头看着它们。

“我将会做什么工作呢?”

“这我还不太清楚。”

“你是可以跟我讲真话的人吗?”韦恩问道。

“是的。”伊桑说，“现在你可以问我任何你想问的问题，约翰逊先生。”

“我为什么会遇到这样的事情？”

“我不知道。”

“你不知道吗？还是你不愿意告诉我？”

伊桑迅速想起在欢迎手册开头的部分，有一章标题为“如何面对因为‘你在哪里’这个问题而产生的种种疑问、恐惧和怀疑”的内容。

伊桑伸手取过放在桌上的册子，迅速翻到了那一章。

“你或许能从这一章的文字里找到一些指引。”伊桑说。

他觉得自己说出这句话就像是在硬生生地背诵一本非常糟糕的剧本，这话连他自己都没法相信。

“什么指引？我不知道自己在哪里，也不知道自己究竟遇到什么事了，而且没有人愿意告诉我真相。我需要的不是指引，而是他妈的答案。”

“我明白你所面对的挫折感。”伊桑说。

“为什么电话打不通？我试着给我母亲打了五次电话，可我只听到它一直不停地响，却始终没有人接听。这很不对劲，因为她总是待在家里，时刻守在电话机旁边。”

就在不久之前，伊桑自己的处境也跟此时的韦恩·约翰逊一模一样。

忧虑得发狂。

内心充满惧怕。

像疯了似的在镇上四处乱跑，想要与镇外的世界建立联系。

皮尔彻和帕姆打算令伊桑相信自己精神不正常，这是他们一开始便为他制定好的融合计划。韦恩·约翰逊所面临的情形跟伊桑不同，但却跟镇上的大多数居民一样：先让他用几个星期的时间对黑松镇及其边界进行一番探索，经受一些负面情绪的强烈冲击，然后再逐渐接受现状，从而下定决心安定下来。

“今天早上我沿着出镇的道路往外走。”韦恩说，“结果你猜怎么着？那条路竟然又绕回了镇上。这实在太不对劲了，肯定有问题。我不过在几天前才开车驶入这小镇，可开进来的那条路怎么可能就这么消失不见了呢？”

“听我说，我知道你有一些疑问，而且……”

“我——在——哪——里？”

韦恩的声音响彻整个屋子。

“这他妈的到底是什——么——地——方？”

他的脸涨得通红，浑身发抖。

伊桑听见自己在说：“这不过就是一个小镇而已，约翰逊先生。”邪门的是这些话完全没经过他的大脑就自然流畅地脱口而出了，如同被编好的程序一般。为此他有些恨自己，却又备感无奈，因为在他自己的融合过程中就一而再再而三地被告知这样的信息。

韦恩说：“就是一个小镇而已？没错，这是一个你没法离开也没法与外界取得联系的小镇。”

“你需要明白一些事。”伊桑说，“黑松镇的每一位居民都曾体会过你现在这种感受，包括我在内。相信我，情况会慢慢好转的。”

恭喜你！伊桑，你现在已经可以做到如此自如地说瞎话了。

“我告诉你，治安官，我想离开这里。我不想再在这里继续待下去了，我想回家，回到跟从前一样的生活。对此你有什么话要说?”

“这是不可能的。”

“你的意思是我不可能离开这里吗?”

“没错。”

“你认为你有什么权力违背我的意愿，将我强留在这儿?”

伊桑站起身来。

感到极不舒服。

“说啊，你有什么权力这么做?”

“你越早接受在这里的新生活，你的情况就会越快好转起来。”

伊桑戴上了自己的帽子。

左大腿后侧的伤口开始疼痛起来。

“其实我希望你能对我实话实说。”约翰逊说。

“此话怎讲?”

“如果我试图离开这里，你就会杀了我。虽然你一直绕来绕去地兜圈子，但你来这里不就是为了告诉我这个吗?”

伊桑拍了拍桌上的欢迎手册，“你需要知道的事情都写在这上面了。留在镇上，你就能活命；出去的话，只有死路一条。就这么简单。”

当伊桑走出厨房朝屋子前门走去时，韦恩·约翰逊在他身后喊道："我死了吗？"

伊桑伸手握住了门把手。

"求你了，治安官，请告诉我吧，我接受得了。我在车祸中丧生了吗？"

伊桑用不着回头看也知道身后的男人此时正痛哭流涕。

"这里是地狱吗？"

"这里只是一个小镇，约翰逊先生。"

伊桑走出门以后，脑子里突然冒出了一个念头：

帕姆会因我刚才的所作所为而感到骄傲的。

旋即他又感受到了有生以来最为沉重的罪恶感。

#

伊桑算好了离开办公室的时间，这样他就能顺道去过珠宝店之后，正好在特丽萨下班时路过她所供职的房地产中介公司。他拐了个弯，来到主街，这时他大腿后侧的伤口开始阵阵抽痛起来。

天空阴云密布，街灯已经亮了，天气相当寒冷。

他看到她了，她和他隔了半个街区，此刻正准备锁上房地产中介公司的大门。

她穿着一件灰色羊毛风衣，戴了一顶针织帽，帽子的系带在她的下巴下面打了一个结，只有几绺金发从帽子边沿露了出来。她还没有看到他，当她用力地将钥匙从锁孔里拔出来的时候，脸上的茫然表情令他看了很是心疼。

她看起来心烦意乱，而且疲惫不堪。

他呼喊她的名字。

她回过头来看到了他。

她的处境很艰难，他一眼就看出来了。他敢打赌，这一整天她一直都强忍着眼泪。他走到她的身边，伸出一只手来搂住了她的肩膀。

他俩沿着人行道肩并肩地走着。

街上的人不多，店主们都纷纷锁上店铺的门，从工作的地方往家走去。

他问她今天过得怎么样，她回答说："很好。"然而她的语气一听就是言不由衷的。

他们走斜线穿过十字路口，来到了第六大道。

特丽萨说："我真的扛不住了。"

她的声音带着哭腔，情绪极为激动，以至于喉咙也有些哽住了。

"我们得谈谈。"他说。

"我知道。"

"但不是在这里谈，也不是以这种方式。"

"现在他们能听到我们说话的声音吗？"

"一不小心就有可能被他们听到。你讲话的时候声音尽量小一些，还有别忘了低头盯着地面。我昨天晚上还有一件事没告诉你。"

"什么事？"

伊桑用手臂搂住了她的腰，把她拉得离自己更近一些，然后说：“稍等一下。”这时他们正好从街道拐角的一盏街灯旁走过，伊桑知道那根灯柱上安装了摄像头和窃听器。当他们离开那盏街灯约莫五十英尺之后，他接着说：“你知不知道你的大腿后部被植入了一颗追踪芯片？”

“我不知道。”

“他们就是靠那颗芯片来追踪你的。”

“你也有吗？”

“我的芯片刚被取出来了。只是暂时的。”

“为什么呢？”

“我以后再跟你解释。我想把你的芯片也取出来，只有这样我们才能真正地谈话。”

他们的家就在前方不远处的山脚下。

“那样会很痛吗？”她问道。

“会，我得把你的大腿后面割开。待会儿到家后，我们就在书房的椅子上完成这件事。”

“为什么要在那里？”

“那里是我们的房子里唯一一个监视盲区，待在那里就不会被摄像头拍到。”

她的嘴角略微上扬，露出了一丝笑意，“这就是你为什么总是想在书房和我做爱的原因吧。”

“没错。”

“你确信你能搞定这件事吗？”

“我觉得应该没问题。你准备好了吗？”

特丽萨深吸了一口气，然后呼了出来。

“我会准备好的。”

#

本杰明坐在餐桌旁边，穿着大外套，肩上还披着一条毯子。屋子里唯一的声音就是男孩手中的铅笔画在纸上所发出的沙沙声。伊桑站在厨房和餐厅之间的拱门下面，看着认真作画的儿子。

“嘿，儿子。”伊桑说，“画得顺利吗？”

“顺利。”本杰明头也不抬地回答道，他的眼睛始终不曾离开面前的画纸。

“你在画什么呢？”

本杰明指了指放在餐桌中央的装饰品——插着一束花的水晶花瓶。花朵早就因为屋里太冷而枯萎了，一片片苍白的花瓣散落在瓶底四周的桌面上。

“今天在学校过得怎么样啊？”

“很好。”

“你们学了些什么啊？”

这话显然令本杰明吃了一惊，他突然放下了手中的画笔。

这实在是伊桑的无心之失，刚才的问话只是他以往生活所遗留下来的问候习惯而已。

男孩抬起头来看着他，脸上写满了困惑。

伊桑说：“算了，没事儿。”

虽然是在房子里面，气温也够冷的，伊桑甚至能看到儿子嘴里呼出的白气。

他的心头突然冒起了一股无名怒火。

他转过身去，沿着走廊走到屋子的后门前，然后猛地拉开后门，穿过露台进到了后院里。

院子里的草已经黄了，即将枯死。

那排将他们家和邻居家的后院分隔开来的山杨树竟在一夜之间掉光了所有的叶子。

柴火棚的地面上还散落着一些去年留下的松树皮碎屑。伊桑将插在劈柴木桩顶部的一把斧头拔了起来，他的脑子里顿时浮现出特丽萨孤身一人在寒冬里劈柴的画面，而那时的他仍然还处于生命暂停状态。

他提着斧头回到屋里，心中极为不快。

特丽萨还在餐厅陪本杰明，看着他画素描。

“伊桑，你还好吗?”

“我没事。”他回答道。

伊桑来到厨房，扬起手中的斧头，将咖啡桌拦腰一砍。桌子中间顿时塌了下去，形成了一个“V”字形。

“伊桑，你怎么了?”

特丽萨赶紧跑进了厨房。

“我能看到……”伊桑再度扬起了斧头，“我儿子在自己家里呼出的白气。”

伊桑手中的斧头挥下之后，桌子的左边部分碎成了三截。

“伊桑，那可是我们的家具……”

他看着妻子说道：“应该说它曾经是我们的家具，可现在它是我们的取暖燃料了。屋里有废纸吗？”

“在我们的卧室里就有。”

“你能帮我取一些过来吗？”

当特丽萨拿着一份《黑松镇之光》再度回到厨房的时候，伊桑已经将咖啡桌劈成了小到可以放进壁炉里燃烧的碎块。

他们将几张报纸揉成一团一团的，然后将它们塞到了壁炉里的木柴下面。

伊桑打开壁炉的风门，点燃了报纸。

随着壁炉里的火越烧越旺，伊桑喊了一声儿子的名字。

男孩将画板夹在腋下，走了过来，“什么事？”

“你到炉火边来画画吧。”

本杰明看到了壁炉里被劈成小片的咖啡桌，有些惊诧。

“快来啊，儿子。”

男孩在壁炉旁边的一把摇椅上坐了下来。

伊桑对他说：“我让炉门开着，待会儿你自己往里面添木材吧。”

“好的。”

伊桑朝特丽萨使了个眼色，让她去走廊那里。

他从厨房拿起一个盘子，跟在她身后进到了书房。

他从里面把书房门锁上了。

从窗外透进来的光线已经很微弱了，天色越来越暗。

特丽萨用嘴型无声地说：“你确定他们看不到我们在这里的一举一动？”

他倾身在她耳边低声回答：“是的，可是他们能听到我们的声音。”

他示意她坐到椅子上，伸出食指在嘴唇上比了一下，提醒她不要出声。

他把手伸进衣兜，掏出了一张折起来的纸条，这是他半个小时之前在办公室就写好了的。

特丽萨打开纸条。

你得脱掉长裤，让我能清楚看到你的左大腿后侧。很抱歉，接下来会很痛，但千万不要作声。相信我，我是非常爱你的。

她看完后抬起头来，满脸惊恐。

但紧接着她立即伸手解开了牛仔裤的纽扣。

他帮着她把牛仔裤从大腿上拉下来，当他这么做的时候，情欲不可避免地被激发了——他很想继续推进，进一步脱掉她的衣服，因为他们常在这把椅子上做爱。

特丽萨转身趴在椅子上，伸直了两条腿，就像在进行拉筋练习一般。

伊桑绕到了椅子侧面。

他有九成的把握可以确定自己不在监视摄像头的拍摄范围之内。他曾在皮尔彻的办公室里观察过，书房里那台摄像头的镜头正对着房间另一侧的书架。

他把手中的盘子放在地上，脱掉了身上的外套。

他跪了下来，从外套的大口袋里掏出了当天下午从自己的办公室找到的所有能在这个时刻派上用场的物品。

一瓶擦拭用的酒精。

一把棉花球。

纱布。

一管强力胶。

一把笔型手电筒。

一把从基地手术室里偷来的手术钳。

一把“蜘蛛”牌不锈钢柄弧形折刀。

客厅里的柴火烟味儿从门下方的缝隙飘进了书房，伊桑还在仔细检查特丽萨的左大腿。他花了好一阵子才看到了她腿上那条苍白的旧伤口，它看起来像极了小毛虫的足印。他旋开擦拭用酒精的瓶盖，取了一团棉花球抵在瓶口，然后将瓶身翻转过来。

酒精的刺鼻气味顿时在房间里蔓延开了。

他用浸了酒精的棉花球对特丽萨的旧伤口进行消毒，继而拿着它用力地擦拭装器械的盘子。他打开了“蜘蛛”折刀，这玩意儿的刀刃看起来有些邪门——上面有一排锯齿，整个刀刃呈弯曲状，像极了猛禽的爪子。他又用酒精浸透了另一团棉花球，接着用它依次对折刀的刀刃和手术钳进行擦拭消毒。

特丽萨一直看着他完成这些准备工作，她的眼里流露出一种近乎恐惧的神色。

他用嘴型无声地告诉她：“别看了。”

她点了点头，紧抿着嘴唇，咬紧了牙关。

当他将折刀的刀尖触到特丽萨旧伤口处的皮肤时，她紧张得全身僵硬。其实他内心还没有聚集起足够多的勇气来割开伤口，可他还是硬着头皮割下去了。

刀刃划破了皮肤，特丽萨用齿缝重重地倒吸了一口气。

伊桑无意中瞥见了她的两只手，它们紧紧地握成了拳头。

他强迫自己不要分心，只专注于眼前该做的事。

这把刀非常锋利，他几乎没怎么用力就轻而易举地划开了特丽萨的旧伤口，感觉就像切开热黄油一样容易。这个步骤进行得非常顺畅，以至于伊桑甚至在错觉中认为自己这样做不会弄痛她。可是，当殷红的鲜血沿着特丽萨的大腿直往下流的时候，她的脸皱成了一团，渐渐变得通红，而她的手指关节也因过度用力而发白了。

此刻她脸上的神情是伊桑曾经看到过的。

这是一种决绝而美丽的坚定神情。

在他们的儿子出生时，伊桑曾从特丽萨脸上看到过一模一样的神情。

刀刃的四分之一已经割进了肉里，深度约莫有半英寸，他不太确定这个深度是不是已经够到了追踪芯片所在的股二头肌。

他小心翼翼地拔出刀刃，将刀平放在盘子里。鲜血像机油一样裹在刀刃上，白色的瓷盘瞬间就沾满了血滴。特丽萨的内裤被血染红了，皮椅表面的褶缝里也聚集了大量的鲜血。

伊桑拿起了手术钳。

他打开笔型手电筒的开关，将其咬在上下两排牙齿中间。

然后俯下身子仔细检查刚割开的伤口。

他用左手将伤口撑开了一些。

接着用右手将手术钳伸到了那道伤口里面。

眼泪顺着特丽萨的脸往下滴流，她用两只手死死地抓住自己的头发。他想，万一还需要割得更深一些，他真的不能肯定她是不是还能继续忍受下去。

他缓缓地张开钳子。

这时特丽萨发出了从手术一开始到现在最大的声响——那是从她喉咙后部很深的地方发出的低沉呻吟。

她的手指紧紧地抓住了椅子扶手上的软垫。

在伊桑看来，最残忍的事情莫过于自己在此时此地不能说出只言片语来给她鼓励和安慰。

他用笔型手电筒的光束对准了特丽萨的伤口。

他看到了她的股二头肌。

追踪芯片在特丽萨的腿筋背后散发出珍珠母色的温润光芒。

他从盘子上拿起了折刀。

手一定要稳啊。

额头上的汗水流进了他的眼睛，令他感到灼痛。

就快要好了，亲爱的。

他再度将折刀的刀刃插进了伤口，里面的鲜血喷涌而出，顺着特丽萨的腿往下流。当刀尖触到她的股二头肌时，她的腿些微退缩了一下，可是伊桑丝毫也没有迟疑。

他用刀尖慢慢地将芯片从肌肉上剥离。

他当心地将刀刃缓缓拉出，芯片也附着在刀尖被带了出来。

他屏住了呼吸。

直到折刀重新被放回盘子里，他才再度吸了一大口气。

特丽萨看着他的眼睛，迫切地想要知道手术是否成功。

他点点头，朝她笑了笑，随即拿起一叠纱布递给她。她接过纱布，将其按压在左大腿后侧。一涌而出的鲜血几乎一瞬间就将纱布浸透了，伊桑又递给她一叠新的纱布。

最痛的时刻似乎已经过去了，她的脸上还残留着一些红晕，看起来就像是高热病人被烧红的脸一般。

五分钟之后，血流的速度减缓了。

又过了二十分钟，血已经完全止住了。

伊桑用酒精浸湿了最后一团棉花球，擦拭着特丽萨的伤口，她痛得直往后缩。他用一只手将伤口的两侧捏合在一起，再用另一只手扯开强力胶的盖子，将管口靠在伤口的一端，挤出了一大滴，随后再边挤边沿着伤口往另一端移动。

这时候天已经黑了，书房里的气温也越来越低。

他继续将伤口捏合了五分钟，然后放开手。

伤口已经被黏好了。

伊桑绕到椅子前面，将嘴唇凑在特丽萨的耳边。

“我把它取出来了。你表现得实在很棒。”

“要忍住不叫出声来实在是太难了。”

“伤口已经被黏好了，不过你得在这里静候片刻，使其黏合得更牢固。”

“我好冷啊。”

“我去给你拿几条毯子来。”

她点了点头。

他朝她笑了笑。

她的眼角还带着泪。

她用嘴型说道："让我看看它。"

他从盘子里拿起折刀，将刀刃凑到了特丽萨眼前。

刀刃上的血在冷却之后变得越来越黏稠，那颗追踪芯片就粘在刀尖上。

她愤怒地咬了咬牙，像是受到了某种侵犯。

她转而看着伊桑，一句话也没说，不过这不要紧，因为他能看到她脸上清清楚楚地写着想说的话——**那帮该死的混蛋！**

他从刀尖上取下芯片，用一块纱布擦净了上面的血和肌肉组织，然后把芯片递给她"欣赏"了片刻。接下来，他把手伸进胸前的口袋里，掏出了当天下午在珠宝店买到的那条金项链——细细的辫子形链条上系着一个心形盒式吊坠。

她说："你太费心了。"

伊桑打开项链上的盒式吊坠，轻声说道："把芯片放在这里面。除非我让你把项链取下来，否则你得一直戴着它。"

#

客厅里面非常暖和，本杰明的脸颊在火光的映照下显得红扑扑的。他面朝着壁炉，还在画自己的素描。壁炉里的火苗，烧得发黑的木材，还有壁炉底座附近散落的咖啡桌碎块，都成了本杰明的绘画题材。

"妈妈在哪儿?"

“她在书房看书，你有什么需要吗?”

“没有。”

“那我们暂时别去打扰她好吗？她今天过得很辛苦。”

伊桑从沙发下面的储物箱里取了好几条毯子，然后回到书房。

特丽萨冷得瑟瑟发抖。

他为她盖上了毯子。

“我去为你准备些热食来做晚餐。”

她忍着疼痛笑道：“那太好了。”

他俯下身子，在她耳边低声说：“你一个小时以后再出来。可是你要记住，无论伤口有多痛，都要直起身子，以正常的步态走路。要是他们看出你走路时腿是跛的，就会马上猜出我们做了什么。”

#

伊桑站在厨房水槽边，望着黑漆漆的窗外。三天前夏天才刚刚结束，树上的叶子渐渐开始改变颜色，可是……天哪，转眼间秋天就这么一晃而过了，不过才短短七十二个小时，天气就从8月变成了12月。

目前冰箱里存放的水果和蔬菜差不多应该是今年最后一批新鲜食材，在接下来的几个月里，他们一家就只能吃经冷冻干燥处理过的食物了。

他把一个装满水的汤锅放在炉灶上煮。

他又拿起了一个较大的平底锅，将其放在汤锅旁的另一个炉灶上，打开中火，随即往平底锅里倒了一点橄榄油。

家里还有五个自然成熟的西红柿——刚好够用。

他就这么紧锣密鼓地准备着晚餐。

先捣碎了一瓣大蒜，然后切了一些洋葱片，再将它们一起放进油锅里翻炒。

蒜和洋葱在油锅里发出“滋滋”的声响，与此同时他把西红柿切成了碎块。

他本来应该站在位于西雅图的家中厨房里的。每逢星期六下午，他都会一边听着塞隆尼斯·孟克的唱片，一边品着红酒，尽情享受为家人烹饪一顿丰盛美餐的乐趣。在度过了漫长而疲累的一周之后，没有什么比这样做更能让人放松的了。眼下这一刻，他感觉自己就像回到了如往昔一般宁静的夜晚，一切仿佛都是那么地正常，除了……半个小时之前，他在自己家里唯一一个监视摄像头拍摄不到的盲区割开了妻子大腿后侧的皮肉，并取出了植入在那里的一颗追踪芯片。

是的，除了那件事之外，他感觉自己真的回到了往日的时光中。

他把西红柿碎块倒进平底锅，用锅铲压成泥，然后跟洋葱搅拌在一起。接下来他又往锅里倒了些油，俯下身来深吸了一口带着甜味的蒸汽，试着——哪怕只是在这短暂的一瞬——让自己完全沉浸在美妙的幻想之中。

#

伊桑正在用凉水冲煮好的意大利面，特丽萨走了过来。尽管脸上挂着笑意，可是她的面部肌肉略显僵硬，伊桑觉得自己看出了妻子的面具下所隐藏的痛苦，不过她的步态非常正常，腿一点也不跛。他们全家人一起坐在客厅的地毯上，围在温暖的炉火旁边，一面听着收音机里美妙的琴声，一面共进晚餐。

赫克托尔·盖瑟今晚弹奏的是肖邦的曲子。

食物非常可口。

火光给人温暖。

可惜美好的时光总是那么短暂。

#

已经过了午夜十二点。

本杰明睡着了。

咖啡桌只够他们烧了两个小时，现在这栋维多利亚式房子又变得像冰窖一样寒冷了。

伊桑和特丽萨面对面地躺在床上。

他轻声问她："准备好了吗？"

她默默地点了点头。

"项链在哪里？"

"我戴在脖子上呢。"

"现在你把它取下来，放在床头柜上。"

她照做了，"现在该怎么做？"

"我们再静静地等一分钟。"

#

他们在黑暗中穿好了衣服。

伊桑先去本杰明的房间看了看，男孩睡得很熟。

随后他和特丽萨一起走下楼梯。

一路上两人都一言不发。

伊桑打开房子的前门，将黑色卫衣的帽子拉起来戴上，并示意特丽萨也做同样的事情。

两人走出了房门。

一盏盏街灯和一栋栋房子的前廊灯光点缀着这寂静的黑夜。

天很冷，夜空中连一颗星星也看不见。

他们肩并肩走在马路中央。

伊桑说："现在我们可以说话了，你的腿怎么样？"

"很痛。"

"你表现得太棒了，亲爱的。"

"当时我还以为自己会痛得昏过去。不过说实话，要是我真的昏过去了还好些呢。"

他们一路向西朝公园走去。

很快他们便听到了河水潺潺流动的声音。

"我们待在这外面真的安全吗？"特丽萨问道。

"任何地方都不安全。不过现在我们身上没有芯片了，摄像头就不会拍到我们。"

"我觉得好像又回到了十五岁，趁父母睡着了偷偷从家里溜出来跟男朋友约会。噢，这里好安静啊。"

"我喜欢晚上出来。你以前从来都没有溜出来过吗？连一次也没有？"

"当然没有。"

他们离开马路，走进了游乐场。

离他们大约五十米远的地方，有一盏街灯照在秋千架上。

他们继续往前走，最后来到了公园另一头的河岸边。

然后坐在枯黄的草地上。

伊桑能嗅到河水的气息，但却看不到它。他伸出手来，看不清自己的手指。这种伸手不见五指的场景让伊桑感觉自己仿佛也被隐形了一般，心中无比快慰。

“其实我本来不该把真相告诉你的。”他说，“是因为我一时软弱了。我只是无法忍受我们之间还隐藏着谎言，也受不了我们所知的竟如此不同。”

“你当然应该告诉我才对。”

“为什么？”

“因为这个小镇实在是糟糕透顶。”

“可是镇外的情形并不比这里好。如果你想要离开黑松镇的话，我劝你还是别再对此抱有任何希望，断了这个念头吧。”

“我相信你说的都是真的，可我还是想离开这里。”

“这是不可能的。”

“任何事都是有可能的。”

“只要我们一出通电围栅，全家人都会很快丧命。”

“我不能再像这样生活下去了，伊桑。我今天一整天都在想这件事，我没办法不去想它。我不要住在一栋装满了监视摄像头和窃听器的房子里；我受不了跟自己的丈夫交谈时还得压低声音，唯恐被人听见；我实在不想住在一个连自己的儿子在学校里学了些什么都不知道的小镇上。对了，你知道学校都教孩子什么吗？”

“不知道。”

“你不介意吗？”

“我当然介意了。”

“那就他妈的做些什么事来改变这种局面呀！”

“皮尔彻在大山里的洞穴基地养了一百六十名手下。”

“镇上居民的人数加起来有四五百人。”

“可他们有武器，我们没有。我把真相告诉你，并不是为了让你要求我摧毁现有的这一切。”

“我没法再这样继续生活下去了。”

“你想要我怎么做，特丽萨？”

“改变，改变这一切。”

“你都不知道自己在说些什么。”

“你想让你的儿子像这样长大……”

“如果将这个小镇夷为平地，就可以让你和本杰明过得比现在哪怕是好上一点点，我也会在就任治安官的第一天就开始着手摧毁它。”

“我们正在失去他。”

“你在说什么啊？”

“是从去年开始的，现在情况已经变得越来越糟了。”

“怎么回事？”

“他正在渐渐疏远我们，伊桑。我不知道他们教他什么，可是他们正将他从我们身边渐渐拉走，并在他和我们之间筑起了一道墙。”

“我会去查明这件事的。”

“你保证?”

“我保证，可是你也得答应我一件事。”

“什么事?”

“我已经告诉你真相，你不能走漏一丁点风声，不能让任何人知道，一个字都不能说出去。”

“我会尽最大努力这样做的。”

“最后还有一件事。”

“是什么?”

“这是我们在黑松镇重聚之后，第一次一起置身于没有摄像头监视的地方。”

“然后呢?”

他倾过身去，在黑暗中亲吻着她。

#

他们在小镇的马路上穿行。

伊桑感觉有一些冰凉的小颗粒落在了自己脸上。

他说：“这真的是我所熟知的那种东西吗?”

远处一盏孤零零的街灯化身成为了雪花表演的舞台。此时一丝风也没有，乍一看去，灯光之下全是细细密密垂直下落的小精灵。

“这里的冬天来了。”特丽萨说。

“可是几天之前都还是夏天啊。”

“夏天很长，冬天也很长，但春天和秋天却转瞬即逝。去年冬天一直持续了九个月，到圣诞节的时候，地上的积雪都已经有十英尺深了。”

他伸手握住了她戴着手套的手。

整片山谷都静悄悄的。

没有一点声息。

伊桑说：“我们可以想象自己现在身在别处，比如说在阿尔卑斯山脚下的瑞士小村庄里，深夜的村庄里就只有我们这一对情侣出来散步。”

“别这样做。”特丽萨警告道。

“别做什么?”

“别假想自己置身于别的地方和别的时间。镇上经常做这种事的居民最后都发疯了。”

他们远离大街，只挑小路走。

路边的房屋都没有亮灯，山谷里也没有哪户人家在烧柴火，夹杂着雪花的空气里散发出一种清新、纯净的味道。

特丽萨说：“我有时候也会听到尖叫声和嘶吼声。虽然声音是从很远的地方传来的，但我还是听到了。本杰明从来没跟我提起过这个，但我知道他也听到了。”

“那是艾比怪兽发出的声音。”伊桑说。

“我觉得奇怪的是，本杰明从来都不问我那是什么声音，就好像他早就知道了似的。”

他们从医院旁边经过，沿着那条声称可以通往镇外的道路继续往南走。

前方已经不再有任何街灯了。

他们被全然的黑暗笼罩着。

人行道上覆盖着薄薄的积雪，厚度只有一英寸左右。

伊桑说：“我今天下午去探访过韦恩·约翰逊。”

“明天晚上就该轮到我去给他送晚饭了。”

“我今天对他撒谎了，特丽萨。我跟他说一切都会越来越好，我还说这里就是一个普通的小镇而已。”

“我也是。但是是他们强迫你那样做的，不是吗？”

“没有人能够强迫我做任何事，说到底，那是我自己的选择。”

“他情况怎么样？”

“你认为呢？他既害怕又困惑，认为自己已经死了，而这里就是地狱。”

“他会逃跑吗？”

“很可能会。”

当他们来到森林边缘时，伊桑停住了脚步。

他说：“那道围栅就在前面一英里左右的地方。”

“那些怪兽长什么样啊？”她问道。

“就像童年时在噩梦里所见到的丑陋东西，跟孩子们想象中的躲在衣橱里或床底下的怪物长得一样。它们的数量多得无法描述。”

“你说在我们和它们之间隔着一道围栅？”

“没错，是一道高大的围栅，上面还通着电。”

“噢，这倒还好。”

“而且山顶还埋伏着几名狙击手。”

“可皮尔彻和他的手下们却安全地住在山中的地下洞穴基地里。”

特丽萨沿着路面往前走了几步，雪花纷纷落在她的肩膀上和连帽卫衣的帽子上。

“你跟我说说，这些带有白色尖桩篱栅的漂亮小房子存在的意义是什么？”

“我猜他是试图将我们原有的生活方式保留下来。”

“为谁保留？是为了我们，还是为了他自己？或许该有人去告诉他，我们原有的生活方式早就消亡了。”

“我曾试着这样做过。”

“我们所有人都应该住在山中的基地里，一起思考将来的出路。我才不希望在一个精神病人建造的玩具小镇里度过自己的余生呢。”

“唔，掌管此地的人观点跟你不同。听我说，我们没法在今天晚上就改变这里的一切。”

“这我知道。”

“但我们一定会改变它。”

“你发誓？”

“我发誓。”

“即使那会让我们失去一切？”

“即使那会让我们失去性命，我也在所不惜。”伊桑走到她面前，张开双臂将她拥入怀中，“请你务必信任我，你还得装成什么都不知道的样子，继续如往常一般生活。”

“那样会使我跟心理医生的见面变得很有趣。”

“什么心理医生？”

“我每个月都会去跟一位心理医生见一次面，并交谈一阵子。我想镇上的每个居民都是这样的。只有在那种时候，我们才被允许敞开心扉向另一个人类分享自己内心的恐惧、想法和秘密。”

“你们什么都可以说吗？”

“是的。我还以为你也知道呢。”

伊桑感觉自己背上的汗毛都竖了起来。

他强压下心头的怒火——这时候发怒也没什么用。

“你的心理医生是谁？”他问，“是男人，还是女人？”

“是个女人，长得挺漂亮的。”

“她叫什么名字？”

“帕姆。”

他闭上眼睛，深深吸入了一口弥漫着松树香味的冷空气。

“你认识她吗？”特丽萨问道。

“认识。”

“她也是皮尔彻的手下？”

“她可以说是他的二把手。今天晚上发生的所有事情，包括跟你的追踪芯片有关的事情，你一个字也不能告诉她，明白吗？要记住，千万不能说！否则我们全家都会被杀死。”

“好的，我明白了。”

“她以前检查过你的大腿后侧吗？”

“没有。”

“还有其他人检查过那里吗？”

“都没有。”

他看了看手表——现在是凌晨两点四十五分，约定的时间快到了。

他说：“听我说，我现在得去一个地方。在那之前，我先陪你走回家去。”

“你又要去见凯特吗？”她问他。

“还有她的同伙。皮尔彻很想知道他们究竟在做些什么。”

“让我跟你一起去吧。”

“这可不行。她让我只身前往，如果你突然露面的话，事情会变得……”

“尴尬吗？”

“可能会吓到她。再说了，她和她的同伙可能杀了人。”

“他们把谁杀了？”

“皮尔彻的女儿，她是来镇上做卧底的。现在重点是我并不知道他们是否具有危险性。”

“你一定要小心。”

伊桑拉起妻子的手，两人一齐往家的方向走去。

透过漫天飞舞的雪花望去，黑松镇上街灯的光芒显得极为朦胧。

他说：“我会小心的，宝贝儿。”

BLAKE CROUCH

PINES

第十七章

站在松树林里，她觉得没有什么比夜晚从天飘落的雪花更美了。

十年前，距离小镇中心三英里的森林里发生了火灾。那时她站在火灾现场，看着被烧掉松树的暗红色余烬漫天飞舞。眼前的雪景令她想起了火灾那天的画面，但唯一不同的是，此时松林里的雪花微微泛着绿光，每一片雪花从天而降的时候都会留下一道晶莹的轨迹。松林里的地面、马路和镇上被积雪覆盖的一块块屋顶，都像LED显示屏一样闪着亮晶晶的微光。

同样的，伊桑和特丽萨肩膀上的雪花也闪着微光。

就好像他们被洒上了魔法粉尘一样。

帕姆甚至根本不需要躲在某棵树的背后。

她看得出来伊桑并没有带手电筒，而远离街灯和房屋前廊灯的树林里是那么黑暗，她根本不用担心自己会被发现。她只需要做到不发出任何动静，就可以安全地站在离他们十五英尺远的地方聆听他们的对话。

她本不该来这里的。

事实上，她的任务是去监视新成员韦恩·约翰逊。今夜是韦恩复活后在黑松镇度过的第二个夜晚，根据以往的历史经验，很多人都会在第二夜逃跑。不过，她觉得韦恩应该会比预期时间更早完成融合，不会给她带来什么重大麻烦。毕竟他是一名百科全书推销员，在她看来，他的职业就表明了某种顺服特质。

于是，她没去监视韦恩，而是偷偷溜进了伊桑家对面的空房子里，躲在客厅窗帘背后盯着伊桑家的前门看。

如果让皮尔彻知道了她擅离职守的话，一定会勃然大怒的，所以她的决定一开始可能会令她被老板骂得狗血淋头，不过等老板的心情平复下来，并听她把话讲完之后，肯定会对她的决定大加赞赏。

她以前对凯特·博林格也做过同样的事。她连续两个星期每天夜里都守在凯特家门外，最后终于发现后者及其丈夫在有一天晚上溜出家门。可是要跟踪他们却并非易事，帕姆很快就跟丢了，凯特和丈夫在帕姆眼前潜入地下，消失得无影无踪。帕姆试图劝说皮尔彻多给她安排一些人手，好让她将凯特夫妇的地下活动查个水落石出，但是他却以阿莉莎已经在调查此案为由，否决了她的提议。

瞧，你他妈的得到了什么后果？

在帕姆看来，皮尔彻这个老家伙对他的治安官实在是过于容忍。

她实在搞不懂皮尔彻究竟从伊桑身上看出了什么可利用的东西。没错，伊桑的确很有主心骨，意志力也很顽强，当然他还具备管理这个小镇的能力。可是天哪，他所带来的种种麻烦却足以抵销掉上述种种优势。

如果一切都可以由她说了算——她相信这样的一天终究会来的——她早在两个星期之前就会采取一系列措施来处理伊桑和他

的家人。

首先，她会派人将本杰明和特丽萨捆缚起来，绑在通电围栅外面的某个地方。

任由他们被艾比怪兽吃掉。

有时候，她会在睡梦中听到伊桑儿子的尖叫声，眼前会浮现出伊桑眼睁睁地看着自己的儿子和妻子被怪兽开膛破肚、生吞活剥的画面。不过，她不会让伊桑被艾比怪兽吃掉。她会在处决了他的儿子和妻子之后，再把他关上一个月，或者两个月、一年甚至更长时间，让他反复观看自己的家人被怪兽吃掉的录像。她会安排人在伊桑的牢房里一遍又一遍地重复播放那段残忍的影片，同时把音量开得足够大，让他儿子和妻子的惨叫声不断地摇撼他的内心。等到他的精神世界彻底崩塌瓦解，内心已经疯狂破碎，徒留一个肉体躯壳的时候，她才会把他放出来，让他回到镇上，再给他安排一份卑微的工作——或者做服务生，或者做秘书，总之是一份枯燥乏味的工作，让他像行尸走肉一般活下去。

当然，她会每个星期去见他一次。

到了那时，他脑子里也许会有一些残存的关于她的记忆，他会记得她是谁，也会记得她从他生命中夺走了什么。

终其一生，他都将以一个可怜虫的姿态活下去。

对于伊桑·伯克这类试图逃跑的人，就应该用这样的方式来对待他们，摧毁他们的灵魂以儆效尤。

像这样的人，真他妈的不该让他当上治安官。

她笑了。

她终于还是抓住了他的小辫子。

她躺在基地宿舍的床上时常幻想的事情，头一次看似有了实现的机会。

其实她并没有想好下一步该怎么做，还不知道该如何有效地利用这枚“炮弹”去实现她那个黑暗而又美妙的幻想，可是她终究会想出办法来的。

此刻她开心极了。

站在漆黑的松树丛中，看着闪着绿光的雪花纷纷扬扬地落下，她抑制不住地微笑起来。

BLAKE CROUCH

PINES

第十八章

伊桑站在位于主街和第八大道交会处的歌剧院门口，面前的对开门背后便是有着四百个座位的歌剧院。这里到了晚上就停止营业了，大门紧锁着。伊桑透过玻璃窗往里张望，大厅完全是一片漆黑，根本看不见挂在内墙上的电影海报或百老汇宣传海报。黑松镇歌剧院的节目是半固定的——音乐演奏、社区戏剧和镇民集会，每周五的晚上都会放映一部经典老电影，两年一次的市长及市议会班子选举也在这里举行。

伊桑看了看手表，现在是凌晨三点零八分。

凯特已经迟到八分钟了，这可不是她素来的风格。

他将两只手插进衣服口袋里取暖。

虽然雪已经停了，但气温仍然非常低。

他不断地晃动着身体，将重心在两只脚之间轮流转换，然而这样做并没有使他暖和多少。

角落里突然出现了一个人影，径直朝他走来，他能清楚听到那人踩在积雪路面上所发出的“嘎吱嘎吱”的脚步声。

他站直了身子，仔细观察来人——很显然不是凯特。

走路的姿势不对，而且体型也不对，凯特的个头没那么大。

伊桑握紧了口袋里的那把折刀，心里想着：*在超过约定时间五分钟时，我就该当机立断马上离开的，事情肯定是出了什么岔子。*

一个身着黑色连帽衫的男人走到伊桑跟前停下了脚步。

他比伊桑还高，肩膀也更宽大，脸上留着短短的胡楂，浑身散发出一种乳制品的气味。

伊桑缓缓地将折刀掏了出来，并将大拇指的指尖伸进了刀刃底部的小孔里。

只需轻弹一下拇指，他就能迅速打开折刀。

接下来他只需扬手一挥，就能用刀伤到面前这个男人。

“这可是个糟糕的主意。”男人说道。

“凯特在哪儿?”

“现在由我来告诉你接下来该做什么。首先，你得把刀子放回衣兜里。”

伊桑将手塞回到口袋里，但没有松开手中的折刀。

伊桑记得自己曾在这个男人的档案里看到过他的照片，可是却从未在镇上见到过他。此时此刻置身于这寒风凛冽的地方，加之自己的神经又过于紧张，伊桑实在想不起对方的名字。

“听好了，你看到那丛灌木了吗?”大个子男人指着主街和第八大道交叉路口另一侧的一大丛杜松，它们位于一张木制长椅背后。这张长椅是为一个巴士站所安设的，但这里从来都没有巴士车经过，不过是镇上的又一处虚饰而已。可是，每个星期里都会有这样的一天：一个精神失常的老妇人从早到晚都坐在长椅上，等待着一辆永远都不会进站的巴士。

“我现在要过到马路对面去了。”男人说，“三分钟后，你到那丛灌木那里去跟我会合。”

伊桑还来不及作出任何答复，这个神秘男人就已经转身离开了。

伊桑看着他拖着沉重的步伐穿过空无一人的交叉路口，这时头上的交通灯正好从黄色变成了刺目的红色。

他站在原地等待着。

他脑子里有个声音在尖叫着说：*一定有什么地方不对劲！不然怎么不是凯特来这里见我呢？*

那声音继续说：*我应该立马掉头回家！*

神秘男人到达马路对面之后，很快便消失在了那丛灌木后面。

伊桑站在原地，看着交通灯一连转换了三轮颜色，然后才从歌剧院遮雨篷的下面走了出去，开始过马路。

在过马路的途中，他终于想起了那个男人的名字——布拉德利·伊明。

主街上寂静无声，一个人影也见不着。

这空无一人的街道，在黑暗中隐约可见的一栋栋建筑物的模糊轮廓，头顶上发出“嗡嗡”电流声、不时将绿黄红三种颜色投射在覆盖着皑皑白雪的地面上的交通灯，都令他感到有些不安和害怕。

他来到了长椅旁边，然后绕到了灌木丛背后。

有什么不好的事情就要发生了——他隐隐有这样的感觉。

他的眼球跳动不已，像是在发出警告信号。

他并没有听到任何脚步声，却觉出有人对着自己的后颈吹出了一口热气，然而在他还来不及做出任何反应的时候，就发现自己什么也看不见了。

他的第一反应是要奋起反抗，他将右手伸进衣服口袋，想要握住那把折刀。

他的身体重重地摔到了地面，半边脸被埋进了积雪中，他感觉有好几个人七手八脚地按住了他的背。

他再次嗅到了先前那股浓郁甜香的乳制品气息。

布拉德利的声音在他左耳旁边响了起来：

“你乖乖地趴着别动。”

“你他妈的要干吗？”

“在我看来，你应该不是欣然乐意想要加入‘漫游者’的人，我猜得没错吧？”

“是的。”

伊桑用力挣扎了几下，试图将被压在胸口下面的手臂挣脱出来，可是却做不到，因为他被压得动都动不了。

“我们要带你去镇上转一转。”伊明说，“直到你头脑发昏，辨不清方向为止。”

“凯特可完全没跟我提过这事儿。”

“你今天晚上想见到她吗？”

“想啊。”

“那么你就非得按我说的做不可，这是毫无商量余地的，不然我们马上就取消所有计划。”

“不行，我一定要见到她。”

“我们现在要放开你，让你站起来。你应该不会趁机揍我一拳或做出别的诸如此类的出格事情吧？”

“我会努力控制自己的。”

压在伊桑身上的力量消失了。

他吸入了一大口空气。

有两只手伸到他腋下，将他拉了起来，可是待他站直身子之后，那两只手并没有松开。

他们领着他来到了主街和第八大道的交叉口，伊桑认为此刻自己面对的方向是北边。

伊明说：“你应该知道‘蒙眼贴驴尾巴’这个游戏吧？伙计，我们要蒙上你的眼睛，让你在原地转上好几圈。不过别担心，我们不会让你跌倒的。”

他们足足让他转了二十秒，速度很快。等他们停手后，伊桑仍然有天旋地转的感觉。

伊明对他的同伙们说：“我们带他走那条路。”

伊桑的双脚站立不稳，步履踉跄，看起来就像是在酒馆打烊后走路回家的酒鬼一般，不过还好他们扶着他，让他不会跌倒。

不知不觉间，他们走了好长的路，伊桑早已完全不知自己身在何处了。

一路上没有人开口说话。

耳边只能听见众人的呼吸声和很多双脚踩在雪地上的脚步声。

#

最后，他们终于停了下来。

伊桑听到“嘎吱”一声响，有点儿像生锈的铰链转动时所发出的声音。

伊明说："我得事先提醒你们一下，这个部分需要一些技巧。现在让他转过身去，伙计们，我要先下去了，你们还要再检查检查他的蒙眼布后面的结是不是系得足够牢固。"

他们让伊桑原地转了一百八十度，伊明说："我们得让你跪在地上。"他的声音方位跟先前不一样了，像是从伊桑脚下传来的。

伊桑的膝盖触到了雪。

他感觉到一阵彻骨的寒意透过牛仔裤渗到了体内。

伊明说："我要抓住你的靴子，把你的脚放在木梯上。你感觉到了吗?"伊桑右脚的鞋底触到了一块约莫一英寸宽、四英寸长的板子。"好了，你自己把左脚放在右脚的旁边。伙计们，扶着他的手臂。治安官，你再往下跨一步。"

伊桑尽管看不见，但还是感觉到自己的身体正在下降。

他的脚踩在了下一块梯板上，两块梯板之间的距离很大。

"伙计们，你们把他的两只手放在最高的梯板上。"

"我还得往下走多远?"伊桑问道，"或许我不该这样问，是不是这段路长得我压根儿就不想知道?"

"你还有大约二十级这样的阶梯要下。"

伊明的声音听起来像是从下方很远的地方传来的，而且还带着回音。

伊桑用两只手在梯板上摸索着，丈量它的宽度。

木梯摇晃得非常厉害。

伊桑每下移一步，脚下的梯子就晃动不已，"嘎嘎"作响。

当他的靴子终于踩到了一块凹凸不平的坚硬地面时，伊明抓住了他的一只手臂，将他从木梯上拖了下来。

伊桑听到木梯上传来了混乱无序、频率很高的声响，其他人也顺着梯子下来了，随后那生锈的铰链又响了一次。

紧接着头顶上方传来“砰”的一声，像是有扇门被关上了。

伊明走到伊桑身后，解开了蒙眼布的结。

一直蒙在伊桑眼前的黑布总算被取掉了。

伊桑发现自己正站在一块有生以来所见过的腐蚀得最为严重的水泥地上。他看向伊明，后者手里举着一盏煤油灯，那张脸在微弱灯光的映照下像极了一幅由光与影拼贴而成的抽象画。

伊桑说：“这里是什么地方，布拉德利？”

“你想起我的名字了，是吗？很好。在我回答你的这个问题之前，我们得先聊一聊，看看你能不能活到听到答案的时候。换句话说，我们首先得确定你是可以加入我们呢，还是就在原地被我们干掉。”

伊桑四周响起了杂乱的脚步声。

他和两名身着黑色连帽衫的年轻男子目光相对，他们手里各握着一把弯刀，对伊桑怒目而视。他们的眼神仿佛在说：如果有必要，我们很愿意使用手中的武器。

“你已经事先得到警告了。”布拉德利说。

“是的。字条上写着‘不能带芯片，否则就不用来了’。”

“没错。现在我们要看看你有没有乖乖地遵守规定。现在你开始脱衣服吧。”

“什么?”

“脱掉你全身上下的衣服。”

“这可不行。”

“接下来的流程是这样的：他们负责检查你所有服装的每一寸布料，而我则负责检查你身体上的每一寸肌肤。我知道你昨天晚上和凯特见面的时候身上还带着芯片。那么，我们现在最好能在你大腿的后侧看到一道新鲜的、难看的、刚缝合好的伤口。如果我们看不到它，如果我认为你在欺骗我们，你猜猜下一步会发生什么事情?”

“布拉德利，我确实是完全遵守……”

“你先猜猜看，会发生什么?”

“什么?”

“我们会用弯刀把你砍死，就在这里。我知道你在想什么：‘这样会引发一场大战的，布拉德利。’你是这样想的，对吗?唔，你猜猜我们是怎么想的?我们才不在乎呢，我们已经准备好了。”

伊桑解开了系在裤腰上的皮带，将牛仔裤和内裤脱到了小腿处，然后说：“好了，你尽管来吧。”

随后伊桑又脱掉了身上的连帽衫，将其递给了其中一名手握弯刀的男人。就在他刚把内衣脱下来的同时，布拉德利在他身后蹲下，用戴着手套的手触摸着伊桑大腿后侧的伤口。

“这伤口是新的。”他说，“是你自己割的吗?”

“是的。”

"什么时候?"

"今天早上。"

"在伤口愈合的时期要保持它清洁干燥。现在脱掉你的靴子。"

"在提出如此亲密的要求之前，你不先请我吃顿大餐吗?"

没有人理会伊桑的玩笑话，连个窃笑的人都没有。

很快伊桑便完全赤身裸体地站在众人面前。

三个男人跪在光线微弱的煤油灯四周，仔细检查着伊桑的衣物，他们将衣裤的里里外外、每一条袖子、每一个口袋都一一进行搜查。

这条古老的隧道大约六英尺见方，伊桑视线所及之处的每一寸水泥都已经斑驳到看上去完全不像水泥的程度。这里的景象真的很像某个欧洲城镇的地下墓穴，不过它却极有可能只是属于二十一世纪那个原始的黑松镇的公共建筑遗址罢了。

隧道略微向上倾斜，伊桑猜测它应该通往小镇东边。这完全讲得通，巨大的山壁在雷暴雨时很可能会排出大量的水，而当夏天来临的时候，雪融水也会从山上流下。即便是在此时，伊桑也能看到一条细细的水流正从自己脚下破碎的水泥地上蜿蜒流过。

布拉德利抬起头来，将伊桑的内衣丢还给他，说道："现在你可以穿上衣服了。"

#

一行人沿着隧道往上走，鞋底踩在地面的水流里发出了"啪啦啪啦"的声响。伊桑始终觉得这阴冷潮湿的空气中氤氲着一种明显的失望情绪——这些人其实很想杀死他，甚至恨不得将他肢解，只是他没为他们创造这样做的理由。

天花板压得很低，伊桑只得佝偻着背前行。

隧道里简直破败不堪。

藤蔓沿着隧道壁蜿蜒生长着。

不时可以看到水泥下的粗糙钢筋暴露在外。

还有一些树根。

融化的雪水沿着隧道壁一条条流下来，有些则透过天花板的缝隙往下滴落。

煤油灯只能照亮前方二十英尺范围内的情形，从前方看不见的区域传来的细碎、急促的脚步声令人感觉这隧道像是永远也走不到尽头似的。

他们从这条隧道与其他隧道交会的洞口旁边走过。

伊桑看到了好多通往更下方黑暗洞穴的梯子。

他脚下的靴子不时踩到各式各样的物品。

石块。

淤泥。

被暴雨从山上冲下来的杂物碎块。

还有死老鼠的头骨。

#

伊桑不知道自己在这有微光照明的黑暗中走了多久，他对时间的感知能力似乎已经丧失了。

这段路程看起来如同走了好几个世纪那么长久，可同时又让人觉得只过了短短几秒钟而已。

空气的状况发生了一些改变。

隧道里的空气不大流通，比镇上稍微暖和一点。

此时却有持续的微风朝他们吹来，还带来了上方外部世界的寒意和清新。

原本流淌在隧道地面上的细小水流已经扩大成了一条湍急的小溪，隧道里除了能听到众人踩在溪流里的脚步声之外，还出现了一个新的、越来越大的声响。

他们走出隧道，进入到一个布满岩石的河床。

伊桑跟着其他人爬上了河岸。

来到平坦地面之后，众人纷纷停下脚步喘气歇息。这时伊桑才终于听出了那个已经大得振聋发聩，令人不得不高声喊话才能压过的声音究竟是什么。

在这没有星光的漆黑夜晚，他看不到它，可是他相信在离自己很近的地方有一道瀑布正从高处奔流倾泻而下。他能听到瀑布的水流撞击岩石所发出的声响，脸也被飞溅的水雾弄得湿漉漉的。

其他人已经开始继续前行了，伊桑赶紧循着煤油灯光芒所在的方向跟了上去，就像抓住了唯一的救生索一般。一行人开始攀爬，进到了一片浓密的松树林里。

伊桑在黑暗中看不到任何道路。

瀑布的水流声慢慢减弱，后来完全消失了，他便只能听到自己在这片空气越来越稀薄的松林中行进时所发出的喘息声。

先前在隧道里时，他一直觉得浑身发冷，可现在却开始冒汗了。

他们继续向上攀爬。

松林中树与树挨得很近，只有极少量的雪花能穿过密密匝匝的树荫落到地面。

伊桑不断地回头望着山下，想要寻找黑松镇的灯光，可是身后却只有无尽的黑暗。

走了一会儿，前方看不到任何树木了，只有一块大岩壁赫然耸立在不远处。

其他人并没有停下脚步，甚至连步速也丝毫没有减缓，只见他们径直朝着前方的大岩壁走去。

伊明回头喊道："前面很陡峭，但还是有一条路可以走。你只需要记住务必踩在我们踩过的地方，一步一步往前走。你得庆幸自己还好是在天这么黑的时候走这条路。"

"为什么？"伊桑不解地问。

其余的人只是笑而不语。

在伊桑看来，刚才走过的山林已经够陡了。

而此时的坡度简直是夸张到了极点。

伊明将煤油灯拴在一根皮绳上，然后把它背在肩上，好让自己的两只手都腾出来，可以手脚并用地向上攀爬。

这样做的确很有必要。

岩壁以五十度左右的倾角向上延伸，固定在上方岩缝里的一条钢缆垂在岩壁上。钢缆附近的岩面有一些凹痕，它们一路向上延伸，像是一条供人踏脚攀爬的小径。这些凹痕大多是天然形成的，但有些看起来应该是人工凿出来的。总而言之，它们给人一种感觉：一旦踏上了这些凹痕，就仿佛走上了一条自我毁灭之路。

伊桑紧紧抓住了生锈的钢缆——这是他能活命的唯一保障。

他们一行人开始沿着岩壁攀爬起来。

一路上他们除了能看到岩面上被煤油灯的光芒照亮的一小块区域之外，就什么也看不见了。

转过第一道弯之后，岩壁变得更陡了。

伊桑不知道他们到底爬了多高，不过他在恐惧中隐隐觉得此时所有人应该已经爬到了松林的上方。

现在起风了。

这里没有树荫的保护，岩壁上的积雪差不多有四分之一英寸那么厚。

脚下的路又陡又滑。

连伊明和他的同伴们也不得不放慢了脚步，每个人都走得小心翼翼，在踏出每一步之前都会再三确认脚下是否安全。

伊桑的双手在寒风中变得越来越僵硬。

在现在这个高度，钢缆上的积雪已经结成了冰，所以伊桑在每迈出新的一步之前，还得先把缆绳上的冰拂掉。

转过第六个弯之后，岩壁突然变成了完全垂直的角度。

伊桑开始瑟瑟发抖。

两条腿也感到麻木而僵硬。

虽然他并不确定，但腿部的伤口似乎在攀爬过程中被撕裂了。他还觉得有一道血水正沿着自己的大腿后侧往下滴流，最后进到了靴子里面。

他停下脚步喘了口气，在心里为自己呐喊鼓劲。

当他再度抬起头来的时候，却发现煤油灯已经不见了踪影。

上方一片漆黑，下面也同样如此。

他正置身于令人眩晕、无边无际的黑暗境地。

“治安官！”

这是伊明的声音。

伊桑上下察看了一番，还是什么都看不见。

“伯克！我在这儿！”

他望向岩壁的另一端。

终于看见亮光了，光源在离他二十英尺远的地方，可是令他纳闷的是他们并没有继续攀爬了，而是竟然沿着光溜溜的岩壁横向移动。

“你还来不来啊？”

伊桑再往下看，终于看到了：在离他一大步远的位置，有一块六英寸宽的厚木板被嵌在岩壁缝隙里，木板上方有一条更细的钢缆与之平行。

“快走啊！”伊明喊道。

伊桑抬起腿来，悬空跨过两英尺，踩上了那块六英寸宽的木板。木板上全是融化的雪水，他脚上那双牛仔靴的后半部分悬在木板边缘之外。

他紧紧抓住木板上方的钢缆，向前移动右脚，可是光滑的靴跟在木板上失去了摩擦力。

他的两只脚都从木板边缘滑了出去。

他听到了自己尖叫的声音。

他的胸膛重重地撞向岩壁，只有一只手还抓在钢缆上，身体的重量将他往下拉，交错编织的粗糙钢缆割进了他的手指皮肉里。

伊明正喊叫着什么，可是伊桑却听不清楚。

他就这么将全身的重量都悬在那条割人的冰冷钢缆上，渐渐感觉到手部的抓力变得愈发微弱，靴子似乎也开始慢慢从他脚上滑脱。

他想象着自己就这么从钢缆上坠落，很快将会有失重的感觉，手脚胡乱挥舞着，然后在一片漆黑当中坠入山谷底部。这世上还有比这更糟更悲惨的事情吗？如果是在白天坠落的话，至少还能看到自己即将撞上的谷底地面，至少还有机会在快速下坠的过程中做好迎接死亡的心理准备。

他用力将身体往上拉，最后他的靴子终于又踩回到了那块木板上。

他倾身靠着岩壁。

大口大口地喘着粗气。

手上的血不住地流淌。

两腿颤抖着。

“嘿，傻瓜！你别试着去寻死，行吗？”

一群人放声大笑起来，他们的脚步声开始渐渐远去。

没有多少时间让他得到充分的休息。

他在岩壁上小心翼翼地横向挪动着步子。

就这样战兢忧惧地行进了五分钟之后，煤油灯在他前方的拐角处消失了。

伊桑紧随其后，转过拐角他看到了一条更宽的路径，总算可以略松一口气了。

这条路上没有钢缆，也没有厚木板。

此时他们在一道以较缓坡度向上延伸的岩架上前行。

或许是因为路途劳顿令伊桑精疲力竭，再加之先前过度分泌的肾上腺素渐渐消退令他的感官变得迟钝，他竟然完全没有留意到自己是如何从户外进入到室内的。

煤油灯照亮了他四周的每一块岩壁，连头顶上的也不例外，这里的温度也升高了十度左右。

脚步声产生了回音。

他们钻进了一个大山洞。

前方人声鼎沸，喧闹不已。

还有音乐的声音。

伊桑跟着他们走到了通道的尽头。

突然出现的强光刺痛了他的眼睛。

“向导”们继续往前走着，可伊桑却在一扇敞开的大门前停下了脚步。

他一时没法理解眼前所看到的一切。

这场景跟他先前刚刚经历的遭遇根本没法连接在一起。

这个房间的面积大约有好几千平方英尺，堪比一栋住起来相当舒适的大房子。天花板的四角低矮，中心的拱顶比边缘高了差不多二十英尺。大量的火光将岩壁映成了砖红色，到处都点着蜡烛和火把，一盏盏煤油灯被挂在从天花板垂下来的铁丝上。房间里很暖和，热量是从远处角落里的大壁炉散发出来的。还有一处角落里不断有烟雾往外冒，那儿很可能是一个吸烟区。人们三三两两地聚集在一起，他们要么在跳舞，要么坐在壁炉旁的椅子上聊天。离大门不远的地方有三个人在临时搭建的舞台上吹喇叭、演奏低音提琴和弹钢琴，伊桑猜他们一定是将钢琴拆卸成一块一块的小部件，然后再搬来这里重新组装的。坐在钢琴凳上演奏的正是赫克托尔·盖瑟，他领着这支小乐队弹奏出高低起伏的爵士乐，动听的音符让人产生置身于纽约某家俱乐部的错觉。这里的每个人都盛装打扮，伊森认为他们不可能以这样的行头像自己先前那样跋山涉水而来。

人们吸着烟。

在弥漫着美妙音乐的房间里彼此交谈。

相互微笑。

偶尔不约而同地开怀大笑。

酒精的气味如同香水一般在空气中飘散着。

突然，凯特站到了他面前。

她的头发又染回了红棕色，身上穿着一件黑色的无袖礼服。

她面带微笑，玻璃酒杯映在她眼睛里，犹如亮闪闪的泪光。她说："世界上有那么多城镇，城镇中有那么多酒馆。[①]抱歉伊桑，我来晚了。"她伸出手去抚摸他的连帽衫左衣袖，"看来你来

① 电影《卡萨布兰卡》中的经典台词。男女主角重逢时男主角说："世界上有那么多城镇，城镇中有那么多酒馆，而她却偏偏走进了我这家。"

时的路走得相当艰难。我来帮你找身干衣服换上吧。”

她领着他穿过人群，朝房间另一头走去。他们进入了一个小房间，人们在这里穿的服装全都整整齐齐地挂在木制衣架上。

“你穿四十二码加长，对吗?”她问道。

“是的。”

她从一个挂满了崭新正装的架子最末端取下了一套黑色西装。

“这看起来真像你以前工作时穿的西装，不是吗？皮鞋和袜子在那边。你换好衣服后就出来吧。”

“凯特……”

“等你出来后我们再谈。”

她说完便转身离开了。

他脱掉了身上的连帽衫、内衣和湿漉漉的牛仔裤。墙边摆着一张凳子，他走到那里坐下，脱去脚上的靴子，然后转身检查自己大腿后侧的伤口。

缝线有一两针绷开了，还好他随身带着备用的纱布和胶带。

他将伤口紧紧包扎起来，止住了血，继而拿起湿内衣，将那些从伤口沿着腿部一直流到脚踝、已经干涸的血迹擦拭干净。

#

换好衣服后，伊桑无法否认此时的自己宛如重生一般。更衣室里有一面大镜子，他对着镜子将湿漉漉的头发梳成了自己还是联邦特工时的发型。

回到举办派对的大房间后，伊桑看到一面墙的旁边有一条长长的吧台。

他穿过人群走到吧台前，选了一张没人的高脚凳坐下。

酒保朝他走来了。

这名酒保身着白色牛津纺衬衫和黑色马甲，系着黑色领结，一副令人赏心悦目的复古打扮。

只见他将一张鸡尾酒餐巾纸平铺在了受损相当严重的深色木头吧台上。

伊桑记得自己曾在镇上见过这个人，他们虽然不曾彼此交谈过，但他记得此人一个星期里有几天在一家杂货店里当收银员。

“你想喝点什么？”酒保问道，语气中没有丝毫迹象表明他知道或在乎伊桑的身份。

“你这里都有些什么酒？”伊桑询问的同时抬眼看了看墙边镜子前排成一列的各式酒瓶。他看到了波本威士忌、苏格兰威士忌和伏特加，不过这些贴着商标的酒瓶几乎都是空的，而另外一些没贴任何标签的酒瓶里装着透明液体，看起来倒是充足得很。

镜子四周贴了许多宝丽来照片，其中一张略微居中的照片吸引了他的注意。那是一张凯特和阿莉莎的特写合影，两个女人都穿戴打扮得像二十世纪二十年代的摩登女郎一般——头戴报童帽，留着清爽的短发，浓妆艳抹，脖子上戴着珍珠项链。两人的脸紧挨在一起，看起来好像喝醉了，但表情非常快乐。

酒保唤了一声：“这位先生？”

“噢，我要尊尼获加蓝牌威士忌，不掺水。”

“我想告诉你，其实这些瓶子主要是用作装饰和营造氛围的，我们只会在非常特别的场合才会打开来喝。”

“好的，我明白了。那么，你有什么好的推荐吗？”

“我建议你喝一杯普通档次的马提尼酒。”

“行啊，就按你说的，给我来一杯马提尼吧。”

他看着酒保将好几个未贴标签酒瓶里的液体倒进了一个挺大的马提尼酒杯，还在酒杯边缘嵌了一小块苹果用作装饰。酒保把这个酒杯放在伊桑面前的鸡尾酒餐巾纸上，说：“请尽情享用吧，这一杯我请客。”

伊桑举起酒杯，刚一放到唇边，凯特的声音在他耳边响了起来：“请用开放的心胸去试着接纳它吧。”

她在伊桑身旁的高脚凳上坐了下来，后者喝了一小口酒。

他说：“噢！唔，起码他们用了正确的杯子。不过说实话，这还是我生平头一遭想把吃进嘴里的东西吐出来呢。”

这酒完全品不出任何香味，可是舌头却有热辣辣的刺痛感，随之而来的是一股浓烈的柑橘酸涩味儿，最后能品到一丝丝短暂的余味，转瞬就消失不见了。

他小心翼翼地将手中的马提尼酒杯放回到桌面的餐巾纸上。

“你该不会是已经开始对这种私酿的劣质杜松子酒感兴趣了吧。”

凯特笑了起来，“你看上去真不赖啊，伯克特工。我不得不说这套优雅的黑西装配上领带，确实比你的治安官制服更适合你一千倍，而那身制服令你看起来像极了伐木工人。”

伊桑透过墙上的镜子看到人们在舒缓的爵士乐声中翩翩起舞，他还看到了伊明和他的同伙，他们正在看乐队的表演，同时彼此传递着一个玻璃食品罐。

伊桑伸手去拿自己的马提尼酒杯，他觉得这杯中之物像是被此情此景赋予了一层特别的意味。

“这地方不错啊！”他说，“你们是怎么把这些东西搬上来的呢？”

“这里的一切是我们花了好多年的时间才逐渐布置好的。很高兴你能来到这儿。”

“咳，我险些就来不了了。还有，我现在仍然不太明白这里究竟是个怎样的场合，是化装舞会吗？”

“差不多吧。”

“那么，这里的每个人应该假装成什么呢？”

“唔，你说到要点了。这里没有人需要假装成什么样，伊桑。人们来到这里就是为了成为真正的自己。”她将高脚凳转过去面对着人群，“我们在这里可以跟人谈论自己的过去，谈论我们在过去的生活中是怎样的人，谈论我们从前所居住的地方，谈论那些我们曾经爱过的人和被迫分开的人。我们还可以谈论黑松镇的一切，谈论我们想要谈论的一切事情。当然，在这个房间里，没有人会感到恐惧，这里不允许恐惧感存在。”

“你们会谈论跟离开黑松镇有关的事吗？”

“不会。”

“你从没去过围栅那里吗？”

她喝了一小口自己杯里的冒牌马提尼。

“只去过一次。”

“可是你并没有翻越围栅。”

“是的，我只是想去看看它而已。自从我们开始举办山洞聚会之后，总共有三名成员去到了围栅外面。”

“他们是如何做到的?”

她犹豫片刻之后回答说：“有一条秘密通道。”

“让我来猜一猜结果是什么。”

“是什么?”

“出去的人一个也没回来。”

“的确如此。”她从高脚凳上下来，“和我跳支舞吧。”

伊桑牵起了她的手。

两人穿过不怎么平坦的岩石地面，朝正在慢舞着的人群走去。

他将一只手轻轻放在她的背部，不过身体仍和她保持着礼节上应有的距离。

“哈洛德不会介意的。”凯特说，“他不是那种喜欢吃醋的人。”

伊桑将她的身体拉得离自己更近一些，两人几乎靠在了一起，“那这样行吗?”

“刚才我说他不是喜欢吃醋的人，可不是为了激将你这么做。”

可是她并没有后退，也没有将他推开。

他们就这样跳起舞来。

能再次碰触她的感觉可真好啊！他恨自己脑子里竟然会冒出这样的念头来。

“这些人对我来到这里有什么看法呢？我觉得他们看起来像是压根儿就没有意识到治安官正跟他们共处一室呢。”

“噢，不，他们知道的，我们事先讨论过关于你的事。我说服他们相信你是值得信任的，而且我们需要你。我还用我的性命为你作保呢。”

“你们的确需要我，这话说得一点没错。”

“问题是，你到底是不是站在我们这边？”

“如果我说不是的话，我会被刺死，然后被扒光衣服抛尸在马路中央吗？”

他感觉到凯特的手指甲刺进了自己的肩膀。

她的眼里怒火中烧。

“我们这里没有人动过阿莉莎一根手指头。我们不是革命分子，伊桑。我们来这个山洞不是为了储备武器弹药，更不是为了策划政变。我们在这里聚会纯粹是因为在这里不会被人监视，可以暂且觉得自己不用像囚犯一样活着，而是像正常人一样活着。”

他领着她来到了离乐队较远的安静角落。

“有一件事我一直想不明白。”他说。

“是什么事？”

“确切地说，是两件事。第一，你们是怎么知道自己的大腿后侧有一颗追踪芯片的？第二，你们又是如何知道只要自己取掉了这颗追踪芯片，就不会被摄像头拍到了？我实在无法想象你们竟然可以猜到这个。”

她转过头去不再看着他。

伊桑拉着她离开大山洞，进到了气温更低的隧道里。

这时他更加明晰地看清了一直隐藏在自己心底的怀疑，可是直到这一刻，直到他明确地把心中的怀疑说出口之后，他才发现原来一直触摸不到的真相竟然如此简单。

他说：“凯特，你看着我，把关于阿莉莎的真相告诉我。”

“我已经告诉过你了。”

天哪，他竟然差点儿忘了自己曾是多么地了解眼前这个女人，他总是能轻易地看透她的内心。他从她眼里看到了她没法再继续隐藏下去的强烈情绪——那是一种巨大的痛苦和失落感，与此同时，他想到了贴在吧台后面镜子上的凯特和阿莉莎的合照。

“她不仅仅是他们的卧底，是吗？”

凯特的眼里盈满了泪水。

“她同时也是你们的卧底。”

她任由眼泪顺着脸颊往下流。

她说：“是阿莉莎主动来找我的。”

“什么时候？”

“好几年前了。”

“已经有好几年了？这么说你什么都知道了？你一直都知道一切对吗？”

“不是的，她从来没跟我们说过围栅外面有什么。她说那道围栅是为了保护我们而设立的。事实上，她曾清楚地表明离开黑松镇就只有死路一条，她说我们所有人，包括她自己在内，都只能待在这里。我相信她，我们这里的大多数人都相信她。我从来都不知道阿莉莎是从哪里来的，也不知道她没在镇上的时候是住在哪里的，更不清楚她是如何知道所有这些我们都不知道的事情的。不过，她痛恨我们被对待的方式，以及这里的诸多限制条款。她说还有一些人跟她看法相同，还说她愿意冒着生命危险来帮助我们。”

“她是你的朋友吗？”

“她是我最要好的朋友之一。”

“这么说，阿莉莎在调查报告中提到的你给她的灯笼椒和那些秘密字条……”

“那都是作秀给他们看的。他们让她来调查我们，或许他们已经开始怀疑她了吧。”

“你知道‘他们’是谁吗？她有告诉过你吗？”

“没有。”

山洞里的乐队又开始演奏一支新的曲子了，轻快的旋律飘了出来。

人们开始跳起了吉特巴舞。

伊桑说：“阿莉莎在三天前的晚上来过这里吗？”

“没有，那天晚上我们没有聚会，因为实在太危险了。不过她以前常常来这里。她死的那天晚上，我和她在陵墓碰过，讨论了她接下来应该怎么做。他们要求她提交一份完整的报告，要她把我们的名字一一列出来，好让他们惩治我们，以儆效尤。”

“当晚你和阿莉莎讨论后认为她接下来应该怎么做呢？”

“她得编造一个借口，说明她为什么没能见到除了我之外的其他成员。这是唯一的办法。”

“你和阿莉莎是在什么时候分开的呢？这一点很重要。”

“当我和她分开后，便准备步行回家，我记得那时我听到大钟敲了两下。”

“你们是在哪里分开的呢？”

“在第八大道和主街的交会处。”

“在你们分开之后，她又去了哪里？”

“这我不知道。”

“我的意思是，她往哪个方向走的？”

“噢，我记得她是顺着人行道往南走的。”

“朝医院所在的方向吗？”

“没错。”

“她不可能是被你们的人杀死的吗？或许你们当中有人知道她了解真相，所以采取了极端手段想要逼她讲出来？”

“这不可能。”

“你确信如此吗？那些今天晚上领着我来这儿的家伙看起来可不好惹，而且还带着大弯刀。”

“呃，那是因为他们还不能完全信任你。可是他们喜爱阿莉莎，每个人都是如此。再说了，我们都知道围栅下面有一条通往外部的秘密通道，阿莉莎从来不阻止任何想要离开的人。”

“那他们为什么不离开呢？”

“因为离开的人没一个回来的。”

#

他终于还是喝到了那瓶尊尼获加蓝牌威士忌。

凯特走到吧台后面，找酒保要了那瓶酒，外加两个玻璃威士忌酒杯，然后拿着这些东西去到了一张远离喧嚣人群的小桌子。

他们在小桌子旁边坐下，一边喝着酒，一边观察着人群、听着音乐。伊桑看着眼前一张张人脸，内心着实震惊不已，因为他在这个山洞里看到的每一个人都是他认为不大可能出现在这里的。

在黑松镇，这些人全都像模范镇民一样小心谨慎地过活。

他们凡事都循规蹈矩，从不惹是生非。

他原本以为在这里出现的大多数人平日里都对黑松镇的现状毫无怨言，然而他们却经常取掉追踪芯片来到这里，在这个大山洞中喝酒跳舞作乐，度过几个小时的快乐时光。

乐队成员又演奏完了一支曲子，随后离开了舞台。

房间里的氛围几乎在转瞬之间就变得跟先前不一样了。

人们纷纷在桌边找到座位坐了下来，有些则背靠着岩壁坐在地上。

伊桑朝凯特倾过身去，低声问道："发生什么事了？"

"你很快就会知道了。"

凯特的丈夫朝他俩的桌子走了过来。

伊桑站起身来。

"我是哈洛德·博林格。"他说，"我想这是我们第一次见面吧。"

"我是伊桑·伯克。"

两个男人握了握手。

"多年前你和我妻子一起共事。"

"没错。"

“希望以后有机会可以听你分享你们当年工作的故事。”

三人都坐下之后，伊桑忖度着凯特有没有将他俩的风流韵事告诉她丈夫，不过看起来他像是全然不知情的样子。

这时一个男人开始在舞台前方架设火把，将它们围成了一个半圆形。

待他离开之后，一个穿着抹胸礼服的女人走到了被火光映照的舞台上。

她头上的金色发辫暴露了她的身份——伊桑认出她是咖啡馆的侍者。

她面带微笑，一只手端着一个马提尼酒杯，另一只手则握着一根手卷香烟。

没有麦克风。

她说：“现在已经很晚了，我想我们今天只能听一个故事了。”

一个男人站起来问道：“我来讲可以吗？”

“当然可以，请上来吧。”

于是他朝舞台走去。他穿着一套不怎么合身的黑色西装——衣袖有些短，胸口又太紧——当他走到火光当中时，脸顿时被照亮了，伊桑立即认出这人原来是布莱德·费希尔，他和特丽萨两天前才去费希尔家里吃过晚餐。

伊桑环顾了一下人群，可是并没有发现费希尔太太的身影。

布莱德清了清嗓子。

脸上挂着略显紧张的笑容。

“这是我第三次来到这里。”他说，“你们当中有些人已经认识我了，有些还不认识。我先自我介绍一下，我叫布莱德·费希尔。”

房间里的观众们像参加瘾君子互诫协会的成员一般喊道：“你好，布莱德！”

他说：“首先我想问一下，哈洛德在哪里？”

“我在这儿！”哈洛德冲他喊道。

布莱德略微转身，面朝着伊桑所在的桌子。

“两个月前，哈洛德来我的办公室找我。至于他和我之间具体的谈话细节，我就不在这里赘述了。总之，是他让我可以来到这里参加聚会。我不知道该怎么感谢你，哈洛德，我不确定这辈子是不是能回报你对我的恩情。”

哈洛德朝他挥了挥手，高声喊道：“你也用同样的方式去帮助别人，就是给我最好的回报了。”

房间里充满了笑声。

布莱德继续往下说：“我于1966年出生在加利福尼亚州的萨克拉门托市。颇具讽刺意味的是，在我来到黑松镇前的那个星期，我认为自己终于达到了人生的巅峰。没错，我当时就是这么想的。我在硅谷找了一份相当好的新工作，又刚与我最要好的朋友结了婚。她叫南希，我们是在金门公园认识的。不知道在座的各位有没有人去过旧金山，我们初次见面的地方就是旧金山的金门公园。公园里有一个日本茶艺花园，那天我们同时去到花园里的月亮桥上。这真是……”回忆令他的脸部线条变得更加柔和，“像电影中的情节一样，两个人在高高的拱桥上相遇，然后又相恋……不过这顶多只能算作三流剧情，我们俩后来还常常因为这个而自嘲呢。

“结婚后，我们选择在美国境内自驾游，而不是按照传统方式去热带小岛度蜜月。因为我们从认识到结婚不过只有短短半年的时间而已，所以我们认为一起开车旅行应该是彼此增进了解的好机会。于是我们打算开车穿越美国西部，一路上我们没有制定严格的旅行计划，随心所欲地走走停停，惬意无比。现在回想起来，那是我生命中最美好的一段时光。”

尽管伊桑坐在房间靠后的区域，但也能看出布莱德的情绪非常激动。他得强忍着内心的剧烈伤痛才能继续说下去。

“大约一个星期之后，南希和我来到了爱达荷州。第一天晚上我们住在博伊西，我还记得在我们起床吃早餐的时候，南希从地图上选择了黑松镇作为我们的下一个目的地。那里被群山环绕，南希说她喜欢这种感觉。

“接下来我们入住黑松镇酒店，在山杨餐厅吃晚餐。我和南希坐在餐厅的露台上，白月光透过山杨树的枝叶投射在我们身上，那是个多么美好的夜晚啊！相信你也有过类似的美好经历：就着美酒，和你心爱的人一起谈论关于未来的美好计划，你们相信那些美好的愿景就近在咫尺，很快就能变为现实。

“吃过晚餐之后，我们回到酒店房间里，做爱，然后入睡。一觉醒来之后，我们仍然还在黑松镇，但一切都与从前不再一样了。南希艰难地熬过了两个月，接着她选择结束了自己的生命。

“现在我和一个陌生的女人生活在一起，我从来没和她有过任何真实的情感交流。在黑松镇醒来之后的两年里，我一直都非常寂寞，所以我能认识哈洛德和在座各位——在你们面前我可以畅所欲言，分享内心的真实感受——是长久以来发生在我身上最棒的一件事。”他喝了一口自己的马提尼，忍不住皱了皱眉头，“你们已经开始喜欢上这酒的味道了，对吗？”

有人高喊道：“不可能！”

房间里再次充满了笑声。

布莱德说：“我知道我们所有人很快都得在天寒地冻中走路回家，可我还想在这里跟大家再讲一些关于我妻子的事情。她是我真正意义上的妻子。”此时他将手中的酒杯高高地举过头顶，“她的名字是南希，我爱她，我想念她……”他的情绪非常激动，“我无时无刻不在想念着她。”

房间里的每一个人都站了起来。

一个个高举起来的玻璃酒杯在火光的映照下闪闪发光。

众人齐声说道：“敬南希。”

大家纷纷喝干了杯子里的酒，布莱德从舞台上走了下来。

伊桑看着他走到山洞外面的隧道里，顺着岩壁滑坐在地上，伤心欲绝地抽泣起来。

伊桑转而看着凯特，心里纳闷他们又是如何看待明显不对劲的时间的呢。布莱德·费希尔刚才提到自己是1966年出生的，可他看上去顶多只有二十九或三十岁，这就意味着他来爱达荷州黑松镇时是二十世纪九十年代中期，那时美国总统还是比尔·克林顿，“9·11”事件还没有发生。毫无疑问，这个房间里的其他人来到黑松镇的时间都各不相同，有的比他早，有的比他晚。他们曾试着比较各自对从前那个世界的看法，从而在现在的生活中寻找自己存在的意义吗？而那些在差不多同一时期来到黑松镇的人又是否试着寻求自己的同类，从而彼此分享过去在相同历史背景下的经历并得到安慰呢？

“你想想看。”凯特说，“这还是他两年来头一次能够公开地向人们谈论他真正的妻子呢。”

人们排成一行准备进入更衣室。

“那他在黑松镇的妻子梅根又如何呢？”伊桑问道，“他没带她一起来这里吗？”

“她是学校的老师。”

“这有什么问题？”

“学校的老师都是死忠于黑松镇当权者的人。有人为他搞到了一些药物，让他偷偷掺进妻子晚餐时喝水的杯子里，这样她便能昏昏沉沉地睡上一整夜，所以他才得以脱身离家来到这里。”

“这么说他妻子并不知道他来参加这里的聚会？”

“她不知道，永远都不可能知道。”

#

所有人都离开了。

伊桑脱掉黑色西装，重新穿上了湿漉漉的牛仔裤和连帽衫。

凯特将大山洞里的蜡烛一一吹灭，哈洛德将空的马提尼酒杯收起来放在吧台上，摆了好长一排。

凯特借着最后一支蜡烛的火光点燃了一盏煤油灯，准备用它来照亮回家的路。

他们跟在哈洛德后面走过隧道。

外面的天空变得很清朗，雪已经停了。

星星在漆黑的天幕中闪烁不已，月光皎洁如同深秋的寒霜。

哈洛德接过凯特手中的煤油灯，将灯绳搭在自己肩膀上，然后他们沿着岩壁朝那块嵌在岩壁缝隙里的木板挪去。在他们前面先行回家的人们已经将木板上的积雪都踩掉了，附着在钢缆上的冰雪也被抹得无影无踪。

这时伊桑能看到黑松镇了。

它就静静地坐落在下方的山谷里，被皑皑白雪覆盖着。

他看到了一个个雪白的屋顶。

房子里闪烁着灯光。

他想到了所有那些住在镇上的居民。

想到了那些正梦见自己以往生活的人们。

还有一些人在凌晨依然难以入寐，此时他们正躺在自己“囚室”的床上，想不明白自己的生活怎么变成了现在的景况，甚至不知道自己究竟是活着呢，还是已经死了。

穿着湿衣服从山洞跋涉归家的人们，他们即将回到一个明知道不对劲却又离不开的世界。

他的妻子和儿子也正置身于那个世界。

凯特说：“伊桑，有件事我必须得知道。”

“什么事？”

“阿莉莎死去时的情形究竟有多糟？他们对她做了什么？她死

前受了很多苦吗?”

伊桑伸出手去抓住了木板上的钢缆，抬脚朝木板跨出了令自己紧张得胃部痉挛的第一步。他在心里告诫自己千万不要向下看，可他还是忍不住低头看了一眼。来时的那片松林就在他脚下，高度落差至少有三百英尺，松树的树冠上积聚了厚厚的白雪。

“她死得很快。”他撒了个谎。

“别这样。”凯特说，“我想知道真相。他们究竟对她施行了多大的伤害?”

还在山洞的时候，他的脑子里便有一系列问题开始逐渐酝酿，现在它们快速而猛烈地在他头脑里清晰地涌现出来。

皮尔彻的手下会不会为了从阿莉莎嘴里得知凯特一伙人的名单，从而对她进行严刑逼问?

或者，会不会是凯特的同伙担心阿莉莎泄露他们的秘密，所以干脆杀了她以绝后患?

“伊桑?”

她是在哪里被杀死的呢?

“伊桑。”

是谁下的毒手呢?

皮尔彻不会杀死自己的女儿。

是凯特在玩弄我吗?

“他们究竟对我的朋友做了什么?”她问道，“我必须得知道。”

他回头看了一眼这个自己曾经深爱过的女人，此时她和她的丈夫正站在岩壁的边缘。

他原本以为今天晚上来和凯特见面会让他对阿莉莎的案子有更加清楚的认识，然而现在他却感到更加困惑了，完全理不清头绪。

想不通的问题变得越来越多。

皮尔彻的话开始在他耳边回荡：

你根本不知道她现在能做出什么样的事情来。

“他们把她摧残得体无完肤。”伊桑说，“她死得很惨。”

BLAKE CROUCH

PINES

第十九章

当他走到第八大道和主街交会处的十字路口时，觉得自己快要被一阵突如其来的疲惫感给压垮了。

他在几个街区之外就跟凯特、哈洛德分开了，现在独自一人走在街上。

此时的天空已不再是深邃的蓝黑色。

星星渐渐隐去。

黎明即将来临。

他感到自己一直是醒着的状态，甚至已经记不清上一次睡安稳觉的夜晚是在什么时候了。

他的腿很痛，左腿伤口上的缝线又绷开了。他觉得又冷又渴，所幸的是他的家离这里只有四个街区的距离了，他仿佛看到亮着灯的房子正招手呼唤着自己呢。等到家之后，他要先脱掉身上又湿又冷的衣裤，再盖上好几层厚厚的毛毯，好好地睡上一觉，醒来后才有清醒的头脑，就可以……

他突然听到一辆汽车在马路上飞驰，于是本能地循声转过头去。

那里是南面，也是正对医院的方向。

两个刺眼的车头灯正朝他所在的位置迅速逼近。

他原本正要跨越面前的人行横道线，可眼前这一幕却令他不由自主地停在了交通灯下方。

竟然有一辆汽车从镇上驶过！这在黑松镇是极为罕见的场景。事实上，街道边停放着不少汽车，而且大多数都还能开，小镇边缘甚至还有一座加油站，一名汽车修理工就在加油站隔壁工作。不过，镇上的居民外出几乎不怎么开车，所以这一切都只是摆设而已。

这一瞬间，他的头脑里浮现出了一幅在现实中绝不可能出现的画面——朝他驶来的是一辆厢式旅行车，开车的是父亲，母亲在副驾驶座位上昏昏欲睡，孩子们在汽车后座进入了梦乡。也许他们是从斯波坎市或米苏拉市连夜开车赶来这里的。他们来到这里，有可能是为了度假，也有可能只是路过而已。

然而这种假想是不可能成立的。

他清楚知道这一点。

但是站在黎明将临的寂静小镇里，有那么一两秒钟的时间，他相信自己所想象的都是真实的。

沿着主街朝他驶来的汽车速度极快，两侧车轮分跨在道路中央的白色分隔线左右。它的时速肯定达到了六十或七十英里，引擎的巨大声响在街边一栋栋黑乎乎的房屋之间回荡着，亮晃晃的车头灯刺得他几乎睁不开眼睛。

当伊桑听到汽车引擎的转速变慢的时候，才反应过来自己应该赶快避开，免得被车撞上。

这辆曾无数次载着他进入山中洞穴基地的牧马人吉普车在他面前的人行横道上戛然停住了。

吉普车的车门全都被取了下来，车顶的软篷也被取掉了。

伊桑听到了手刹被拉起的声音。

马库斯坐在驾驶室里直直地盯着伊桑，一副睡眼惺忪的模样，看来他是不久前才被人从睡梦中唤醒的。

伴随着引擎的空转声，马库斯开口说道："你得上车跟我走一趟，伯克先生。"

伊桑将一只手放在车顶的铁架上。

"皮尔彻派你凌晨五点来接我？"

"他往你家打过电话，可没人接听。"

"那是因为我一整晚都在外面做他吩咐我做的事情啊。"

"总之，他想让你马上去见他。"

"马库斯，我现在很累，也很冷，而且全身的衣服都湿透了。你跟他说我要先回家洗个澡，睡会儿觉，然后……"

"我明白你的处境，可是很抱歉，那样是行不通的，伯克先生。"

"为什么？"

"皮尔彻先生吩咐我得马上带你去见他。"

"去他妈的皮尔彻！"

交通灯在他们头顶上方不断变换着颜色，红色、黄色和绿色的光辉交替着映照在吉普车上，也映照在马库斯的脸上，同时还映照在他突然拔出来并指着伊桑胸膛的手枪上。看起来像是一把格洛克手枪，可是由于光线较暗，所以伊桑并不能完全确定。

他打量着马库斯的脸——愤怒、害怕和紧张的情绪溢于言表。

马库斯握着枪的手略微有些颤抖，不过若非仔细端详，几乎察觉不出来。

“快上车，伯克先生。很抱歉我只能这么做，因为我收到的命令是立刻把你带到皮尔彻先生的办公室去。你曾经也是一名士兵，对吗？你应该明白有些时候人只能奉命行事，哪怕你被要求做的是违背个人内心意愿的事，也得照做不误。”

“我的确当过兵。”伊桑说，“那时我负责驾驶黑鹰直升机，奉命将士兵们载到指定的战场去，他们将在那里与叛乱分子浴血厮杀。虽然我明明知道他们无法再活着回来，可我还是依照上级的命令行事。”伊桑钻进吉普车的副驾驶座位，顺着枪管看向马库斯狂乱的双眼，“不过，我接受的命令来自我完全信任和尊重的人。”

“皮尔彻先生确实是我完全信任和尊重的人。”

“那敢情好。”

“请把安全带扣上，伯克先生。”

伊桑扣好了座位上的安全带，心里琢磨着自己想在今天好好睡上一觉的愿望恐怕终究还是得泡汤了。

马库斯把手枪放回皮套，放下手刹，换到了一挡。

他松开离合器，让吉普车缓缓地在白雪覆盖的路面上掉了个头，然后沿着主街一路驶去。由于车轮在雪地上略微有些打滑，吉普车的后半部分在行驶过程中像鱼尾巴一样摆动着。

他们以五十五英里的时速驶过医院，继续一路飞驰。当吉普车来到靠近小镇边缘的漆黑地带时，车速仍然在不断加快。

当车来到道路与森林的交会处之后，马库斯将速挡调低至第三挡。

先前步行回家的路上，伊桑觉得不怎么舒服，可那时他至少还能活动筋骨，让血液在全身上下顺畅流通。现在的情形却糟透了，风不断地灌进车里，令他感到彻骨的寒冷。

马库斯再次调低速挡，离开街道，将车驶入了森林里。

或许此时伊桑头脑里有很多事还没想清楚，所以他特别不愿意在这样的状态下去跟皮尔彻见面。

当他们来到石块区时，马库斯把手伸进大衣口袋，取出了一个看似车库门遥控器的东西。

伊桑看到远处的雪地里出现了一片三角形的亮光，而且面积还在逐渐扩大。

马库斯将车驶到基地入口的岩门外，然后踩住刹车将车停了下来。

巨大的门还在向上滑动。

伊桑的手指紧握着自己衣兜里的刀子，但它们已经被冻得几乎失去了知觉。

他一把拉开折刀，以迅雷不及掩耳之势猛地朝马库斯倾过身去。

马库斯来不及作出任何反应，弧形刀刃的尖端已经抵在了他的脖子侧面。

他的右手从方向盘上往下滑，打算去摸自己的枪。

伊桑说：“别动！不然我就割开你的喉咙。”

马库斯只好乖乖地把右手重新放回到方向盘上。

“你把方向盘抓牢了，任何一只手都不要松开，否则我就会要了你的命。”

岩门已经完全打开了，从隧道里射出的光芒照亮了门外的雪地，也照亮了附近的树丛。

伊桑对着马库斯的耳朵低声说话：

“现在把你的右手慢慢放下来，把速挡调低到一挡，然后把右手放在变速杆上，将车开进隧道里面。我们进入隧道之后，你马上关掉引擎。你明白我说的话吗？”

马库斯点了点头。

“我并不想伤害你，马库斯，可是如果有必要的话，我绝不会对你手下留情。我从前也杀过人，在战场上，甚至就在这个小镇里，都有人死在我的手下。倘若你不配合我，我不会因为你是我所认识的人就放你一马。”

马库斯用略微颤抖的右手握住了变速杆，将速挡调至一挡。

他轻轻踩下油门，吉普车缓缓驶入了隧道。

马库斯遵照伊桑的吩咐，待车一进入隧道便关掉引擎，让车完全停了下来。

岩门在他们身后慢慢回落，接着关上了，伊桑从马库斯的枪套里拔出了后者的手枪——这是一把由德国黑克勒-科赫公司制造的.40口径通用自动装填手枪。

他不知道此地是否有监控摄像头。

马库斯说：“你死定了。你自己应该知道这一点吧？”

伊桑将手中的枪转动了一下，紧紧握住了枪管。马库斯立刻猜到了伊桑要做什么，于是赶紧抬起手来护住自己的前额，可是伊桑将复合材料制成的枪托重重地敲中了他的头部侧面。

马库斯顿时失去知觉瘫倒下去，要不是系着安全带，肯定滚到车外去了。伊桑从马库斯的大衣口袋里搜出门禁卡，随后解开了司机的安全带，重力作用令马库斯像个大包裹般地滚落到驾驶室外的地面上。

伊桑解开自己的安全带，迅速转移到了方向盘背后的驾驶座。

他用脚踩下离合器。

继而发动了引擎。

吉普车一路飞驰着往洞穴深处驶去。

#

在这个巨大的山洞里，除了悬在头顶上的球形大灯发出“嗡嗡”的声响之外，就听不到任何别的声音了。

伊桑停下车，检查了一下手枪的子弹。

他忍不住笑出声来。

枪膛里什么都没有。

他退出弹匣一看，里面同样空空如也。

伊桑将手枪扔到汽车后座，从吉普车上跳下。

他站在滑动玻璃门前，从衣兜里掏出马库斯的门禁卡，在门禁系统上刷了一下。

在大清早的这个时候，一楼的走廊里空无一人。

伊桑顺着楼梯上到二楼。

黑白相间的方格图案油毡地板在荧光灯的照射下闪闪发光，他的脚步声在走廊里产生了回音。独自一人在这条走廊上行走，令他感到一种很奇怪的犯罪感。

此时的他不受到任何监视，也没有领路人的陪同。

到了走廊尽头，他在监控室门口停下了脚步，透过门上的玻璃往里边张望。

有人正坐在控制台前浏览监控视频——几乎全都是人们在床上翻身和做爱的画面，由于是夜视模式，只能看到模模糊糊的人影。

伊桑用马库斯的门禁卡在门禁系统上刷了一下。

门打开了。

他快步走了进去。

坐在控制台前的男人把椅子转了过来。

是泰德。

监视小组的组长。

他是伊桑最不希望在监控室里遇见的人。

“治安官。”泰德的声音中流露出了一丝警惕的意味，“我不知道你要来这里。”

“是的，因为这不在我的既定日程表安排中。”

当监控室的门在伊桑身后关上时，他朝那面布满显示屏的墙走去。

他说：“把你的两只手都举起来。”

“我不明白，你这是什么意思。”

“你不明白‘把你的两只手都举起来’是什么意思吗，泰德？”

伊桑从兜里掏出了折刀。

泰德缓缓地将两只手举过头顶。

房间里充斥着一股不太新鲜的咖啡气味。

伊桑问道："隔壁房间有人在吗？"

"那里有两个人。"泰德说。

"你手下的那两名分析师有可能会突然到这里来吗？"

"我认为不会。他们通常都是一直埋头苦干。"

"为了我们所有人的健康和平安，但愿他们会像你所说的那样。"

伊桑在泰德身旁的一把椅子上坐了下来。他留意到泰德的两只手略微有些战栗，这令他感到些许安慰。泰德在发抖，这就说明这个人比较容易被控制住。泰德的眼镜镜片大得像窗户玻璃，镜片背后散大的瞳孔令他看起来倍显疲惫。

"你一整夜都没有睡觉吗，泰德？"

"是的。"

"那么你的轮班还要持续多久？请务必明白，如果你对我撒谎的话，后果将不堪设想。"

泰德转动了一下手腕，好让自己能看到手表的表盘。

"我再过三十四分钟下班。"

"你害怕吗，泰德？"

泰德缓缓点了点头。

"好极了，你是该感到害怕。"

"你为什么要这样做呢，治安官？"

"为了寻求一些问题的答案。现在你可以把手放在膝盖上了，泰德。”

泰德用衬衫袖子擦了擦额头，随即张开手指，把手放在了棉布长裤上。

“我想明确地告诉你一件事。”伊桑说。

“什么事？”

“我不清楚你这儿是不是有什么警报器，可以让你用神不知鬼不觉的方式通知别人你遇到麻烦了。不过我要告诉你，如果你犯下了这样的错误，我就会毫不留情地杀了你。”

“我知道了。”

“就算有三十名全副武装的警卫出现在门口，我也不在乎。只要我一看到他们前来开门，就会认定是你把人叫来的，那么，在我被他们制服之前，我一定会先用刀割开你的喉咙。”

“这我明白。”

“我不希望发生那样的事情，泰德。”

“我也不希望。”

“一切都取决于你的态度。现在我们开始干正事吧，把显示屏正播放着的实时监控视频关掉。”

泰德微微转动了一下转椅，让自己面对着控制台。

他在一块触控式屏幕上轻轻点了一下，墙上的二十五个显示屏全都变成了黑色。

“先做最要紧的事情。”伊桑说，“我猜在这间监控室门外应该有一个负责监控二楼走廊的摄像头吧。”

“是的。”

“把它拍摄的实时影像调出来，显示在右上角的屏幕上。”

远景镜头下的二楼走廊出现了——走廊上空无一人。

“现在我想看看皮尔彻在哪里。”

“他身上没有追踪芯片。”

“他当然没有。他的住处或办公室里有监控摄像头吗？”

“没有。”

“你觉得这合理吗？”

“我不知道。”

“那么他的二把手情况怎样？帕姆在哪儿？她也难觅其踪吗？”

“不是的，我们应该能找到她所在的位置。”

这时左上角的一台显示屏闪烁了一下，之后便有画面显现了。

泰德说：“她在那里。”

显示屏上播放的是健身房角落里一个摄像头拍摄到的画面。

房间里放满了健身脚踏车、跑步机和负重训练器械。

整个健身房里就只有一个女人，她正手握单杠，毫不费力地做着引体向上。

“你刚刚调阅了她的芯片位置吗？”

“没错，你究竟想做什么，伊桑？”

伊桑瞄了一眼二楼走廊的实时监控画面。

那里依然空空如也。

伊桑又问：“你们在下面的隧道入口处安装有摄像头吗？”

泰德的手指在控制台上飞舞着。

隧道里的场景显现在其中一台显示屏上。

马库斯坐在水泥地上，脑袋垂在两条腿之间。

“那个人是谁?”泰德问道。

“他是我的领路人。”

“他怎么了?”

“他用一把枪指着我。”

画面中的马库斯挣扎着试图站起来，可刚一起身，膝盖却突然一软，结果又重新坐回到水泥地上。

“我想问你一件事，泰德。”

“什么事?”

“在皮尔彻让你加入他的团队之前，你是做什么的?”

“当我遇见他的时候，我的妻子刚刚去世一年。那时我无家可归，每天都用酒把自己灌得烂醉如泥。有时候我会去一家收容所蹭饭和睡觉，而他过去也常在那里当志愿者。”

“所以，你是在他为你端上热汤的时候认识他的?”

“没错。他还帮助我摒弃了酗酒的恶习。如果他没有出现在我生命中的话，我恐怕早就死了，对于这点我向来深信不疑。”

“那么你相信他是个无可怀疑的人，并且绝不会做错事吗?”

“你有听到我这样说过吗，治安官?”

这时显示屏里的马库斯已经站起来了，看上去他打算沿着隧道往里走。

“泰德，我上次来这儿的时候，你向我演示了如何调用某个芯片的历史行踪记录，从而看出芯片的主人曾经去过哪些地方。”

“是这样的。”

“我想我们应该不大可能看得到皮尔彻的历史行踪吧？”

“当然。”

“那么能看到帕姆的吗？”

泰德将转椅转了过来。

“为什么要看她的行踪记录？”

马库斯已经开始迈着蹒跚的脚步沿着隧道往里走了。

“你只管调出来给我看就是了。”

“你要看哪一段时间范围内的记录？”

“我想看看三天前的那个晚上她去了哪里。”

墙上的所有显示屏都变黑了。

紧接着二十五台显示屏整合显现了一大张黑松镇航摄照片，一个闪烁的红点出现在小镇南面的山上。

“那里是什么地方？”伊桑问道。

“基地。”

“你能把画面放大吗？”

“可以，不过放大后只能看到山坡上的树丛。我们在镇上有一套非常先进的航摄系统，可是用在基地的航摄系统效果却不怎么样。”

位于屏幕墙右下角的一块显示屏上有一串数字，看起来应该是拍摄时间。

“这是她当天二十一点时所在的位置吗？”伊桑问道。

“是的，晚上九点。”

“好的，现在我们慢慢地把时间往后拖。”

显示屏上的时间渐渐往后移，先是表示秒的数字在动，接着是分钟，最后几个小时过去了，可那个代表帕姆的红点却一直在相同的区域里闪烁着。

泰德让画面暂停下来，说："现在是凌晨一点的情况。"

"那时帕姆仍然还待在山中洞穴基地里。现在继续把时间往后拖。"

当数字显示的时间临近凌晨一点半的时候，那个红点从山里出来了，它穿过森林，来到了进入黑松镇的马路上。

泰德将画面放大。

代表帕姆的红点变得更大些了，此时正沿着马路快速朝小镇的方向移动。

伊桑说："我记得你可以将镇上安装了实时摄像头的区域用荧光色标示出来，现在就这么操作吧。"显示屏上的航摄照片立即被覆盖了一层荧光色。"既然帕姆身上有追踪芯片，那么她的行动就能触发附近的实时摄像头，对吧？"伊桑问道。

"没错。"

帕姆走进了一条与主街平行的小巷。

"此刻对应的时间是几点？"

"凌晨一点四十九分。"

"我们能把这个时间的监控录像调出来看吗？"

"咦，真奇怪。"

"怎么了？"

"我找不到'播放录像'的选项。"泰德将航摄照片放得更大，现在二十五个显示屏都被镇上一个街区的画面给占满了。“噢，我知道原因了。你看到了吗？她正在一个监视盲区里。”待泰德将画面继续放大之后，便能看到覆盖着荧光色的区域中分布着一些小黑块。随着时间继续后移，帕姆似乎一直都一动不动地待在一个小黑块里。

“她很厉害。”泰德说，“她知道镇上所有监控摄像头所在的位置，也知道应该躲在哪里才能避免被摄像头拍到。”

伊桑说：“让我看看凌晨一点五十五分的画面。”

泰德将时间往后拖了几分钟。

一点五十五分，代表帕姆的红点在主街和第八大道交会处的歌剧院南面徘徊。

原来你在那里。在阿莉莎被杀害的那天晚上，你在那里看着她和凯特分开。

泰德说：“如果你告诉我你究竟在找什么，或许我能帮到你。”

到了一点五十九分，帕姆开始向南移动。

接下来你跟在了阿莉莎身后。

帕姆进入了覆盖着荧光色的区域之内。

泰德说：“现在我能看到‘播放录像’的选项了。”

“打开来看看。”

墙上的屏幕开始显示主街的画面。

在夜视模式下拍摄的录像画质非常粗糙，不过伊桑依稀能辨认出帕姆在人行道上快速走动的身影。

没过多久，她走出了监控摄像头的拍摄范围。

录像结束，画面变成了黑色。

随即显示屏上又出现了小镇的航摄照片。

“她在镇上做什么?”泰德问道。

“一点五十九分，阿莉莎和凯特·博林格在主街与第八大道的交叉路口分开。这两个女人身上都没有追踪芯片，所以她们没有触发监控摄像头。有人告诉我阿莉莎当时是往南走的，估计是打算回山里的基地，而帕姆跟在阿莉莎身后。请想想看，过了几个小时，我在小镇南面的牧场附近发现了阿莉莎的尸体。她被人虐待至死，接着被扒光了衣服扔在马路中央。”

“阿莉莎是被‘漫游者’们杀死的。”

“也许是，也许不是。现在我们来看看先前那三个摄像头的实时监控视频，泰德。”

泰德依照他的吩咐进行了一番操作。

马库斯已经不在隧道入口摄像头的拍摄范围之内了。

帕姆也离开了健身房。

二楼的走廊仍然空无一人。

“我们接着做刚才的事。”伊桑说，“我要看看她去了哪里。”

泰德将显示屏上的画面切换成了黑松镇的航摄照片。

帕姆一路向南走出了小镇，在道路转弯的地方，代表她的红点进入了森林里，然后一路移向通电围栅。

伊桑问道：“你能把我的行动轨迹也添加到显示画面中去吗?”

“你指的是你的追踪芯片在同一时刻的行踪吗?”

“没错。”

显示屏上出现了代表伊桑的红点。

“这么说，那时候你和帕姆一起待在那儿？”泰德说，“我不明白这是怎么回事。”

“你说对了，当时我也在那里。三天前的晚上，彼得·麦考尔在通电围栅旁自杀身亡了。”

“哦，我记得那件事。”

“现在再来播放一遍帕姆的行动轨迹，从凌晨一点四十九分开始，一直到她到通电围栅旁边与我相遇为止。”

泰德照他说的做了。

“我还是搞不懂你想干什么。”泰德说。

“那就再播放一遍。”

接下来泰德又接连播放了三遍，在第三遍快要结束的时候，他突然说：“这到底是怎么回事？”

他坐在椅子上，前倾着身体。

脸上的神情发生了改变。

恐惧感似乎已经消失了，取而代之的是聚精会神的紧张感。

他非常专注地盯着墙上的显示屏。

伊桑说：“在阿莉莎遇害那晚，帕姆的监视记录缺失了两个半小时的内容，是我弄错了，还是确有其事？”

泰德将监视记录的时间缓缓前移。

他将显示屏上的画面放大，直到代表帕姆的红点本身就占满了四个屏幕。

然后他一遍又一遍地播放监视记录。

“空间记录是连贯而完整的。”泰德说，“可是跟时间对应起来却有些不大对劲。”

他挥舞着手指，在面前的三个键盘上发狂地敲打着。

一个错误代码在显示屏上闪烁不已。

泰德注视着这个代码，歪着头，凝神思索着。

“这是什么意思?”伊桑问道。

“有一段数据丢失了，就是两点零四分到四点三十三分的记录。”

“怎么会这样呢?”

“有人把它删掉了。我来试试能不能找回来。”

显示屏上出现了泰德正在敲打的一连串伊桑看不懂的长代码。

然而随即屏幕里又出现了另一个错误代码。

泰德说：“我刚才输入了一条指令，要求系统恢复从当晚两点零三分之后的全部记录。”

“结果如何?”

“我发现那段缺失的记录已经被‘海葬’了。”

“你别说得那么专业好吗?”

“它被彻底销毁了。”

“是皮尔彻或帕姆做的吗?”

“绝对不可能。我的意思是如果仅靠他们自己的话，是不可能做到的。仅仅是让他们删除某段记录就已经是不可能的事，更不用说将被删除了一部分的记录跟帕姆的行动轨迹重新整合起来，让其从表面上看起来天衣无缝。嗯，不可能，绝对不可能，实现这个需要极其专业的水平。”

“那么是谁帮助他们完成的？是你手下的某个监视分析师吗？”

“他们只有在接收到命令的时候才会这样做。”

“而你没要求他们这么做。”

“没有，关于这点，我可以向你发誓。”

“你手下有几个人有能力做到这样的事情？”

“两个。”

伊桑用手中的折刀指着大控制台另一端的房门，“他们现在在那里面吗？”

泰德略显迟疑。

“泰德，请回答我的问题。”

“其中一个在里面。”

伊桑看着那扇门。

泰德突然说：“等等。”他指着挂满显示屏的那面墙，画面已经被切换成了基地内部实时监控摄像头的拍摄内容。

帕姆和皮尔彻正沿着二楼的走廊朝监控室走来，两名警卫紧跟在他们身后。

伊桑怒目圆瞪，“是你通知他们来这里的吗？”

“当然不是。你快坐下吧。”

“为什么？”

泰德伸出手指，在面前的一排触控式屏幕上点击、滑动着。

基地内部的实时监控视频全都从显示屏上消失了。

“把它们重新调出来！”伊桑说。

“如果眼下的情形跟我所认为的一样，那么我们没必要让他们进来时看到那些画面。”

泰德调出黑松镇的航摄照片，轻触了一下触控式屏幕，选定了凯特·博林格的家，然后调出了一幅交互式建筑蓝图。

安装在博林格夫妇卧室天花板上的摄像头所拍摄的影像出现在了显示屏上。

卧室里的凯特和哈洛德正在穿衣服，晨曦透过窗户照进了房间。

伊桑坐了下来，“你真的是在帮我吗？”

“也许吧。”

从监控室门外传来的脚步声和说话声已经清晰可辨了。

随即伊桑听到了门禁系统发出的提示音。

“你最好赶快为自己的行为想出一个好的理由来，治安官。”

伊桑说：“我再问你最后一个问题。如果我有非常紧要的事情需要跟人白天在镇中心交谈……”

“你们可以去主街和第九大道交叉路口的长椅，那里是监视盲区，同时也是监听盲区。”

监控室的门被打开了。

皮尔彻先走了进来，帕姆紧随其后。

他回过头去吩咐身后的警卫：“你们在外面等一会儿，如果有需要，我会叫你们的。”

皮尔彻大步走到监控室中央，低头瞪着伊桑，满面怒容。

“马库斯因为脑震荡和颅骨骨折被送进医务室去了。”

伊桑说："那小子竟然用枪指着我，他没被送进太平间已经算走运了。是你给他权力可以那样做的吗？"

"我让他开车去镇上找你，无论用什么方法，总之一定要把你带来见我。"

"那么依我看，该为他的颅骨骨折买单的人应该是你吧。"

"你在这里做什么？"

"你觉得呢？"

皮尔彻看了看泰德。

泰德主动开口说道："他想看看博林格家的实时监控视频。"

显示屏上是凯特在厨房里的画面。

她正拧开水龙头冲洗一个法式压滤壶里残留的咖啡渣。

皮尔彻笑着说："你这是怎么了，伊桑？你昨天晚上和她面对面待了那么久，难道还不够吗？现在我想和你去我的住处谈一谈。"

伊桑走到皮尔彻面前站定。

他比皮尔彻足足高了六英寸，低下头来正好看到后者的鼻尖。

"我很乐意跟你一起走，戴维，不过我觉得还是有必要先跟你沟通一下，如果你下次再对我做出这种出格的事情——派你的手下拿着枪来胁迫我，那么……"

"你给我当心一点。"皮尔彻打断了他，"也许你会为自己即将说出口的话付出极为惨痛的代价。"

他绕过伊桑看向泰德。

"你确定这里没什么事吗，泰德？"

"是的，皮尔彻先生。"

皮尔彻再度看着伊桑，说："你先请。"

伊桑将双手插进衣兜，朝监控室的门口走去，当他从帕姆身边经过的时候，她的脸上露出了极为夸张的笑容，先前在健身房流的汗还残留在皮肤上，闪着微光。

门外左右两侧各站了一名体型高大健壮的警卫，他们都身着便服，不过脖子上都挂着一支冲锋枪，两人都用极富侵略性的眼神看着伊桑。

皮尔彻领着所有人穿过走廊，在一扇没有任何标记的门前刷了一下门卡，门里面是一部通往他住处的电梯。

他回头看着两名警卫，"就送到这里吧，你们可以离开了。"

等一行三人都进了电梯轿厢之后，皮尔彻说："马库斯告诉我说你偷走了他的门禁卡？"

伊桑掏出马库斯的门禁卡，递给了皮尔彻。

"看起来你昨天晚上过得很辛苦哩，亲爱的。"帕姆说道。

伊桑低头看了看自己身上的连帽衫——仍然还很湿，上面沾着淤泥，而且好几处都破了洞。

他说："当马库斯找到我时，我正要回家去洗澡，却被他拦下了。"

"我很高兴他这么做了。"帕姆微笑道，"我喜欢看着你脏兮兮的样子。"

当电梯来到皮尔彻所住的楼层时，帕姆一把拉过伊桑的手臂，不让他走出轿厢。

她把嘴凑到伊桑耳边，低声说道："昨天晚上我碰巧看到你和特丽萨半夜在外面散步。噢，别做出那种表情，这事儿我还没告诉任何人呢。我不过是想让你知道我手上有你的把柄，仅此而已。"

#

皮尔彻领着伊桑和帕姆走进了一间一尘不染的厨房，他示意他们在角落里的圆形玻璃餐桌旁坐下。皮尔彻的私人厨师已经开始忙活着准备早餐了——鸡蛋、培根和火腿的香味从巨大的维京炉灶上方飘了过来。

皮尔彻说："早上好，蒂姆。"

"早上好，皮尔彻先生。"

"你能先为我们准备咖啡吗？然后我们还想点菜，今天早上我们三个人一起用餐。"

"当然可以。"

灰蒙蒙的光线从餐桌旁的窗户透了进来。

皮尔彻说："我昨晚听见下雪的声音了。"

伊桑说："下得很小。"

"每年下第一场雪的时间似乎一直在提前呢，现在不过才八月而已。"

一个头戴厨师帽、胡须刮得很干净的年轻男人朝餐桌走来，他手里端着一个托盘，盘子里放着三个陶瓷咖啡杯和一个很大的法式滤压壶。

他把所有东西都放在玻璃餐桌上，接着小心翼翼地将法式滤压壶的滤网压了下去。

他往每个人的杯子里都倒满了咖啡。

他说："我知道帕姆和皮尔彻先生喜欢黑咖啡。那治安官呢？需要我为你拿一些奶和糖过来吗？"

"不用了，谢谢你。"伊桑说。

这咖啡闻起来相当不错。

伊桑尝了一小口，发现镇上卖的咖啡跟它简直不可同日而语。

它跟伊桑记忆中的西雅图咖啡很像。

帕姆说："你一定会为我们的治安官昨天的表现而感到骄傲无比的，戴维。"

"噢，是吗？他做了什么？"

"他去看望了韦恩·约翰逊。他是你的第一个融合对象，是吧，伊桑？"

"是的。"

"约翰逊先生目前正处于最艰难的融合阶段，他问了所有人都会问到的难以回答的问题，不过伊桑都应付得相当不赖。"

"这太令人高兴了。"皮尔彻说。

"就像看着婴孩迈出他人生中的第一步，那种感觉十分美妙。"

蒂姆一一问过他们早餐想吃什么之后，便回到了厨房的炉灶边。

皮尔彻说："现在我们很想听听你昨天晚上的经历，伊桑。"

伊桑低下头，看着从自己的咖啡杯里向上升腾的热气，感到自己的处境非常艰难。如果面前这个男人连自己的亲生女儿都能杀掉，那么倘若伊桑拒绝提供昨夜聚会参与者的名单，他将会如何对待伊桑及其家人呢?

可是，如果伊桑把一切都和盘托出的话，那就相当于是签下了凯特的死刑执行令。

真是进退两难的抉择。

雪上加霜的是，帕姆已经知道他私自取下了特丽萨腿上的追踪芯片。

“伊桑，把你看到的一切都告诉我们。”

阿莉莎在自己的性命受到严峻威胁的情况下，或许也没有列出聚会参与者的名单，但毋庸置疑的是，她一定对父亲或帕姆说出了事情的真相。

她肯定说过凯特那一伙人其实并没有多大危险。

他们并没有计划闹一场革命。

他们聚在一起，只不过是为了偶尔体验一下自由的感觉而已。

然而即便如此，她还是被杀害了。

阿莉莎说出了真相，对凯特和其同伴没有什么帮助，也没有挽救她自己的性命。

“伊桑，你怎么了?”

在强烈的恐惧中，伊桑脑子里突然闪过一道灵光，一下子就明白自己应该怎么做了。

这个想法极其冒险，也非常疯狂。

“伊桑，你倒是快说话啊。”

但他没别的路可走了。

他说："我打入了他们内部。"

"这是什么意思？"

伊桑笑了笑，"我看到了他们的核心成员。"

"你被带去参加了他们的聚会？"

"他们先用布蒙上我的眼睛，领着我进入森林，然后我跟着他们顺着岩壁登山，进到了半山腰的一个大山洞里。"

"你自己找得到那个地方吗？"

"我认为可以，因为回程的时候他们就没再蒙我的眼睛了。"

"我觉得你应该画一张路线图。"

"没问题。"

"那么你聚会时看到什么了？"

"那儿大约有五六十人。"

"你从前的搭档和她丈夫也在其中？"

"噢，是的。至于凯特和哈洛德，他们显然是那里的核心领袖。"

"你认识其他参与者吗？"

"认识。"

"你得列一份名单出来。"

"这不成问题。不过，我认为有件事应该让你知道。"

"什么事？"

"昨晚我去参加他们的聚会之前，以为那不过是个无害的活动而已。在任何时候任何地方，只要有规定存在，就一定会有人试图打破规定，这是人类的本性，二十世纪二十年代在美国非法出售酒精饮料的地下酒吧就是个很好的例子。可是我去了以后才发现，他们的聚会并不是无害的。”

皮尔彻和帕姆交换了一下眼色，他们的脸上明显流露出了惊讶的神情。

显然，这跟阿莉莎提供给他们的信息并不一致。

伊桑说：“说实话，看你对他们的聚会这么在意，我原本还认为是你控制欲过强使然，可我现在觉得你是对的。他们正在积极地招募新成员，而且他们手里还有武器。”

“武器？什么样的武器？”

“大部分武器都是自制的，比如弯刀、菜刀、球棒什么的。另外，我还在他们那里看到了一两把手枪。总之，他们搜集了不少武器。”

“他们想做什么？”

“你听我说，在场的所有人看到我出现后都非常紧张。”

“这我能想象得到。”

“不过根据我所了解到的信息来看，他们无疑是想夺取黑松镇的控制权。他们冒着生命危险去参加聚会，可不仅仅是为了闲坐着跟人谈论自己来黑松镇之前的美好人生。他们知道自己活在监视之中，他们还知道通电围栅的存在。他们当中有些人甚至还去过围栅的另一边。”

“他们是怎么做到的？”

“这个我还不知道。”伊桑用两只手紧紧地握住咖啡杯，想让陶瓷杯的热度温暖自己的双手，“坦白地说，当我去参加他们的聚会之前，压根儿就没想到，其实……”伊桑顿了顿继续说道，“你——或者说我们——正面临一个极其严重的问题。”

“关于阿莉莎的事调查得如何了？”帕姆问道。

“你是问我阿莉莎是不是被他们杀的吗？”

“是的。”

“唔，我在那里时，没有人走过来向我自首说他杀了阿莉莎，可是你觉得呢？听我说，这些人极其害怕被发现，他们并不确切知道你是谁，戴维，可是他们知道有一个像你这样的角色存在。他们知道有人在背后控制着小镇的一切，而他们想采取一切必要的手段来阻止你。他们想发动一场战争，满脑子想的都是‘要么死，要么自由’之类的屁话。”

蒂姆端着一个银质托盘回来了。

他从托盘里取出一小碟刚从农场采摘的新鲜水果——这显然是今年最后一批鲜果了。

“这是你要的酵母面包加煎蛋，皮尔彻先生。这是你的班尼迪克蛋[①]，帕姆。治安官，还有你的炒鸡蛋。”

他为每个人的杯子里都重新添满了咖啡，之后便离开了。

皮尔彻咬了一口煎蛋，盯着伊桑看了好一会儿。

最后他开口说道：“你应该明白，伊桑，现在整个地球上仅存的人类只有几百名了，我们决不允许战争的出现。”

“当然。”

“你的建议是什么？”

---

① 一道在吐司面包上盖上火腿、荷包蛋和奶油蛋黄酱的菜肴。

“什么意思？”

“如果你是我的话，现在你会怎么做？”

“我不知道，还没想过这个问题。”

“是吗？你这话怎么让我觉得如此难以置信？那么帕姆你呢？你有什么建议吗？”

“我么……首先，我会请我们的这位超级治安官列一个名单，把他昨晚参加聚会时看到的所有人一个不漏地写下来。然后，我会派遣我自己……”她指着自己的鼻子，“迅速组建一个小团队，在全镇展开搜捕工作，让名单上列出的人在一夜之间全都消失。”说到这儿她笑了，“我想解释一下，可能是因为现在我来大姨妈了，所以给人的感觉有些血腥，但这可不是开玩笑的哦。”

“你想把他们全都放回生命暂停装置吗？”皮尔彻问道。

“或者也可以把他们全都杀了。我的意思是，到了这个地步，我觉得无论再怎么重新融合，这帮人都注定会以失败告终，难道你认为不是这样吗？”

“你在他们的聚会上看到了多少人，伊桑？”

“大约有五六十人。”

“我可不能接受损失这么多人。也许我过于乐观了，不过我认为在凯特的同伙中，还是有一定比例的人可以不必经历酷刑和极刑的威胁就能被说服归顺的。”

皮尔彻往自己的煎蛋上撒了一些盐。

咬下一口。

然后转头望着嵌在岩壁上的窗户。

峭壁外的景色实在是美得惊人。一片森林覆盖在一千英尺之下的山腰上，一直蔓延进了小镇。

当皮尔彻再度将头转回餐桌的时候，他脸上的表情跟先前完全不同了，像是为什么事下定了决心。

他说："伊桑，今天你将度过一个非常有趣的晚上。"

"此话怎讲？"

"你将负责安排举行你就任后的第一场'庆典'。"

"这次的主角是谁？"

"凯特和哈洛德·博林格将成为这场'庆典'的座上贵客。"

帕姆顿时乐得眉开眼笑。

"这真是个绝妙的主意。"她说，"只要砍下了蛇的脑袋，那么它身体的其余部分很快也会失去生命力。"

皮尔彻说："我知道你唯一经历过的'庆典'就是属于你自己的那一场，不过我相信你应该已经仔细研读过我们的手册，并且清楚知道该如何举行'庆典'，对吧？"

"眼睁睁地看着旧情人被处死，恐怕你会觉得内心不安吧？"帕姆问道。

"你的确是个敏感而又心思细腻的人。"伊桑说，"不过，下次记得提醒我跟你好好解释一下什么叫'同情心'。"

"可能她的措辞确实有些不中听。"皮尔彻说，"不过她的问题倒是问到点子上了。我想问的是，你是否已经准备好了，伊桑？还有，你可别因为我问这个问题而误以为我让你在这件事上有选择的余地。"

"我心里的确感到害怕。"伊桑说，"这是对你刚刚提出的问题的回答。我曾经爱过她，可是经历过昨天晚上的聚会之后，我便开始明白你要我做的那件事是极有必要的。"

皮尔彻的面部肌肉似乎放松了下来。

"听到你这么说，伊桑……说实话，没什么事比知道你完全站在我这边更令我开心了。我们三个人可以一起共事，对我来说，拥有你绝对的忠诚和信任是非常重要的。我还有很多事没有告诉你，还有很多事想和你分享，可是在那之前我得先确认你是不是真的站在我这边。"

"得活捉博林格夫妇。"帕姆说，"你得一开始就把这一条清楚地告知警员们，否则我们的两位座上贵客很可能会被某人杀死在某条小巷里。鉴于我们想借由这场'庆典'向公众传达信息，我们得让他们死在主街，死在观众围成的圈子里。他们要死得惨烈一些，这样一来，他们的同伙才会明白反抗的代价有多么可怕。"

"我会好好看看你如何安排这场'庆典'。"皮尔彻说，"你今天晚上的表现对于在我们之间建立真正的信任有着极其深远的影响。"皮尔彻喝完了杯里的咖啡，站起身来，"你回家好好睡一觉吧，伊桑。我会派米特尔医生今天下午来找你，把你的追踪芯片缝回去。"

帕姆笑了，"天哪！我太喜欢'庆典'了。"她说，"甚至超过了对圣诞节的喜爱程度。而且，我觉得镇上的居民们也有跟我类似的感觉。你知道他们当中有些人将华丽服饰放在衣橱里，一心盼着在将临的'庆典'上穿戴吗？他们还把作为凶器的刀子和石块装饰起来备用。我们所有人偶尔都需要小小地疯狂一下。”

“你把杀死一两个我们的同类视为‘小小地疯狂一下’？”伊桑问道。

“说到底，人类最擅长的不就是同类相残吗？难道你不同意？”

“我希望这不是真的。”

皮尔彻说：“就我个人而言，其实是非常痛恨‘庆典’的。可话又说回来，住在下面山谷里的都是我的人民，虽然不容易，但我知道他们的需要。时刻要求他们过着循规蹈矩的生活，这会让他们疯掉的。在每一个看似完美的小镇里都隐藏着一些不光彩的秘密，就像我们的梦境里不可能只有美梦，时常也有噩梦出现一样的自然。”

BLAKE CROUCH

PINES

第二十章

伊桑走进了漆黑的家中。

他在楼下浴室里准备好了热水，然后上楼去到了他和特丽萨的卧室。

特丽萨盖着几层厚厚的毛毯，睡得很香。

他俯下身子，将嘴凑到她耳边轻声唤道："你跟我一起去浴室吧。"

浴缸里的热水是整栋房子里唯一热腾腾的东西，可它却显得略微烫了一点。

当特丽萨从楼上下来并走进浴室的时候，这里已经被白茫茫的热蒸汽所笼罩。

洗手池旁边的镜子和浴缸上方的窗玻璃都覆盖着一层水雾，浴室的灰泥墙上也布满了细细密密的水珠，就像人皮肤上的汗珠一样。

她脱下身上的衣服。

抬腿跨进了浴缸的热水里，继而在他的两腿之间坐了下来。

四脚浴缸里挤进了两个人之后，热水只差一英寸就要从浴缸边缘溢出来了。温暖的雾气浓厚朦胧，他们几乎连近在咫尺的洗手池也看不清了。

伊桑用脚转动着水龙头，水流的声音充满了整间浴室。他让特丽萨向后靠在自己的胸膛上，却发现即便是浸泡在热水中，她的皮肤也是凉凉的。此时她的耳朵就在他唇边，而他这才发现原来这是个多么适合讲悄悄话的方式，同时也有些遗憾自己为何从前没能想到这一点。

他们被热气包围着，犹如在云端静坐，只有哗哗的水声在提醒他们这里是家中浴室。

他开口说道："我正在调查的那起谋杀案中的受害女子不是被凯特的同伙杀死的。"

"那是谁干的呢？"

"要么是帕姆，要么是皮尔彻手下的某个人，也可能就是皮尔彻本人。"

"他会杀死自己的女儿吗？"

"对此我也不是很确定，可不管怎么说，今天晚上将会有一场'庆典'。"

"主角是谁？"

"凯特和哈洛德。"

"天哪！你是治安官，所以'庆典'得由你来主持。"

"你说得没错。"

"你能阻止它吗？"

"我不想阻止。"

"伊桑。"她转过头去看着他，"这到底是怎么回事啊？"

"你还是不知道比较好。"

"你的意思是你的计划有可能会失败，对吗？"

"是的。"

“那失败的可能性有多大呢？”

“相当大。可是昨天晚上我们已经讨论过了，我向你承诺我会改变现状，哪怕我们可能会因此而失去一切。”

“我知道。只是……”

“真正事到临头的时候，感觉又不一样了，对吗？另外，我还想告诉你，帕姆已经知道我们俩昨晚外出的事了。”

“她告诉别人了吗？”

“没有。我敢肯定她不会说出去的，至少在‘庆典’之前不会这么做。”

“如果她在‘庆典’结束后说出去的话，会有怎样的后果？”

“等过了今天晚上之后，这些事就不再重要了。可是听我说，我并不是非得这样做不可。我们可以安于现状，循规蹈矩地在这个小镇度过余生。我身为治安官，全家都可以享受相应的特权和优待。我们在这里不用缴纳房屋贷款，也不需要支付账单，一切生活所需都是免费提供的。过去我常常需要加夜班，现在我却能每天都回家吃晚饭。在这里，我们一家人可以有更多的时间在一起。”

特丽萨低声说道：“其实我脑子里有一部分也在想我是不是应该接受现状，你知道吗？可这根本不是真正的生活，伊桑。在诸多限制之下，我们没法过真正的生活。”她亲吻着他，温暖的水汽令她的嘴唇变得非常柔软，“所以，尽管去做你必须得做的事吧。无论发生什么，我都一样的爱你。在过去的二十四小时里，我觉得我俩之间比我们在西雅图那最后五年的婚姻生活还更加亲密。”

#

到了下午三点左右，雪已经完全停了。

在冬季的蔚蓝色天空下，伊桑独自站在学校的围栅外面。

孩子们从砖砌教学楼里鱼贯而出，走下台阶。他看到本杰明和两个朋友并排走在一起，书包在他们背上晃来晃去，三个人一路谈笑风生，轻松惬意。

这一切看起来显得再自然不过了。

孩子们在结束一天的学习之后，纷纷离校归家。

就是这么简单平常。

本杰明走上了街边的人行道，他还没有看到父亲。

伊桑喊道："嗨，儿子。"

听到声音，本杰明停下了脚步，他的两名朋友也没有继续走了。

"爸爸，你在这里干什么？"

"今天我想接你放学回家。我们一起走回去好吗？"

男孩看上去似乎并不想由父亲陪伴着走回家，不过他将自己内心的不情愿很好地隐藏了起来。

他对两名朋友说："我下午晚些时候再去找你们。"

伊桑将一只手放在本杰明肩膀上。

他说："我们现在去你在这个世界上最喜欢的地方，好吗？"

父子俩走过四个街区，来到了主街，穿过马路后，眼前是一家名为"甜食爱好者之家"的糖果店。一些学生在伊桑和本杰明抵达之前就已经先到一步了——成群的男孩女孩在店里打量着装在好几百个玻璃罐里的各式糖果，选购着自己爱吃的品种。好时、奇巧、M&M's……但凡你能想到的任何一种蛀牙之物，都能在这些玻璃罐中找到其踪影。伊桑知道这些糖果和其他东西一样，都是在近乎真空的环境中保存下来的。可是他禁不住想道，如果某样东西在经过了两千年之后依然还完好如初，那么它一定硬得让人下巴酸痛吧。

最后，伊桑和本杰明站在了巧克力柜台前。

各式手工制作的巧克力乳脂软糖整齐地摆放在货架上。

伊桑说："你想吃什么就自己选吧。"

走出糖果店的时候，本杰明拿着两杯巧克力热饮，伊桑提着一个装满各类软糖的纸袋，两人并肩走上了人行道。

现在是黑松镇一天当中最为热闹的时段，学校刚刚放学，大街小巷都充斥着孩童们嬉笑打闹的声音。

这也是一天当中让人感觉最接近真实生活的时刻。

伊桑说："我们找个地方坐坐吧。"

他领着儿子穿过马路，在主街和第九大道交叉口的一张长椅上坐了下来。

他们各自喝着巧克力热饮，嚼着乳脂软糖，看着身边的人来人往。

伊桑说："我还记得我像你这么大时的情形。你比我小时候乖巧多了，也更聪明。"

男孩抬起头来，嘴角还残留着乳脂软糖的碎屑。

"真的?"

本杰明戴着眼镜和厚厚的耳罩帽，伊桑觉得他像极了电影《圣诞故事》中的主角拉尔菲。

“噢，当然是真的。我那时的确挺逊的，常常说大话，是个不折不扣的叛逆小子。”

这话似乎令本杰明颇为开心。

男孩心满意足地喝了好几口杯子里的巧克力热饮。

“那时的学校生活相当单纯。”伊桑继续说，“每天要写家庭作业，父母有时会去学校开家长座谈会，期末就拿着成绩单回家。”

“成绩单是什么？”

“就是一张纸，上面写着你本学期各门功课的分数。你可能已经不记得自己过去在西雅图上学时的情形了，这里的学校跟那里有点不一样。”

这时本杰明低下了头，直直地看着脚下的人行道路面。

“你怎么了，儿子？”

“你不该谈论这些的。”他以一种严肃而平静的语气说道。

“本杰明，看着我。”

男孩抬起头来。

“我是黑松镇的治安官，我可以谈论我想谈论的任何事情。你应该知道这整个小镇都归我管辖，对吧？”

没想到男孩竟然摇了摇头，“不，才不是这样呢！”

“什么？”

本杰明眼里突然盈满了泪水。

“我们不能谈论这些事。”他说。

“可我是你的父亲啊，没有什么事是你我之间不能谈论的。”

“你不是我的父亲。”

这话令伊桑感到心痛不已，他觉得哪怕是被一把尖刀直击心脏，也没有这么痛吧。

他几乎无法呼吸。

视线因眼眶里突然涌出的泪水而变得模糊起来。

他费了好大的力气才让自己可以重新发声：“本杰明？你在说什么啊？”

“你不是我真正意义上的父亲。”

“我不是你……真正意义上的父亲？”

“你不明白，你将来永远都不会明白的。现在我要回家了。”

本杰明打算起身离开，可是伊桑伸出一只手臂环抱着他，让他重新坐回到长椅上。

“你放开我！”

“你认为谁才是你真正意义上的父亲？”伊桑问道。

“我不应该谈这个……”

“快告诉我！”

“就是保护我们的那个人！”

“保护你们？为什么你们需要被保护？”

男孩瞪着伊桑，满脸带泪，表情讽刺，“保护我们不受到围栅外那些怪兽的攻击。”

“你们去过围栅外面吗？”

男孩点了点头。

“是谁带你们去的?”

本杰明一言不发。

“是不是一个光头、黑眼睛、上了年纪的矮个子男人?”

本杰明没有回答，可是他的沉默就已经表明了答案是什么。

“看着我，儿子，你听我说，你说那人是你的父亲，这究竟是什么意思?”

“我已经告诉你了，他保护我们，为我们提供生活所需，我们在黑松镇上所拥有的一切都是他创造的。”

“我想告诉你，那个人并不是上帝，我不知道你们是不是……”

“不许这么说!”

伊桑心想：就算我找不到别的理由来毁掉这个小镇，眼下这个理由也已经相当充分了。他们竟然正从我们身边偷走我们的孩子!

“本杰明，这世上的事情有些是真的，有些是谎言。你在听我说话吗?你妈妈和我对你的爱，是这世上最为真挚的情感。你爱我吗?”

“我当然爱你。”

“那么，你信任我吗?”

“是的。”

“那个带你们去到围栅外面的男人并不是上帝，他和上帝有着天壤之别，他的名字是戴维·皮尔彻。”

“你认识他?”

“我为他工作，几乎每天都会见到他。”

梅根·费希尔突然站在了他们面前。

她出现得悄无声息，伊桑甚至连一丁点脚步声也没听到。

不知道她是从哪里突然冒出来的。

梅根穿了一条羊毛裙，只见她拉着裙摆小心翼翼地跪了下来，将一只手放在本杰明的膝盖上。

“你还好吗，本杰明?”

伊桑勉强挤出了一个笑容，“我们很好，梅根。”他说，“他今天在学校过得不太顺利，你应该明白像他这么大的孩子常常会遇到这样的情形。不过我带他去‘甜食爱好者之家’逛了一圈，买了些好吃好喝的东西，现在他的心情已经好很多了。”

“你今天遇到什么事了，本杰明?”

男孩低头看着自己的膝盖，泪水不住地往下流，落进了他的饮料杯里。

伊桑说：“这是我们的隐私。”

听到这话，梅根猛地抬起头来。

此刻的她跟几天前热情地迎接伊桑和特丽萨到自己家里做客的和蔼女主人完全判若两人。

她反问道：“隐私?”

就好像她完全不明白这个词语是什么意思。

就好像她认为本杰明是她的儿子，而伊桑却有越俎代庖之嫌。

“在黑松镇的学校里，”她继续说道，“我们相信团体的力量……”

“没错，我说的就是隐私。希望你——他——妈——的——别——管——闲——事，费希尔太太。”

她脸上的表情无比地震惊和厌恶，这令伊桑确信在此之前从来没有人用这样的方式跟她说话，尤其是当她从黑松镇醒来并得到当前这个位高权重的职位之后，更是无人敢对她不敬。

梅根站起身来，皱着眉头，以教师所特有的威严眼神怒瞪着伊桑。

她说：“他们是我们的孩子，伯克先生。”

他说：“去你妈的！”

当梅根怒气冲冲地沿着人行道离开之后，本杰明挣脱了父亲的手，飞快地朝马路对面跑去。

#

“下午好，比琳达。”伊桑一边跟秘书打着招呼，一边走进了黑松镇治安部。

“下午好，治安官。”

她头也不抬地盯着手里的纸牌。

“有找我的电话吗？”

“没有，先生。”

“有人来这儿找过我吗？”

“也没有，先生。”

当他从她的办公桌旁经过时，用指关节轻轻敲打着桌面，说道：“希望你做好准备，今天晚上可以好好开心一下了。”

他沿着走廊走向自己的办公室，一路上他能感觉到她的目光死死地盯着自己，可是他并没有回头看。

进到办公室以后，他把头上戴着的帽子取下来挂在衣帽架上。

他走到柜子前，打开了柜门的锁。

这柜子他以前只开过一次，他打心底排斥这件事。柜子里的东西代表着他对这个职位和这个小镇最为痛恨的事情，同时也是他从就任第一天起就一直惧怕不已的事情。

他的前任留下来的“庆典”服正挂在黄铜制成的壁钩上。

在那场以伊桑自己为主角的“庆典”上，他只从很远的地方瞥了一眼治安官波普，再加上当时他的内心充满了惧怕和恐慌，所以压根儿就没看清这件服装的细节之处。

近看时，它真的很像恶魔之王的斗篷。

这是一件用棕熊皮毛制成的服装，肩部内侧还缝制了额外的兽皮垫肩，左右两襟可以用锁骨处一条厚重的链条绑系在一块儿。皮毛上沾着好些污点，伊桑猜测它们可能是干涸的血渍。这件服装看起来像是从来没被清理过，凑近一闻，上面散发出一种类似食腐动物呼出气体的气味——混杂着血腥味的腐臭味。不过，跟这件服装的装饰品相比，刚才注意到的都算不得什么了。以往每场“庆典”的主角头皮都被割下一块缝进了棕熊皮毛的内侧，总共有三十七块头皮。最早缝入的头皮看起来像牛肉干一样又干又皱，而最新的那块则呈现出灰白色。

服装上方的架子上摆着一个头饰。

头饰正中是一个用金属丝固定起来的艾比怪兽头骨，上下颌骨张得很开，一对鹿角被牢牢地固定在头骨正中。

一把剑和一支霰弹猎枪横放在墙边的支架上，天花板上的电灯泡照得剑和枪上面的人造钻石闪闪发光。

办公桌上的电话突然响了，他不由得吓了一跳。

这电话铃声几乎就没怎么响起过。

他走进办公区，绕过办公桌，在电话铃响到第五声时一把抓起了听筒。

他应道："我是治安官伯克。"

"你知道我是谁吗？"

尽管对方把声音压得很低，近乎耳语，但伊桑还是听出了对方是泰德。

他说："我知道。可你怎么知道我在这儿？"

"你觉得呢？"

原因当然很简单——泰德可以通过基地里的监控系统看到他。

"我们俩这样讲电话安全吗？"伊桑问道。

"不能讲太久。"

"会被他们发现吗？"

"最终还是会被发现的。现在的问题是，就算被他们发现，还有没有关系？"

"你说这话是什么意思？"

"我找到了。"

"找到什么了？"

"就是我们要找的录像。它被藏在非常隐秘的地方，不过我们的监控系统里没有什么资料是可以被彻底删除掉的。"

“你有什么发现?”

“这个不能在电话里讲。二十分钟后你能在医院的太平间跟我见个面吗?”

“当然可以。”

“我在监控显示屏上看到米特尔医生刚刚走进了你的地盘。你最好动作迅速点儿。”

伊桑听到线路那头的泰德在忙乱中挂断了电话。

他刚把听筒放回去，电话铃又再度响了起来。

“嗨，比琳达。”

“治安官，这里有一位米特尔医生想见你。”

他来是为了把追踪芯片重新缝回到我腿上。

“我现在正忙得不可开交，你能为他沏一杯咖啡，再带他去等待区稍候片刻吗?”

“好的，伯克先生。”

伊桑一把拉开办公桌左边的大抽屉，从中取出自己的皮带和手枪皮套，迅速将它们穿戴起来。

他把注意力转向武器柜，打开柜门的锁，随即拉开了正中央的抽屉。

他从这个抽屉里取出了一把“沙漠之鹰”手枪，塞入弹匣，然后把手枪装进了腰上的枪套。

之后，他又取下了一把389型步枪——这枪有着迷彩色的枪托和蓝色的枪管，还有一个4×32光学瞄准镜。

这时，办公桌上的电话又响了。

他一把抓起听筒。

“什么事，比琳达?”

“呃，米特尔医生不想再继续等下去了。”

“一名医生竟然不愿意等待，你不觉得这很搞笑吗，比琳达?”

“你说什么，伯克先生?”

“我马上就出去。”

伊桑挂断电话，朝武器柜旁边的滑动玻璃窗走去。他打开窗户的锁扣，将其彻底滑开，然后用力将纱窗从窗框上推了出去。

他艰难地翻过窗台，在房子前方的一排灌木丛后面压低了身子。

他弯着腰，弓着背，擦着灌木丛茂密的枝叶钻到了另一侧，迅速跑到了街边。

今天早上他是开着野马越野车来上班的，他很快找到了停在路边的车，迅速拉开驾驶室的门，将手中的步枪放在了枪架上。

就在他发动汽车引擎的时候，办公室里再次响起了电话铃声。声音很大，透过那扇打开的窗户传到了大街上。

#

伊桑在主街找到一处空的停车位，将越野车停好，然后朝“木玩宝藏”玩具店的橱窗玻璃走去。

凯特正坐在收银机背后，眼神空洞，百无聊赖地呆呆望着前方。从昨晚那种美好而自由的场合一下子回到黑松镇这日复一日备受约束和奴役的生活中，感觉一定很不好受，伊桑心里想着，对那些参加了秘密聚会的居民来说，在聚会刚结束的第二天里，他们一定都在宿醉和残酷冰冷的现实中苦苦挣扎吧。

伊桑抬起手来，轻轻敲了敲橱窗玻璃。

#

他们并排坐在主街和第九大道交叉口的长椅上。

小镇中心空无一人。

此情此景，看起来一点真实感都没有。

就像电影拍摄结束后还没来得及拆掉的布景。

随着太阳朝西面的岩壁后方滑落，光线也开始渐渐变暗了。

“我们在这里谈话很安全。”伊桑说。

“你看起来脸色很糟。”凯特说，“你一直没睡觉吗？”

“是的。”

“发生什么事了？”

“我得知道如何才能找到通电围栅地下的秘密通道。”

“为什么？”

“我现在没时间跟你解释，你去过那里吗？”

“只去过一次。”她说，“好多年前的事了。”

“你去到围栅的另一边了吗？”

她摇了摇头。

“为什么没去呢？”

“因为害怕。”

“我如何才能找到它呢，凯特？”

“那里有一根很大的松树残桩，跟你的个头一般高，它比周围的任何树桩都要粗。如果它还在那里的话，你一眼就能认出来。

秘密通道的入口就在那根树桩旁边的地面上。入口上面应该覆盖了厚厚的松针，我认为那里已经有很长时间没人去过了。”

“入口的门有锁吗?”

“我不知道，伊桑，发生什么事了?”

他凝视着她。

恨不得把一切都告诉她。

还想立即对她发出警告。

可他却只是说：“你一定要相信我。”

#

伊桑将野马越野车停在了医院背后的一条小巷里。

他从一扇侧门溜进了医院。

一楼见不着一个人影，寂静无比。

他沿着楼梯进入地下室，来到了四条空旷走廊的交会处，然后朝着东边走廊尽头那扇没有窗户的对开门走去。

走廊里临近太平间的几盏荧光灯被人关掉了。

他在半明半暗中来到了对开门跟前。

用力推开门。

他发现泰德正站在解剖台旁边，面对着一台打开的笔记本电脑。

伊桑朝泰德走去，太平间的门在他身后自动关上了。

他压低声音问道：“我们在这里谈话安全吗?”

“我把医院地下室的监控系统关掉了。”泰德看了一眼手表，“不过它再休眠十分钟就会再度开启。”

"帕姆在哪里?"

"在楼上为人做心理诊疗。"

伊桑绕过闪着微光的解剖台，站在了泰德身边。

他浏览着这里的尸体冷藏柜、水槽以及用来称量器官的秤盘。泰德已经调整过解剖灯的角度，让它不直射解剖台，只是将泰德所在之处照得极为亮堂，而太平间的其余区域则全都处于黑暗当中。

笔记本电脑的启动终于完成了。

泰德输入了用户名和密码。

"为什么在这里?"伊桑问道。

"什么?"

"你为什么想让我在这里和你见面?"

泰德指着电脑屏幕。

一段影片开始播放起来。

是一段高清晰度的录制视频。

内容是一台安装在天花板角落里的摄像头对着阿莉莎拍摄的画面。

伊桑不由得说了一句:"妈的!"

阿莉莎被几条厚厚的皮带绑在一张解剖台上。

就是他们面前这张解剖台。

"没有声音吗?"伊桑问道。

"我还来不及去找音频文件。不过相信我，待会儿你会因为没有声音而感到庆幸的。"

画面中的阿莉莎正在喊叫着什么。

她拼命将头从解剖台上抬了起来。

她身上的每一条肌肉都绷得紧紧的。

帕姆出现在了画面中。

她伸手握住阿莉莎的头发，用力往下一拉，阿莉莎的头重重地撞到了金属解剖台上。

皮尔彻也出现了。

他将一把小刀放在解剖台上，然后爬了上去。

他跨坐在自己女儿的大腿上。

将刀子握在手里，扬起了手臂。

只看到他的嘴唇在活动着，却不知道他在说些什么。

阿莉莎在喊叫，应该是在回应父亲，帕姆拉着她的头发，将她的头固定在解剖台上。

皮尔彻紧抿着嘴唇。

将脸转向了一边。

他看上去不像是在生气。

当他将手中的刀子捅进女儿的腹部时，脸上完全没有流露出任何表情。

伊桑不禁瑟缩了一下。

皮尔彻拔出了刀子，阿莉莎奋力扭动着身体，想要挣脱捆缚自己的皮带。

殷红的鲜血开始在解剖台上积聚。

阿莉莎的五官扭曲着，表情极为痛苦，皮尔彻的嘴唇又动了几下，然后再度扬起刀子准备发动下一次攻击，这时伊桑赶紧把脸转到一边。

他感到有些恶心，费力地咽下一口唾液，却尝到了一丝铁锈味。

“我想我知道是怎么回事了。”

泰德俯下身子，双手在笔记本电脑的键盘上敲打着。

屏幕很快变成了一片漆黑。

“接下来同样的事情不断重复。”泰德说，“一次又一次。”

先前看到的录像令伊桑极为震撼。

他想起了第一天来这太平间时在阿莉莎身上所看到的那些黑色小洞。

他说：“我想，当那天晚上阿莉莎和凯特分开之后，帕姆跟踪阿莉莎并设法将她带到了医院地下室的太平间，或许那时皮尔彻已经在这里等候她们了，也可能他是在她们抵达之后才到的。几天前，当我检查阿莉莎的尸体时，心里一直在纳闷她身上的血怎么会流光了，她到底是在哪里被杀害的……”

“此时你就站在命案发生的现场。”

伊桑低头看着脚下的排水孔。

“你将录像备份了吗，泰德？”

“我备份了好几份。”泰德将手伸进衣兜，取出了一块指甲盖大小的存储器，“这个是给你的，在镇上没有任何设备可以播放它，不过考虑到我或者其他几个备份文件可能会遭遇不测，为了保险起见，你还是要好好保管它。”

伊桑将存储器放进了自己的口袋里。

泰德看了看手表，“再过几分钟我们就得离开这里了。接下来怎么办？我在考虑是不是要在基地里的所有屏幕上播放这段录像。”

“不，别那么做。你回去继续工作吧，装成什么事都没发生过一样。”

“我听说今天晚上将会有一场以博林格夫妇为主角的‘庆典’。基地里有传闻说他们是杀害阿莉莎的凶手。你打算怎么做？”

“我已经在脑子里酝酿了一个计划，不过还没告诉任何人。”

“那么我现在不用采取任何行动？”

“没错。”

“好吧。”泰德最后看了一眼手表，“我们得赶紧走了，这里的监控系统再过六十秒就会启动。”

#

当伊桑驱车来到小镇边缘的道路拐弯处时，已经是下午四点钟了。他将越野车调成低速四驱模式，开下路堤，进入了森林里。

地面很软，松树间的荫蔽处还有一块块残留的积雪。

雪还在飘飘洒洒地下着。

半英里的路程好似怎么都走不完。

他透过挡风玻璃看到了第一座支撑高压线的钢管架，随着他渐渐靠近，围栅上的导线和顶部的刀状铁片也变得清晰可见了。

他将野马越野车停在了离围栅三十米远的一块空地上。

天色已经暗到了应该打开车头灯的程度，可是他却不愿冒险开灯。

他坐在驾驶座上，听着引擎空转，看着眼前的通电围栅，心中涌起一股无法抑制的恐惧感。

其实它不过就是一堆通了电的钢铁制品而已。

想到它用来抵挡和防御的东西，想到它的使命是为了捍卫整个黑松镇的安全，伊桑觉得它看起来实在是太单薄了。

真的很难想象它就是那道挡在人类生存和灭绝之间的屏障。

#

凯特说得没错。

那根树桩的确很容易被找到。

从远处望去，它就像是一头长着银色毛发、用后腿站立着的大熊，树桩顶部已经枯死的弯曲残枝犹如高举着即将发动攻击的熊掌。在光线暗淡的情形下突然看到这么一个可怕的形体，任何人都会被吓一大跳。

伊桑将越野车停在树桩旁边。

一把抓起了自己的步枪。

下车踏上了森林的地面。

天很快便黑了下来。

他关车门的声音在林中回荡着。

接下来又恢复成全然的寂静。

他绕着树桩走了一圈。

这里的地面没有积雪，只有厚厚的松针，着实没法看出隧道的门在哪里。

他打开越野车的后盖。

把放在车里的铁铲和背包取了出来。

#

他用铁铲挖了半个小时之后，铁铲的前端碰触到了一个硬物。他立即将铁铲扔到一边，跪在地上，用两只手将地面上剩下的松针拨开——这至少是积累了两三年的落叶厚度。

地上露出了一扇钢制的门。

这门宽三英尺，长四英尺，几乎跟地面齐平。

门把手被一把挂锁锁在了一个有眼螺栓上，经年累月的雨雪的侵袭已经令那把锁变得锈蚀不堪。

伊桑扬起铲子用力一敲，挂锁便被敲开了。

他背上背包。

为步枪装填好子弹。

再把枪挂在右肩上。

他又拔出手枪，将一枚.50口径中空弹的弹药筒塞进了枪膛里。

门被拉开时，铰链发出的声响像极了指甲划过黑板的刺耳噪音。

里面是一团漆黑。

弥漫着一股地下空间所特有的潮湿泥土味儿。

伊桑从腰带上取下一把手电筒，打开开关，继而将其固定在自己的“沙漠之鹰”手枪上。

门板下方有一段在泥土上凿出来的阶梯，往地下延伸着。

伊桑小心翼翼地沿着阶梯往下走。

他走完九级阶梯之后，便来到了地道底部。

借着手电筒发出的光，他看到地道的左右两面内壁上都镶着四英尺长、四英尺宽的木板作支撑。

这项建造工程看起来像是在仓促中草率完成的，做工极为粗糙。

伊桑走在地道里混杂着石块的泥地上，头顶上方布满了树根。

走了一段路之后，通道变得更狭窄了。前行时，他的两侧肩膀都会摩擦到通道内壁，而且他不得不把背佝偻着，不然头就会撞上天花板。

又过了一会儿，他似乎听到通电围栅发出的“嗡嗡”电流声透过上方的泥土层传了进来。他觉得随着自己逐渐靠近围栅，那越来越强大的电磁波便开始震得他头皮发麻。

他觉得胸口一阵阵发紧，仿佛双肺都在收缩，但他也知道这不过是人在地下密闭空间行走时都会产生的身体应激反应。

后来他看到了另一段泥土阶梯的底部，他用手电筒往上照，发现这段阶梯的尽头也有一扇钢制的门。

他本可以沿着通道走回去，将那把铁铲取来敲开门锁。

可是他却掏出腰间的手枪，瞄准了门上那把生锈的挂锁。

他深深吸了一口气。

扣下扳机。

#

一小时后，伊桑收拾好工具，关上了越野车的后盖。

他将步枪放回到枪架上。

不过他并没有进到车里，而是斜趴在车前的引擎盖上，眼里噙满了泪水。

这幽暗森林里的最后一丝光线也快要消失了。

四周极其安静，他甚至能清楚地听到自己的心脏抵着金属引擎盖跳动起伏的声音。

当他渐渐平复之后，便站起身来。

刚才他觉得很热，可是现在黏在皮肤上的汗液却湿湿凉凉的。

“你在这里干什么？”

伊桑闻声转过头去。

帕姆不知从哪儿冒了出来，此刻她正透过越野车的后窗玻璃盯着车里看。

她穿着蓝色紧身牛仔裤和红色背心，凹凸有致的身材曲线展露无遗。她的头发在脑后扎成了一个马尾。

伊桑打量着她的纤细腰部。

在他视线所及之处，看不出来她携带有任何武器，除非她把什么小东西藏在背后。

“你在欣赏我的身材吗，治安官？”

“你带武器了吗？”

“噢，对，这才是你盯着我看的唯一理由。”

帕姆像芭蕾舞演员一样把两只手臂高高举过头顶，踮起穿着网球鞋的脚尖，在原地优雅地转了一个圈。

她确实没有携带任何武器。

“看到了吧?”她说,“这条牛仔裤,除了容纳着我的身体,里面就没别的东西了。”

伊桑把手枪从枪套里拔了出来,握着枪的手垂放在身体侧面。

唉,可惜枪里面已经没有可用的子弹了。

“你的这玩意儿可是个大家伙啊,治安官。”

“它是‘沙漠之鹰’。”

“是五十口径的吗?”

“没错。”

“这家伙的火力大到足以杀死一头灰熊呢。”

“我知道你们对阿莉莎做了些什么。”伊桑说,“我知道是你和皮尔彻两人干的。你们为什么要那样做?”

帕姆朝他走近了一步。

两人的距离大约有八英尺。

她说:“真有意思。”

“什么?”

“现在我已经缩短了我们之间的距离。我再走两步——确切地说是两大步——就能贴近你的身体了,可是你却还没有对我发出威胁或警告。”

“说不定我就是希望你靠近我身边呢。”

“我并不是没有试图接近你,而你倒是更愿意继续守着你的妻子。你偏偏是个实用主义者,这令我备受困扰。”

“我听不懂你在说什么。”他装出一脸困惑的样子。

“实用主义者指的是言语不多,却极富行动力的人。你身上正好具备这种我喜欢的特质。我现在准备冒险再朝你走近一步，我敢说如果你的枪里有子弹的话，你肯定会朝我开枪，让我这样一个尤物丧命在你枪下。这是你目前唯一的选择，不是吗？我是不是说到点子上了啊？”

她又朝着伊桑所在的方向迈进了一步。

伊桑说：“你考虑得并不全面。”

“噢，是吗？”

“或许我有其他理由想让你靠我更近一些。”

“那会是什么理由呢？”

说话间她又走近了一步。

他已经能嗅到她身上的气息了，还有她早上用过的洗发水味道。

以及她呼出的带有薄荷香味的口气。

“开枪显得太没有人情味了。”伊桑说，“或许我更想做的是将你摁倒在地，然后赤手空拳地打死你。”

帕姆笑了，“你曾经有过这样做的机会。”

“这我记得。”

“你突然跳出来撞倒了我，这可不是公平的打斗。”

“对谁来说不公平？别忘了我那时已经被你们注射了镇静剂。”

伊桑举起手枪，将枪口对准了她的脸。

她说：“这枪的枪管可真粗啊。”

伊桑用拇指按下了击锤。

有那么一瞬间，她的眼里流露出了一丝犹豫的神色。

她眨了眨眼。

伊桑说："现在你可以开始好好回想一下你一生的经历，此情此景将成为你生前最后的记忆。因为子弹会以极快的速度朝你飞去，令你顷刻殒命。"

她略微有些动摇。

伊桑从她眼里看到的不完全是恐惧，反而更接近人在面对自己无法掌控的情形时所表现出的彷徨。

可这种神情很快就消失了。

钢铁般的意志力又回来了。

她扬起嘴唇冷笑着。

她可真有种。看来真相不可避免地要被揭露出来了，她即将拆穿他的把戏。

就在她正要张开嘴的时候，他扣下了扳机。

击锤迅速击向撞针。

帕姆略微瑟缩了一下——"我是不是死了"的表情在她脸上一掠而过。

伊桑将手枪在手里翻转了一下，握住了枪管，然后用尽全身的力气，扬起手中这个重达四磅半的以色列制造的铁家伙，猛地击向她的头盖骨。枪托本可以将帕姆的头颅敲个粉碎，可她却在最后一秒及时躲开了。

伊桑因用力过猛而失去了身体平衡，帕姆趁机对准他的后腰击出了一记又准又狠的重拳，如烈火灼烧般的剧烈疼痛令伊桑跪倒在地，在他还来不及有所反应的时候，帕姆已经朝他的脖子挥出了第二记重拳。

他趴在地上，脸贴着森林的湿冷地面，两眼望着这个天旋地转的世界，心想她是不是打断了自己的气管，因为他根本无法呼吸。

帕姆在他面前蹲了下来。

“别告诉我一切竟然进行得如此轻松。”她说，“这些都是我脑子里早就计划好的情节，你知道吗？我不过才挥了两拳而已，而你就只剩下像条哈巴狗一样趴在地上喘息的份儿了吗？”

他的脸色越来越苍白，视线也因缺氧而逐渐模糊起来。

最后，就在他的心即将被绝望吞噬时，事情终于出现了一点转机。

他觉得有一丝珍贵的空气渐渐渗入了自己的喉咙。

但他仍然保持不动声色。

他故意让眼睛继续瞪得大大的，可他的手却悄然伸进了后面的裤兜。

他的折刀就躺在那里面。

“你就趴在这里等着窒息而死吧，我要告诉你一件事。”

伊桑摸索着将拇指的指尖伸进了刀刃底部的小孔。

“无论你原本的计划是什么，你都已经以失败告终了，至于特丽萨和本杰明……”

他故意从喉咙处发出了一声呛咳，这令帕姆满意地微笑起来。

“跟我将要对他们采取的行动相比，我们对阿莉莎所做的事不过是在温泉浴场做按摩而已。”

他迅速弹开折刀，将其径直捅进了帕姆的大腿。

刀刃非常锋利，他并没有感受到任何阻力，直到他看见帕姆痛苦地喘息，才知道自己命中了目标。

他转动手腕，刀刃也在她肌肉里随之转动。

帕姆发出了一声骇人的尖叫，随即迅速后退了几步。

鲜血染红了她的牛仔裤，流进了她的鞋子里，还淌到了遍地的松针上。

伊桑挣扎着坐了起来。

然后痛苦地站起身来。

他的肾脏部位仍然剧烈抽痛，不过起码他现在又可以再度呼吸了。

帕姆用没受伤的那条腿拖着自己远离他，咬牙切齿地吼道：“你死定了！你他妈的死定了！”

他捡起地上的“沙漠之鹰”手枪，然后跟了上去。

就在她继续尖声怪气地咒骂时，他弯下腰，将手中的枪狠狠地砸向了她的后脑勺。

这片森林再度恢复了宁静。

蓝黑色的夜幕已经低垂了下来。

他完蛋了。

全完了。

帕姆擅离职守多久之后皮尔彻才会派出搜索队来寻找她呢？刚一想到这个，他马上就意识到这里压根儿就没有搜索队。皮尔彻只需在监控系统输入她的芯片代码，立刻就能知道她正置身于通电围栅附近。

除非……

伊桑用折刀将帕姆的牛仔裤割下一大块，让她的左腿后侧暴露了出来。

值得惋惜的是，他没能在她意识清醒的状态下动手取出她的芯片。

第二十一章

爱达荷州黑松镇，山中洞穴基地，2013年12月31日

皮尔彻走进办公室，关掉了身后的对开门。

他兴奋得有些眩晕。

甚至还有些发抖。

他从建筑师制作的未来黑松镇模型旁边走过，打开了衣橱的门，里面的衣架上挂着一套崭新的无尾晚礼服。

"戴维?"

他转过身，面带笑容。

"亲爱的，我刚才没看到你在那里。"

他的妻子坐在一张长沙发上，她面前的墙上挂着好几个显示屏。

他一边解开衬衫的纽扣，一边朝她走去。

他说："我还以为你已经换好衣服了呢。"

"你到我身边来坐下，戴维。"

皮尔彻在她身旁的豪华皮沙发上坐了下来。

她将自己的一只手放在他的膝盖上。

"这是一个重要的夜晚。"她说。

"没错，没有比今晚更重要的时刻了。"

"我真为你感到高兴。你做到了。"

“应该说我们做到了。如果没有你们，我……”

“你先听我把话说完。”

“怎么了?”

她的眼里盈满了泪水，“我已经决定了，我要留下来。”

“留下来?”

“我想留在现在这个世界，看着自己的一生将会如何终结。”

“你在说什么呀?”

“请不要对我大吼大叫。”

“我没有，我只是……你偏偏选择在今天晚上跟我说这个。你是什么时候下定决心的?”

“已经有一阵子了。我一直都不想让你失望，其实有好多次我都忍不住差点儿说出来了。”

“你是因为害怕吗？对不对？听我说，害怕是非常正常的。”

“不是这样的。”

皮尔彻向后靠在一块柔软的靠垫上，看着面前空白的显示屏。

他说：“我们所有人共同努力了这么多年，就是为了这个晚上，一切都是为了今晚，而你却说想要退出?”

“我很抱歉。”

“你这样做就意味着你要离开自己的女儿。”

“不，不是这样的。”

他对她怒目而视，“怎么不是这样？你倒是解释给我听听。”

“阿莉莎现在十岁，就快上中学了。我不希望她人生中参加的第一场舞会是在这个甚至还没有开始修建的小镇举行的，而且……还得等到两千年之后。她将来的初吻、大学，兴许她还想环游世界呢，这一切又该如何实现？”

“她还是可以拥有这些啊，唔，可以拥有其中一部分。”

“不对。自从我们搬进基地以后，她已经做出了不少牺牲。你不知道未来会如何，也不知道她和我将面临怎样的人生。同时，你也不知道当你走出生命暂停装置的时候，将面对一个什么样的世界。”

“伊丽莎白，你认识我已经有二十五年了。我有做过什么事或说过什么话，以至于令你相信我会允许你把我的女儿从我身边带走？”

“戴维。”

“请回答我的问题。”

“这对她来说并不公平。”

“不公平？她现在拥有一个在整个人类历史上都前所未有的机会，那就是可以看到未来。”

“我希望她能过正常的生活，戴维。”

“她在哪里？”

“什么？”

“我是说我的女儿现在在什么地方？”

“在她的房间里，正在收拾行李。我们会等派对结束之后才离开。”

“拜托！”听到自己声音里的绝望语气，皮尔彻不禁有些吃惊，“如果女儿和我分开了，我要怎么活下去……”

“噢，去你的！”伊丽莎白一直压抑着的怒气突然爆发了，“事实上，她几乎不了解你。”

“伊丽莎白……”

“事实上，连我都觉得不再了解你了。你别再继续装假了，其实令你为之痴迷的最爱不是我，也不是阿莉莎，而是你筹划的这一切事情，你就承认这一点吧。”

“事实不是这样的。”

“这个计划已经完全把你吸引住了。在过去的五年里，我亲眼看着你变成了一个极其令人厌恶的家伙。你已经做出了好些跨越底线的丑恶行径，我在想，恐怕你根本没有意识到现在的自己究竟是什么模样。”

“没错，为了实现今晚的目标，我的确做了很多不得不做的事。我不需要对任何人道歉。从一开始我就说过，没有任何事可以阻止我。”

“唔，我希望你到最后也会认为这一切是值得的。”

“噢，别这样。今夜应该是我的人生中，也是我们的人生中，最为辉煌的一夜。我希望当我们醒来时，你也和我们在一起。”

“我做不到，抱歉。”

皮尔彻深吸了一口气，然后缓缓吐出来。

“这些时日以来，你一定过得很辛苦吧。”他说。

“是你无法想象的辛苦。”

“你至少会留到派对结束再走，对吗？”

“当然。”

他倾过身去，吻了一下她的面颊。

他已经想不起来自己上一次这么做是什么时候的事了。

“我得去跟阿莉莎谈一谈。”他说。

“等派对结束之后吧，那时我们再跟你好好道别。”

她站起身来。

她穿着一袭灰色的香奈儿礼服。

头上是波浪形的银发。

他看着她步态优雅地朝橡木对开门走去。

等她离开之后，皮尔彻走到自己的书桌旁边。

他拿起电话听筒。

拨通了一个号码。

电话铃刚响了一声，阿诺德·波普就迅速接听了。

#

如果汉索尔能专心品尝的话，他会发现杯里所盛的是自己喝过的最好的香槟，可是此时的他完全被内心的紧张情绪攫住了，根本无心细品美酒。

这里的一切看起来太缺乏真实感。

听说他们花了三十二年的时间才完成了挖掘隧道、爆破和开凿洞穴的浩大工程，总共花费的金额肯定不低于五百亿美金。那个用作仓库的巨大洞穴足以容纳一支747飞机舰队，不过他猜测最多的钱应该是花在了自己现在所站的这个房间。

这房间的面积相当于一家大型量贩超市。

他的视线所及之处全是像饮水机一般大小的装置，总共有几百台，整整齐齐地摆放着，不时发出“嘶嘶”和“哔哔”的声响。有几台装置还不断地往外冒着白烟，在离地面十英尺以上的空间里，全都氤氲着一层浓密的烟雾。走在这里，就像是在一片蓝色的冷雾里穿行，天花板也被浓雾遮蔽得看不见了。这冷冷的空气闻起来很清新，也很纯净。

“你想看看她吗，亚当？”

这声音吓了他一跳。

汉索尔转过身去，和身后的皮尔彻面对面站着。

皮尔彻手里端着一个细长形香槟酒杯，身上的崭新无尾晚礼服令他看上去颇为精神。

“是的，我想看看她。”汉索尔回答道。

“请走这边。”

皮尔彻领着他穿过一条长长的通道，来到了房间的后侧，然后走到了另一排装置跟前。

“就在这里。”皮尔彻说。

离他们最近的这台装置上有一个小型键盘、一个显示面板和一块数码铭牌：

特丽萨·林顿·伯克

生命暂停日期：2013年12月19日

华盛顿州西雅图市

这台装置正面的中央镶嵌着一块宽度约两英寸的玻璃面板。

透过这块玻璃，他看到了黑色的沙子和一小块皮肤——那是特丽萨的一侧脸颊。

汉索尔情不自禁地伸出手来抚摸玻璃面板。

“我们快要开始了。”皮尔彻说。

“现在她在做梦吗？”汉索尔问道。

“我们做过不少实验，所有人在生命暂停期都是没有知觉的，脑电波也没有任何活动。我们把实验对象放进生命暂停装置时间最长的一次是十九个月，实验结束后，没有任何一名实验对象声称自己体验到了时间感。”

“所以进到里面后的感觉就像是电灯突然被关掉了一样吗？”

“差不多是那样吧。你有读过放在你房间里的备忘录吗？每个人应该都有一本。”

“还没有，我刚做完健康体检就直接来这里了。”

“哦，那么你将会得到一些小惊喜。”

“你团队里的每一个人都会在今天晚上进入生命暂停装置吗？”

“我们选了一小群人，他们会留下来再待上二十年。在这期间，他们负责继续购入更多的生活必需品，并将我们的技术不断更新到最先进水平，顺带处理一些尚未了结的零星问题。”

“可是你本人今晚就进入装置？”

“当然了。”皮尔彻笑道，“我已经不年轻了，我宁愿把时间留给将来的那个世界。好了，我们得出去了。”

汉索尔跟着他走出房间，来到了巨大的山洞里。

皮尔彻的团队成员们已经候在那里了，每个人都盛装打扮。

男人们穿着无尾晚礼服，女人们则穿着黑色小礼服。

皮尔彻爬上了一个木制大货箱，看着人群。

他露出了一丝微笑。

岩洞天花板垂挂着一盏球形大灯，在灯光的照射下，汉索尔觉得皮尔彻的双眼似乎覆盖着一层水汽，闪着微光。

皮尔彻开口讲道：“今天晚上，我们终于可以为这段长达三十二年的伟大历程画上一个完美的句点了。可是，所有的结束，都意味着一个崭新的开始。当我们跟当前这个已知的旧世界告别的时候，也是我们翘首企盼将临的新世界的时候。再过两千年，我们就要一同步入那个新世界。此时我的心情真是激动万分，我相信你们一定也跟我一样。或许你们还有些害怕，但是这不要紧。因为如果你感到害怕，那就表明你还活着，而且正在超越自我的极限。任何一场冒险都会伴随着害怕，而现在我们所有人面对的是一场精彩绝伦的大冒险。”他举起了手中的酒杯，“我想敬在座的各位一杯酒，感谢你们陪着我一路走来！现在我们即将进行未知的一跃，在此我向你们保证，你们的降落伞必定会张开来保护你们的。”人群中响起了阵阵紧张的笑声。“谢谢你们！谢谢各位对我的信任，谢谢你们的辛勤工作，也谢谢你们的友情。大家干杯吧！”

皮尔彻将杯中的酒一饮而尽。

其他人也跟着喝干了自己杯里的酒。

汉索尔的两只手掌心都开始出起汗来。

皮尔彻看了一眼手表。

“现在是晚上十一点。时候已经到了，我的朋友们。”

皮尔彻将手里的酒杯递给帕姆，然后解开领结，顺手扔到一边。他脱掉自己的礼服上装，丢在了岩石地面上。人们纷纷为他鼓掌。他又脱下了裤子的背带，随即解开了带褶衬衫的纽扣。

其余的人都纷纷开始宽衣解带。

阿诺德·波普和帕姆也在做同样的事。

汉索尔身边的所有男人和女人都开始脱身上的衣服。

山洞里变得很安静。

这里没别的声音，只能听到衣服从人身上滑落和被人扔到地上的窸窣声。

汉索尔想道：*这到底是怎么了？*

可是要不了多久，如果他还不加入他们的话，他就将成为这个大山洞里唯一一个还穿着衣服的人了。不知怎地，他觉得这种结果竟比与一群陌生人一起脱掉衣服还更糟。

他先解开领结，然后脱掉了礼服上装。

在两分钟内，山洞里的一百二十个人便脱得一丝不挂了。

皮尔彻站在大货箱上说："很抱歉这里的气温这么低，不过这实在是无可奈何的事情，再说我们即将前往的地方恐怕会比这里更冷。"

他从箱子上爬了下来，然后赤着脚朝生命暂停室的玻璃门走去。

汉索尔跟在众人后面进入了生命暂停室，还没到三十秒，他便无法抑制地发起抖来——一部分是因为害怕，一部分是因为寒冷。

人们沿着通道排成了一列长队，一群穿着白色实验服的人负责为他们指引方向。

汉索尔走到一名穿着白衣的工作人员身边，说：“我不知道该往哪里走。”

“你没读过备忘录吗？”

“没有，很抱歉，我刚刚……”

“不要紧。你叫什么名字？”

“汉索尔。亚当·汉索尔。”

“你跟我来。”

这名实验室技术员领着汉索尔来到了第四行装置跟前，他指着两列装置之间的通道说：“你的装置应该在中间的左手边，你可以过去找找你的铭牌。”

汉索尔跟在四名裸体女人后面进入了这条通道。这里的烟雾似乎比先前更浓了，而他呼出的气体很快就在寒冷的空气中凝结成了白雾。岩石地面上铺着一层金属栅板，赤着脚踩在上面就跟在冰上行走一样。

他从一个正在爬进装置的男人身边走过。

此时此刻他才真切地感受到了巨大的恐惧。

他用双眼扫视着一台台装置上的铭牌，这才意识到眼下的情形跟自己原先的设想简直大相径庭，令他措手不及。当然他知道会有这么一刻，也知道这一切都是自己自愿接受的。可是，不知怎么回事，他在潜意识里想象的画面比较类似于接受全身麻醉。他以为自己会躺在一间温暖的手术室里，一个面罩轻轻压上他的脸部，在药物引发的舒适感中，灯光渐渐变暗，直至完全消失。

他根本没想到真实的情况竟是自己和其余一百多个人一起光着身子到处走动。

噢，在那里。

他看到自己的铭牌了。

他找到那个该死的装置了。

亚当·托比亚斯·汉索尔

生命暂停日期：2013年12月31日

华盛顿州西雅图市

他打量着装置上的小键盘。

上面全是无法理解的符号。

他环顾了一下四周，却发现其他人都已经进到各自的装置里了。

另一名实验室技术员正好朝他走来。

汉索尔喊道："嘿，你能帮帮我吗？"

"难道你没读备忘录？"

"没有。"

"那上面有详细的解释。"

"你能直接帮我操作一下吗？"

技术员在键盘上轻敲了几下，然后沿着通道走开了。

他听到了犹如压缩气体泄露的"嘶嘶"声，紧接着装置正面的门板打开了几英寸宽的缝隙。

汉索尔把门板拉开。

里面是一个狭窄的金属小舱，当中安装着一把由复合材料制成的带扶手黑色小椅子，底部印着一双脚印。

汉索尔脑子里有个声音在小声说话：*你他妈的真是疯了，竟然会爬到这个鬼东西里面来*。

可他还是走了进去，将自己的臀部放在了那张冰冷的椅子上。

四条安全带从舱壁弹了出来，将他的两只手腕和两只脚踝都固定住了。

当舱门“啪”的一声自动关闭时，他的心率急剧升高，这时他才第一次留意到舱壁上有一根弯曲的塑料管子，管口处固定着一根粗得吓人的针。

他想到了特丽萨那没有血色的脸颊，心里咒骂道：*妈的！*

他听到头顶上方传来了气体泄漏的声音，却看不到任何气体，只是突然嗅到了一种类似玫瑰花、丁香花和薰衣草混合在一起的香味。

一个电脑合成的女声说：“现在请开始深呼吸，尽可能多地吸入你所闻到的花香。”

皮尔彻的脸出现在了装置正面那块两英寸厚的玻璃面板外边。

电脑合成的女声继续说：“一切都会没事的。”

没穿衣服的皮尔彻带着骄傲的微笑，朝汉索尔伸出了大拇指。

汉索尔不觉得冷了。

也不再害怕了。

当喇叭里传来了盖瑞·莱特演唱的《织梦者》时，他的双眼突然合上了。他原本还打算先祷告，然后进行一番美好的想象——想想在未来新世界里的美好生活，想想将与自己在那里一同生活的女人。

可是如同他以往人生中每一个重要而关键的时刻一样，一切都发生得那么迅速，令他措手不及。

#

帕姆正在山洞里等着他。

她已经穿上了浴袍，手臂上还挂着一件为皮尔彻准备的浴袍。

“我女儿怎么样了？”他一边把手臂伸进浴袍的袖子里，一边问道。

“已经安排妥当了。”

他环顾了一下这个大山洞。

“现在这里变得好安静啊。”他说，“我有时候会想，当我们所有人都进入生命暂停期之后，这里究竟会变成什么样子。”

“戴维！”

伊丽莎白踩在岩石地面上，大步朝他们走来。

“我到处都找遍了，可还是没找到。”她说，“她去哪里了？”

“在大家脱衣服之前，我把阿莉莎送到我办公室去了。”

帕姆说：“嗨，皮尔彻夫人。你今天晚上看起来真漂亮。”

“谢谢你这么说。”

“听说你决定不加入我们了，真是遗憾啊。”

伊丽莎白看着丈夫，“你什么时候进入装置？”

“快了。”

“我今天晚上不想留在这里过夜。你能派人开车把阿莉莎和我送回博伊西吗？”

“当然可以，你想怎样都行，想搭飞机也可以。”

“唔，我想现在可能是时候……”

“没错。那你先去我办公室吧，我马上就来找你们。我这边还有一件事需要处理一下。”

皮尔彻看着妻子穿过山洞，走向电梯的入口。

他抹了抹脸。

说道：“我今天晚上不应该流眼泪，至少不应该是这种眼泪。”

#

伊丽莎白走出电梯。

他们的套房非常安静，可她从来都不喜欢这里，其实这山中的一切她都不喜欢。这里太幽闭了，她一直都无法适应这个地方带给人的孤立感。跟这个整天满脑子只想着如何实现既定计划的男人一起生活，着实令她不堪重负，近乎崩溃。不过今天晚上，她和她女儿终于要获得自由了。

戴维办公室的门是开着的。

她走了进去。

“阿莉莎？宝贝儿？”

没有人回答。

她朝那面挂着显示屏的墙走去。现在已经很晚了，女儿很可能已经蜷缩在某个沙发上睡着了。

可是走过去之后，她才发现阿莉莎并不在那里。

她缓缓地转身，环顾了一下这间办公室。

或许阿莉莎跑回楼上去了？这样她们就彼此错过了，可是这种情况应该不大可能出现吧。

她的目光掠过戴维的办公桌。

他总是把办公桌收拾得干净整齐，上面从来都不会摆放任何杂物。

可是，此时却有一张白纸静静地躺在办公桌正中央。

除此之外，桌面上就别无他物了。

她走到办公桌边，将那页纸从光滑的桃花心木桌面滑到自己面前，这样她便能看清上面写的文字。

亲爱的伊丽莎白，阿莉莎要跟我一起走，你可以独自留下来看看你最后的结局。戴维。

伊丽莎白突然发觉有人站在自己背后。

她转过身去。

阿诺德·波普就站在她触手可及的地方。为了今晚的庆祝派对，他把胡须刮得很干净。他的个子很高，肩膀厚实而宽阔，留着金色短发，可以算得上英俊。然而，他的眼神却抹杀掉了一切。当他凝视着你的时候，你能清楚感觉到从那双眼睛里流露出来的冷酷而残忍的气息。她可以闻到他呼出的香槟气味。

她喃喃地说："不要。"

"我很抱歉，伊丽莎白。"

"我求你了。"

"我喜欢你，一直都喜欢你。我会尽力让这件事尽快了结，但是你得配合我才行。"

她低头看着他的两只手，以为自己会看到一把刀或一根绳子。

可是他却两手空空。

她感到很虚弱，有些想吐。

“你能给我一点点时间吗？拜托了！”

她与他视线相碰。

他的目光冷漠、紧张而悲伤。

眼珠快速转动着。

在他动手前的半秒钟，她就已经知道，她不会得到自己想要的那一点点时间。

BLAKE CROUCH

PINES

第二十二章

托比亚斯借着火光来温暖一双脏兮兮的手。

他在深山里的河边扎营，而这深山就是曾经的爱达荷州。

从他所坐的地方可以俯瞰整个山谷，也能看到沉入深谷中的落日。

他离黑松镇已经如此之近了。

在今天更早的时候，他还瞥见了黑松镇东面那片顶部呈锯齿状的峭壁。

阻碍他前往通电围栅那里的唯一问题是：小镇南部边缘的森林中遍布着一千多只艾比怪兽。即便是处在离它们两英里远的地方，他还是能嗅到它们的气味。他希望它们今晚就离开那片森林，那样他就能毫无顾虑地回家了。

躺在地上好好睡上一觉的念头不时诱惑着他。

倘若能睡在厚厚的柔软松针上，一定非常舒服。

可是他知道，如果真的把这个想法付诸行动的话将是多么的愚蠢。

他已经在一棵松树上架设好了露营袋，那里离地面足足有三十英尺高。他记不清自己已经像这样在露营袋里度过了多少个夜晚，再多睡一晚也不会怎样吧。

而且，到了明天晚上，要是一切都进行得如计划般顺利，并且他也能设法让自己在荒野里的最后一天没被怪兽吃掉，那么他就能躺在温暖的被窝里睡觉了。

托比亚斯打开背包，将手探入包底。

他的手指碰到了那个装着他的烟斗、一盒来自西雅图安德拉酒店的火柴和一包烟草的布袋子。

他将布袋子里的所有东西都取出来，放在一块大石头上。

真是奇怪，他曾无数次想象过此时的场景。

这场景已经深深地扎根在了他的脑海里。

这是他在荒野中度过的最后一夜。

他带着一磅烟草——这是他认为自己所能承载的最大重量，在荒野中的头几个月里，他就将这些烟草差不多吸光了，只剩下了足够吸一次的量，打算留着在回家前的最后一夜吸食。在今夜之前，有好多个夜晚他都差点儿忍不住要将剩下的这点烟草吸食殆尽。

而他也有非常充分并且合理的理由这么做。

你随时都可能死在这荒野当中。

你是不可能回得了家的。

不要等到快被怪兽吃掉时才后悔先前浪费了足够吸上半个小时的烟草。

可是，他终究还是忍住了，尽管他认为这样忍是毫无意义的，因为他觉得自己能回家的概率几乎为零。此时此刻，当他打开装着烟草的塑料袋，嗅着里面的香味时，他觉得这是自己人生中最为幸福的时刻之一。

他慢条斯理地将烟草塞入烟斗里。

并用一根手指将它们慢慢往下按压，确保每一根烟草都呆在烟斗中最适当的位置。

他顺利地点燃了烟草。

他把烟杆凑到嘴边，大大地吸了一口。

天哪，这香味实在了得。

烟雾弥漫在他的头部四周。

他向后靠在树干上，盼望着这是最后一次睡在树上了。

天空渐渐变成了粉红色。

他能从河面上看到天空的颜色。

他就这么吸着烟斗，看着潺潺流动的河水，心里想着这是许久以来他第一次觉得自己像个真正的人一样活着。

BLAKE CROUCH

PINES

第二十三章

晚上八点整，伊桑回到了治安官办公室，坐在了自己的办公桌后面。

就在这时桌上的电话响了。

他刚拿起听筒，皮尔彻的声音就传了过来："米特尔医生非常生气，都是因为你，伊桑。"

伊桑脑海里立即浮现出了皮尔彻爬上解剖台，用刀子刺向亲生女儿的画面。

你这个残忍的怪物。

"你没听出来吗？"伊桑问道。

"听出来什么？"

伊桑沉默了五秒钟之后说道："就是我一点都不在乎这事儿。"

"你的追踪芯片到现在都还没有放回去，我可不喜欢这样。"

"听我说，我只是不想那么快又再度挨刀子。我明天一大早就会去基地把这事儿给了结了。"

"你没遇到帕姆吧？"

"没有啊，怎么了？"

"她本来应该在半个小时之前就回到基地参加一场会议的，可她的芯片却显示她仍然还在山谷里的镇上。"

伊桑回到镇上后，故意去了主街，然后将原本属于帕姆的那颗该死的芯片偷偷放进了一个在人行道上与他擦身而过的女人的皮包里。不过，皮尔彻迟早会调出影像打开观看的。当他发现帕姆的芯片激活了某个摄像头，可监控系统却未能拍摄到她的身影时，他就会知道肯定是出什么事了。

“如果我看到她的话，”伊桑说，“我会告诉她你正在找她。”

“我倒不是特别担心，她有时候就是会这样到处乱跑。现在，我正坐在我的办公室里，一边喝着上好的苏格兰威士忌，一边看着我的屏幕墙，准备好好欣赏你主持的演出。你还有什么问题吗？”

“没有。”

“你已经把手册从头到尾都读完了吧？搞清楚整个流程了吗？还有，你知道你待会儿要下达的指令了吗？”

“是的，我都知道了。”

“倘若凯特和哈洛德在森林里被杀死了，或者他们死在了镇中心主街之外的任何地方，我都会唯你是问。你要记得他们有地下组织的支持，所以你要为第一拨警员们预留充足的行动时间。”

“我明白。”

“帕姆在今天早些时候把电话号码簿送到你的办公室了。”

“我已经把它放在我桌上的手册旁边了，不过我想你应该已经看到这一幕了，不是吗？”

皮尔彻只是笑而不语。

过了一小会儿，皮尔彻说：“我知道你和凯特曾经有过一段情。”他顿了顿，“如果你们的往日情怀在今晚给你带来一些心理阴影的话，我很抱歉……”

“心理阴影？”

“不过‘庆典’并不是经常举行的，有时候会间隔一两年才举行一次。所以不管怎样，我都希望你能好好享受它。尽管我非常憎恶‘庆典’，但我也不得不承认那样的夜晚的确具备一些不可思议的魔力。”

伊桑有个坏习惯，那就是如果跟他通电话的人是他不喜欢的，或者电话那头的人说的话是他不想听到的，他就会不自觉地将听筒翻转，让电话那头传来的声音没法进入自己的耳朵。不过这一次，他明智地抑制住了自己想要这么做的冲动。

“好了，我不耽搁你了，伊桑。你还有好多事情要做，去忙吧。如果明天早上你宿醉得不太厉害的话，我会派马库斯去接你过来，我们一起吃早餐，然后谈谈将来的规划。”

“好的，我很期待。”伊桑说。

#

比琳达已经回家了。

整个治安部都静悄悄的。

现在是晚上八点零五分。

时间到了。

赫克托尔·盖瑟的钢琴声从办公桌旁的真空管收音机里悠然飘出，他弹奏的是里姆斯基·科萨科夫谱写的《荒山之夜》。曲子中狂乱、可怕的那部分已经结束了，此刻他正用舒缓、平静的曲调来表现一个地狱般的黑夜过去之后，黎明将至的场景。

伊桑想到了凯特和哈洛德。

此时此刻，他们是不是正伴着盖瑟的琴声，静静地共进晚餐呢？

他们对即将临到的狂风骤雨毫无所知吗？

伊桑拿起了电话听筒，打开了帕姆通过比琳达转交给自己的文件夹。

他看着第一个电话号码，然后拨通了它。

接电话的是一个女人：“喂？”

紧接着是“叮”的一声响。

他继续拨通下一个电话号码。

每当有人应答之后，便会响起“叮”的一声。

最后，一个电脑合成的声音提示道：“所有的十一名成员都已在线上。”

伊桑低头看着桌上的文件夹。

电话号码单下面印着他应该念出来的内容。

他也可以赶紧挂断电话。

选择不这样做。

因为有太多地方都有可能出错，以至于出现难以收拾的局面。

电话另一头，十名黑松镇居民都一言不发地静候着。

伊桑开始念道：“以下是告知给负责‘庆典’的十名警员之重要信息。一场新的‘庆典’预计将于四十分钟后开始，主角是凯特·博林格和哈洛德·博林格夫妇，他们住在第八大道三百四十五号。请你们立刻做好相应的准备工作。这里有一条至关重要的指示：你们务必活捉凯特和哈洛德，并将他们毫发无损地带到第八大道和主街交会处的圆圈。上述信息你们是否知悉?”

听筒里相继传来了一连串的“是的”。

伊桑挂断了电话，打开了手表上的计时器。

这些接电话的警员都是为“庆典”而生的人。

在这镇上只有他们获得了可以在家中持有真实武器的许可，他们的武器是由皮尔彻亲自分发的锋利弯刀，而其他人就只能使用临时凑合的武器——厨房用的菜刀、石块、棒球棍、斧头或者壁炉用的铁制拨火棍，但凡可以派上用场的有尖角或锐边的物品都有人使用。

他今天整整一下午都在思考，在通知十名警员与拨通最后一个电话之间的四十分钟，自己会有怎样的感觉。

此时他就置身于这段时间里，而时间正以飞快的速度流逝着。

他在想，一名死刑犯在牢房里吃最后一顿饭时是不是也有与他类似的心情呢。

时间仿佛正以光速流逝着。

伊桑的心跳不断加速。

他怀着激动不安的心绪，回想着一幕幕让事情走到今天这个地步的可怕经历。

当他看着手表的秒针走完了最后十秒时，不由得感叹着这时间真的过得太快了。

他关掉了手表的闹铃。

再度拿起了电话听筒。

拨通了另一个电话号码。

同样是电脑合成的说话声：“请在听到‘哔’声后录音。”

他等待着。

“哔”的一声终于来了。

他念出了纸上写着的第二段内容：“我是黑松镇治安官伊桑·伯克，现在我宣布‘庆典’正式开始。今晚的主角是凯特·博林格和哈洛德·博林格夫妇，他们将被活捉并毫发无损地押至主街与第八大道交会处……”他费了好大一番力气才挣扎着说出了接下来的话，“……然后在众人围成的圆圈里被处死。”

在好长一段时间的静默之后，那个电脑合成的声音说道：“如果你对刚才的录音感到满意，请按‘1’；在发送前试听录音内容，请按‘2’；如果需要重新录音，请按‘3’；若有其他选择，请按‘4’。”

伊桑按下了“1”字键，然后放下听筒。

他站起身来。

“沙漠之鹰”手枪正躺在办公桌上，手枪的镀镍外壳在灯光的照耀下闪着微光。

他重新装填好子弹，将手枪放入了皮套，然后走到衣橱跟前。他打开衣橱门，取下了头饰和熊皮斗篷。

他走向办公室的门，还差三步到门边时，办公桌上的电话突然又响了起来。

第一声响铃跟收音机里的电话铃声混合在了一起。

钢琴演奏停止了。

伊桑听到了钢琴凳与地面摩擦所发出的“吱吱”声——盖瑟

站了起来。

钢琴家的脚步声渐行渐远。

接下来是他拿起电话听筒的声音。

盖瑟说:“喂?”

紧接着,伊桑的声音——正是他先前录制的广播——从收音机里传了出来。

盖瑟吃惊地说了一句:“噢,天哪!”随即从收音机里传出的便只剩下静电干扰声了。

伊桑走向办公室门口,心中想着凯特。

你的电话响了吗?

你接听电话并听到我宣判你的死刑了吗?

你会认为我背叛了你吗?

他走过比琳达的办公桌,然后穿过黑乎乎的访客等待区。

外面的夜空中没有月亮,只有满天繁星。

他从前听过这个声音,那是在以他自己为主角的“庆典”开始时听到的。可是今晚这声音听起来尤其可怖,因为他已经完全明白了它背后的意义。

几百部电话同时响起——全镇的居民一同接到了残杀自己同类的指示。

有好一阵子,他只是呆呆地伫立着,在惶恐中聆听着那声音。

那声音长久地萦绕在整片山谷里。

街上有人从他身旁跑过。

几个街区之外传来了一个女人的尖叫声,不过他无法分辨这是因为她过于兴奋，还是过于痛苦使然。

他走到人行道上，看着野马越野车那宽大的有色玻璃窗。这附近唯一的光源是街道对面的一盏路灯，他根本没法看清车窗里面的情形。

他小心地拉开了驾驶室的门。

没有任何声音。

也没有任何动静。

他将手里的斗篷和头饰扔到了副驾驶座位上，上车坐在了方向盘后面。

#

此时伊桑感觉自己仿佛是在万圣节之夜开车经过位于西雅图的家所在的街区。

到处都是人。

人行道上是人。

马路上也是人。

有些人手里握着盛有私酿杜松子酒的玻璃瓶，蹒跚前行着。

有些人手里握着火把。

或者棒球棒。

还有高尔夫球杆。

他们早就将自己的华丽服饰放在衣橱里预备妥当了，一心盼着在将临的‘庆典’上穿戴。

他驾车从一个身着旧无尾礼服的男人身旁经过，那人的礼服上沾着一些血渍，手里则握着一根至少有两英尺粗的木材，木材的一端被雕刻成了手柄的样式，另一端嵌满了锋利的金属薄片。

街边房子里的灯光都已经熄灭了，可是街上各处都能见到许多光点。

无数个手电筒在灌木丛中和小巷里扫射着。

锥形光束向上照进了树丛里的枝叶间。

即便是坐在车子里，伊桑也能看出聚集人群的类别。

有些人不过是将“庆典”视为可以穿上盛装一醉方休，玩得疯一点的机会。

而他从另一些人的面容中则能看出他们是怀着狂暴的动机来参加“庆典”的——他们显然想要施暴行凶，或者至少想要借着观看他人的暴力行径而满足内心的某种变态渴望。

他看出还有一些人对眼前发生的事几乎难以忍受，尽管他们正迈步朝着人群聚集的地方走去，可脸上却始终挂着两行泪水。

他刻意避开大街，始终在小巷中穿行。

当他来到第三大道和第四大道之间时，车头灯照到了一群数量超过三十人的孩子身上，他们都穿着专为“庆典”准备的服装，正奔跑着横穿马路，嘴里发出类似土狼嚎叫的笑声。握在他们小手里的刀子在车灯的照射下闪着一道道寒光。

他一心想要寻找警员们的身影——他们都身着黑衣，手里握着弯刀——可是他却连一名警员也没见到。

伊桑转弯驶上了第一大道，一路朝南向小镇边缘驶去。

他将越野车停在牧场旁边的马路上。

关掉引擎，然后从车里走了下来。

电话已经没响了，可是聚集起来的居民们所发出的喧嚷声却越来越大。

伊桑突然想起，在四天前的那个晚上，他就是在这个地方发现了阿莉莎·皮尔彻的尸体。

天哪，不过才短短四天而已，事情就发展到了今天这样的局面。

现在还没到该他露面的时候，不过也不会太久了。

你还在逃跑吗，凯特？

或者你已经被他们抓住了？

此时他们是不是正将你和你丈夫拖向主街？

你害怕吗？

或者从某种程度上说，你是不是早就知道自己终究会有这样的一天？

你是否已经准备好迎接这场噩梦？

黑松镇的外围地带又黑又冷。

他有一种奇怪的隔绝感。

似乎自己正站在体育场外，听着场内观赛者制造的喧闹。

镇中心传来了一声巨响。

是玻璃碎裂的声音。

紧接着伊桑又听到了人群的欢呼声。

他坐在越野车的引擎盖上，感受着从汽车引擎传来的热气，等待了十五分钟。

让他们聚集吧！

由他们疯狂吧！

没有他，他们什么也不能做。

没有他，他们不能让一滴血流出来。

#

帕姆睁开双眼，发现四周一片漆黑。

她浑身都在发抖。

头痛欲裂。

左大腿灼痛不已，就好像被什么东西咬掉了一大块肉似的。

她坐了起来。

这里他妈的是什么鬼地方啊？

这里又冷又黑，她记忆中的最后一个场景是自己结束了当天最后一次心理咨询，之后便离开了医院。

等等。

不对呀。

她还看到伊桑·伯克的野马越野车朝小镇南面驶去，于是便一路步行尾随着他……

现在她全都想起来了。

他俩打了一架。

最后她显然是输了。

接下来他到底对她做了什么？

当她试图站起身来时，大腿的剧烈疼痛令她不禁哭出声来。她把手伸到左腿后侧摸了摸，发现牛仔裤被割掉了一大块，大腿上有一道血淋淋的大伤口。

他割开了她的左大腿肌肉，取出了她的追踪芯片。

这个该死的混蛋！

突然涌起的怒气就像注入她体内的一剂止痛药，她不再感觉到疼痛了，甚至连她开始奔跑着离开通电围栅的时候，也没觉得腿有多疼。她加快了速度，朝黑松镇的方向跑去。她在幽暗的森林里飞快穿梭着，渐渐地她已经不再能听到从通电围栅传来的"嗡嗡"电流声了。

突然，从远处传来的尖叫声令她闻而却步。

那是艾比怪兽在尖叫。

而且是一大群怪兽发出来的。

这可不大对劲啊。

怪兽的尖叫声怎么可能从她的正前方传来呢？

正前方明明是黑松镇啊。

按理说，以她先前的奔跑速度，现在她应该已经跑到马路上了……

该死！

该死！

该死！

她不知道自己已经跑了多久，只知道自己一直都在很用力地奔跑，尽管带着腿伤也丝毫没有减慢速度。此时她离那道通电围栅至少有一英里的距离。

在她前方不远处，除了有一大群怪兽所发出的此起彼伏的尖叫声传来以外，她还听到了越来越大的动静声——像是树枝不断被折断和踩踏时所发出的声响。

她敢发誓自己甚至嗅到了怪兽的气味，这熏得人眼睛流泪，如腐肉般的恶臭气息已经越来越浓烈了。

在她的有生之年，还从来没有像现在这样强烈地想要诅咒人。

伊桑·伯克不仅仅是取掉了她的追踪芯片。

他还将昏迷中的她带到了通电围栅的另一面，让她置身于那个可怖的荒蛮世界之中。

#

伊桑回到越野车的驾驶座，发动引擎，踩下了油门。

越野车突然飞速前行，车轮与地面摩擦发出了“吱吱”的声响。

他一路飞驰着进入森林，在大急弯处驶上了通往镇上的马路。

当他经过路边的欢迎广告牌时，越野车的时速已经达到了八十英里。

他的脚松开油门，让引擎的转速下降。

现在他来到了主街，此处离他的目的地还有四分之一英里的距离，可是他已经能看到远处的火苗了。他还看到了被火光映得通红的建筑物，以及四处攒动的黑色人影。

他从医院旁边驶过。

离第八大道和主街的交叉口还有四个街区，这时他更小心地驾车，避让着周围的行人。

“甜食爱好者之家”的玻璃橱窗被人打碎了，一大群孩子正趁乱抢夺里面的各式糖果。

这是被允许发生且在预料之中的事情。

人群越来越密集。

一颗鸡蛋打在了副驾驶座位那侧的车窗上，软软的蛋黄顺着玻璃往下滑落。

现在他的车几乎是寸步难行，因为四面八方都挤满了人。

每个人都盛装打扮。

他小心地避开了一群扮女装的男人，他们的唇上涂着色彩艳丽的口红，在保暖内衣裤外穿戴着他们妻子的文胸和内裤，其中一个男人还握着一口铸铁平底锅当作武器。

有一整家人——包括几名孩童在内——将脸涂成了白色，还抹上了黑色的眼影，将自己装扮成行尸走肉的模样。

他沿路还看到了恶魔头上的双角。

吸血鬼的尖利牙齿。

小丑的假发。

天使的翅膀。

大礼帽。

把手尖利的拐杖。

老式的单片眼镜。

披风。

海盗。

国王和王后。

刽子手面罩。

妓女。

整条街上人山人海。

他按响了越野车的喇叭。

人潮极不情愿地给他让出了一条通道。

他驾着车在第八大道和第九大道之间缓慢行进，发现好些商店的橱窗玻璃都被砸碎了，而他先前从远处见到的火苗源头就在正前方。

有人将一辆车推到了主街中央，然后放火烧车。车窗玻璃碎了一地，玻璃碎片在火光的映照下闪烁发亮，火舌舔着窗框蹿了出来，车内的座椅和仪表板都在熊熊燃烧的烈火中渐渐熔化。

红绿灯在车子上方继续有规律地变换着颜色。

伊桑将越野车停了下来，并熄掉了引擎。

他能感觉到车窗外有一股蠢蠢欲动的黑暗能量——如同一只邪恶的活物一般，盼着将人吞噬。他打量着窗外一张张被火光映得通红的脸，每个人的眼睛都因为相互传递着饮用了大量的杜松子酒而显得呆滞无神。

最奇怪的是皮尔彻竟然说对了，这“庆典”对他们来说显然极具吸引力，它满足了藏在他们心底深处的某些强烈需求。

他回头看了一眼越野车后部，随即看了看手表。

时候快要到了。

伊桑的头饰内侧缝上了一层羊毛衬垫，戴在他头上略微有些紧。他伸出手去锁上了副驾驶座位那一侧的车门，可是他怀疑不管锁不锁门，到最后恐怕都不会有什么区别。他把那件散发着恶臭气息的熊皮斗篷和一个扩音器拿在手里，打开车门下了车，之后他又锁好了车门，走进了闹哄哄的人群当中。

他的靴底踩在地面的碎玻璃渣上“嘎吱”作响。

空气中弥漫着一股酒精的气味。

他把手里的斗篷套在了身上。

从拥挤的人群中挤出了一条路来。

他身边的人纷纷开始鼓掌和欢呼。

越是靠近红绿灯所在的位置，人们制造的声响也越大。

掌声、呼喊声和尖叫声从四面八方传了过来。

全都是为了表示对他的支持。

人们喊着他的名字，还有人拍打着他的后背为他打气。

有人将一个装着杜松子酒的玻璃瓶塞进了他的右手。

他继续往前走。

人们相互挤在一起，伊桑觉得人与人之间的空气都是温暖的。

他终于挤进了风暴的中心——那是个直径不到三十英尺的人圈。

他抬脚跨入了圆圈里面。

主角的模样令他倍感痛苦，一时竟有些喘不过气来。

哈洛德躺在地上，挣扎着想要站起来，头上有好几处地方都在流血。

两名身着黑衣的警员分别站立在凯特左右两侧，他俩各抓着一只他曾经深爱过的女人的手臂，让她不要倒下。

哈洛德看上去有些不知所措，满脸愕然，可是凯特却非常清醒，直直地盯着伊桑。她正在哭泣，而伊桑在察觉到自己内心的痛苦情绪之前，两行热泪早已顺着脸颊滑落下来。凯特的嘴巴在动，正朝他高声喊叫，像是在质疑和控诉着什么，可是她的声音迅速被人群的喧闹声给淹没了。

凯特身上的睡衣被撕扯得破破烂烂，她赤脚站在地上，浑身发着抖，两侧膝盖都沾满了污泥和草屑，其中一个膝盖上张开着一道大大的伤口，连里面的骨头都能看见，鲜血顺着她的小腿往下流，她的左眼肿胀得相当厉害，只能睁开一条狭小的缝隙。

他脑子里涌现出了一连串的画面。

她和哈洛德早早就上床歇息了——很可能他们还没从头天夜里的宿醉中彻底恢复过来。警员们破门而入，他们俩甚至来不及换衣服。凯特从一扇窗户跳了下去，也许她打算从地下的排水隧洞逃走吧。如果换做是他，他就会这样做。可是那些警员已经将她的家团团包围，他们可能跟在她身后追了一两个街区就逮住了她。

此时他非常渴望走到她的身边去。

将她拥入怀中，然后告诉她一切都会没事的。

他想告诉她，她会在这场劫难中活下来的。

可是他却转身背对着她，走回到人群当中。

他走到越野车旁边，爬上了引擎盖，再顺着挡风玻璃上到了车顶。

脚下的金属车顶略微有些凹陷，不过还能支撑得了他的体重。

人群再次骚动起来，他们像看到摇滚歌星刚走上舞台一样尖叫欢呼。

站在高处的伊桑能清清楚楚地看到周围的一切——挤在街道两侧建筑物之间的一张张被火光照亮的人脸，燃烧的汽车，等待着观赏凯特和哈洛德走向死亡的人圈……他没看到特丽萨和本杰明，并因此而感到些许安慰。他已经警告过特丽萨不要来这儿，还指示她，哪怕儿子不愿意，也要设法把他带到相对比较安全的陵墓那里，一直待到“庆典”结束为止。

他将装有私酿杜松子酒的玻璃瓶举向空中。

人们纷纷与他互动——几百个玻璃瓶都举了起来，在汽车燃烧的火光中闪烁不已。

这可真像是地狱里的干杯。

他喝干了瓶子里的酒。

他们也一样。

这酒可真难喝！

他将手中的空瓶子扔到地上摔得粉碎，然后拔出了腰间的“沙漠之鹰”手枪，朝着天空开了三枪。

人群变得疯狂不已。

他将手枪放回皮套，拿起了他用带子背在肩膀上的扩音器。

所有人都安静了下来。

除了凯特。

她高喊着他的名字，尖叫着：“天哪，你为什么要这样对我，我是那么地信任你，我曾经那么地爱你，这是为什么？”

他由着她喊完了这些话，让她一吐胸中的郁愤。

随后他举起了扩音器。

“欢迎大家来到今晚的‘庆典’。”

尖叫声和欢呼声此起彼伏。

伊桑迫使自己脸上展露出微笑，说道：“我这次的感觉比上次好太多了！”

人群哄堂大笑。

手册上清清楚楚地写明了当镇民已经聚集起来，死刑即将执行时，治安官该做些什么。

尽管有一小部分居民对于杀死自己的邻居并没有任何心理障碍，甚至还可能对此充满向往，可是当行刑时刻开始之后，大多数人还是会因为飞溅的鲜血而感到不安。所以，你的引导工作对于“庆典”能否取得圆满成功起着至关重要的作用。你要为“庆典”设立一个基调，要善于调动气氛，要向镇民强调“庆典”的主角被选中的原因是什么，还要提醒他们“庆典”的最终目的是为了保护黑松镇的安全。同时，你还得警告他们不遵守镇上的规定是非常危险的事情，因为这可能会导致一个极其可怕的后果，那就是违反规定者可能将会成为下次“庆典”的主角，被围在人圈当中施以极刑。

伊桑说：“你们都认识凯特·博林格和哈洛德·博林格。你们当中许多人甚至还是他们的朋友。你们曾经和他们一同用餐，和他们一起哭过笑过。所以，你们也许会觉得今晚的‘庆典’令人特别难受。”

他看了一眼自己的手表。

已经过了三个小时了。

天哪，得赶紧了。

“现在让我告诉你们一些关于凯特和哈洛德的事，让你们认识他们的真正面目。他们非常憎恨这个小镇!”

人群中爆发出阵阵极富攻击性的嘘声。

“他们有时会在晚上偷偷溜出家门，而更糟的是——他们竟然和其他人聚会，那些人和他们一样憎恶我们这个如人间天堂一般的小镇。”他有意挑起人们的怒气，“怎么会有人讨厌这个小镇呢?”

振聋发聩的嘘声此起彼伏。

他挥手示意大家安静下来。

“博林格夫妇的秘密朋友们今晚也和我们站在一起，他们就聚集在人群当中，而且穿上了盛装，假装他们是跟你们一样的好镇民。”

有人喊道：“这可不行!”

“可是在他们内心深处，他们其实非常痛恨黑松镇。看看你的周围吧，他们的人数多得超出了你们的想象。不过我向你们承诺，我们会将他们一一肃清!”

人群欢呼起来，这时伊桑感觉到脚下的越野车晃动了一下，虽然极为轻微，可他却实实在在地感受到了。

“现在问题来了——他们为什么要憎恶黑松镇?我们在这里能拥有自己需要的一切：食物，水，房子，安全。我们一无所缺，可还是有人觉得这还不够。”

有什么东西撞上了伊桑靴子底下的金属车顶。

“他们还想拥有更多。他们想自由地离开这个小镇，想随心所欲地说出自己的心里话，想知道他们的孩子在学校里学了些什么。”

嘘声仍在继续，可音量显然减弱了不少。

“他们甚至还胆大到想知道自己究竟身在何处。”

人群中的嘘声完全停止了。

“还想知道他们为什么会来到这里。”

观众一片死寂，他们感觉到治安官的演讲似乎有些出人意料，纷纷翘首皱眉，略感不解。

“他们想知道自己为什么不能离开这里。”

伊桑对着扩音器高声喊话：“他们真是胆大妄为！”

他心里想着：*皮尔彻，你在看着这一幕吗？*

他感到脚下的越野车接连晃动了好几下，他不知道人们是否注意到了这一点。

伊桑继续说：“大概三个星期之前，在一个寒冷的雨夜，我就站在那扇窗户后面，看到……”他指着面朝主街的一栋公寓楼，“你们把一个名叫贝芙丽的女人活活打死了。接下来你们用尽一切办法想要杀了我，可是我却逃脱了。现在，我以主持这场邪恶庆典的名义，高高地站在这辆车上跟你们讲话。”

人群中有人喊道：“你在搞什么鬼？”

伊桑置之不理。

“我想问问你们所有人，你们喜欢黑松镇的生活吗？你们喜欢自己的卧室里装着监控摄像头吗？你们喜欢不明就里地活着吗？”

人群中没有人敢斗胆回答他的提问。

伊桑看到两名警员正拨开人群推挤着前行，无疑是冲着他来的。

“你们所有人都安于接受黑松镇的生活吗？”伊桑大声问道，“都甘愿生活在这个藏满了秘密的地方吗？或者你们当中有没有人在夜深人静之时，躺在自己几乎不了解的配偶身旁，心里想着：我为什么会在这里？同时也忍不住去想象通电围栅的另一面究竟有什么？”

伊桑眼前是一张张写满茫然、目瞪口呆的脸。

“你们想知道通电围栅的另一面有什么吗？”

一名警员终于突破人群，冲了出来，他径直朝伊桑的越野车奔去，手里握着一把弯刀。

伊桑拔出“沙漠之鹰”手枪，瞄准了警员的胸膛，对着扩音器说道：“我告诉你一个有趣的事实，单是五十口径子弹的冲击波就足以让你的心脏停止跳动。”

越野车左后方的窗户突然爆开了，玻璃碎屑喷洒在了那些靠近车子左侧的人群身上。

终于还是来了。

伊桑低下头，看到一只爪子从破了洞的车窗里伸了出来。

转瞬间，爪子又缩了回去，然后握成拳头再度击出。

人群开始往后撤退。

一声绝不会被人误以为是人类发出的尖叫从越野车里传了出来。

人们纷纷倒抽着凉气。

人群中离越野车最近的观众都开始往后跑去，而那些原本站在后面，看不清前方情况的人则竭力向前挤，想要看个究竟。

车里的怪兽变得狂暴不已，它奋力想要挣脱伊桑系在它脖子上的铁链条，在这个过程中，座椅的皮面都被它那尖利的爪子划得稀巴烂。

伊桑仍然用枪指着那名警员，可是警员的眼睛却没有看着伊桑手中的枪，而是透过越野车的挡风玻璃看着想从车里出来的怪兽。

伊桑对着扩音器喊话："我想给大家讲一个童话故事。从前有一个叫做黑松镇的地方，它是地球上存留的最后一个小镇，而住在那里的人是地球上的最后一群人类。"

伊桑听不到铁链"叮当"作响的声音了。

怪兽已经挣脱了铁链，爬到了汽车前座。

"这群人被放入一种时空胶囊里保存了两千年，只是他们并不知道这件事，他们完全被蒙在鼓里。他们被引导——有时是受到武力强迫——去相信自己已经死了，或者正活在梦里。"

艾比怪兽试图击穿汽车的挡风玻璃。

"黑松镇的有些居民，比如凯特·博林格和哈洛德·博林格，他们觉察出这个小镇非常不对劲，这里的一切都是假的。至于其他人——也就是大多数人——他们选择相信呈现在自己眼前的种种假象。他们就像老好人一样，选择接受现状并且努力适应它。无论置身于多么糟糕的环境，他们都努力发现其好的一面，并且试着继续自己的人生。可是那根本就不是真正的人生，他们只是生活在一座由一名疯子操控的美丽监狱里而已。”

一大块挡风玻璃向外爆开，落在了引擎盖上。

“然后有一天，一个名叫伊桑·伯克的人在黑松镇醒了过来。他本人并不知道，住在黑松镇的居民们也不知道，那名建造这个小镇的变态当然也不知道：其实他醒来就是为了擦亮众人的眼睛，让他们看清真相，并给他们一个再度像真正的人一样活着的机会。

“而这就是我此时站在这里的原因所在。那么现在你们告诉我，你们是否想要知道真相是什么?”

怪兽就在他的正下方，发狂地击打挡风玻璃，累得气喘吁吁。

“或者你们还是希望继续不明就里地活着?”

它的头撞了出来。

咆哮着。

面目狰狞。

伊桑说：“自你们认为自己所处的年代再往后两千年，人类便演化成了此时关在我车里的这种怪兽。”

伊桑用枪指着怪兽的头。

它消失不见了。

接下来是长久的静默。

人们瞪大眼睛看着眼前的场景。

他们惊讶得下巴都要掉下来了。

声息全无。

突然，怪兽飞快地从挡风玻璃的破洞冲了出来，爪子在金属引擎盖上蹬了一下，紧接着直直地扑向站在汽车保险杠前的警员。这一切都发生得那么迅速，以至于这名警员甚至还来不及想到自己应该举起手中的弯刀进行自卫。

伊桑将手枪的准星对准怪兽的头部，扣下了扳机。

它顿时瘫软了下来，被它压在身下的警员大声尖叫着，同时胡乱摆动手脚，想要摆脱压在自己身上的重量。这时，两名扮女装的男人走上前去将怪兽从他身上拉开。

警员费力地坐起来，身上的衣服被血浸透了，他的两只前臂先前保护着自己的脸部，已经被怪兽撕扯得皮开肉绽，惨不忍睹。

不过他毕竟活了下来。

伊桑说："你们是不是感到刚刚发生的事情实在太难以接受？你们想回去继续对你们的那两名同类施以极刑吗？或者你们现在想和我一起去剧院？我知道你们有很多问题想问。唔，我这里正好有你们想要的答案。十分钟后我会去剧院跟你们会面，现在我指着上帝发誓，如果你们当中有人胆敢动凯特或哈洛德一根毫毛，我一定会毫不犹豫地立刻开枪射杀你。"

伊桑取下头饰，脱掉了身上的熊皮斗篷。

他先跳到越野车的引擎盖上，随即跨到了地上。

人群纷纷后退，为他留出了一条宽阔的通道。

他的"沙漠之鹰"手枪还握在手里，全身的血液仍然沸腾着，随时准备着迎接一场打斗。

他推开一名挡住路的警员，走进了人圈。穿着睡衣裤的哈洛德坐在地上，凯特仍被一左一右两名警员抓着双臂。

伊桑用枪指着站在凯特右边的那名警员。

“难道你没听到我刚才在那边说的话吗?”

那人点了点头。

“那你他妈的为什么还不放开她?”

他们同时松手放开了凯特。

凯特瘫软在地。

伊桑跑向她，跪在她身旁，脱下自己的大衣披在她的肩上。

她抬起头来看着他。

说道：“我还以为你……”

“我明白。很抱歉，非常抱歉，可是我没有别的办法。”

哈洛德此时还惊魂未定，仍在另一个世界里神游。

伊桑搀着凯特站了起来。

他说：“你哪里受伤了?”

“只有一边膝盖和一只眼睛受了伤，我没事的。”

“我帮你包扎一下吧。”

“等结束之后吧。”她说。

“等什么结束之后?”

“等你把所有的一切都告诉我们之后。”

BLAKE CROUCH

PINES

第二十四章

伊桑领着众人走进了剧院。

被伊桑打死的怪兽的尸体被放在舞台上供大家围观。

剧院里的所有座位都坐满了，走廊上也挤满了人，还有一些人干脆坐在舞台边缘。

伊桑低头看着坐在观众席前排的妻子和儿子，可他此时却无法不想到皮尔彻。接下来他会采取什么行动呢？他会立即派人来到镇上吗？他会如何对待我？他又会如何对待特丽萨和本杰明，以及镇上的所有人？

不论如何，现在真相已经被披露了。皮尔彻虽然专制残忍，可是伊桑却不止一次听到他称镇上的居民为“我的人民”。在发生了这么多事情之后，他们仍然还是他最宝贵的资产。他或许会对伊桑施行打击报复，不过现在既然黑松镇的居民们已经知道了真相，那他也只有接受现实了。

有人打开了舞台上方的聚光灯。

伊桑走进了光束中。

现在他没法看清台下的一张张人脸了。

只能看到剧院后部那带着蓝色外圈的刺目强光。

他把所有事情都告诉他们了。

他讲了他们是如何被绑架，生命被暂时中止，然后又被囚禁在了这个小镇里。

还讲了艾比怪兽是如何出现的。

他提到了躲在山中基地里的皮尔彻和他的团队成员。

有几个人从剧院走了出去——他们要么无法接受真相，要么不相信伊桑所说的是事实。

不过大多数人还是留了下来。

伊桑能感觉到剧院里的气氛渐渐从怀疑变成了悲伤，而当他描述到皮尔彻是如何监视他们每一分每一秒的私生活时，整个剧院都弥漫着愤怒的气息。

当他谈及关于追踪芯片的事情时，一个女人从座位上跳了起来，对着天花板上一处她认为隐藏着摄像头的位置大叫道："你到这里来啊！你不是能看到我吗？你来这里为自己辩解啊，你这个王八蛋!"

就像是为了回应她一般，剧院里的灯光突然都变暗了。

剧院后方的投影仪突然启动，将影像投射在了伊桑身后的电影幕布上。

伊桑转过头一看，厚重的白色幕布上出现了戴维·皮尔彻的画面。

皮尔彻坐在自己的办公桌后面，两只前臂都放在桌面上，双手交握，摆出了一副总统演说般的架势。

所有人都安静下来了。

皮尔彻说："伊桑，你可以先站到旁边，容我说几句话吗?"

伊桑从聚光灯的光束中走了出来。

有好几秒钟，皮尔彻只是一言不发地盯着正对他进行拍摄的镜头。

后来他终于开口说道："你们当中有些人认得我是詹金斯医生，其实我真正的名字是戴维·皮尔彻。现在我会尽量说得简洁明了。你们亲爱的治安官先生刚刚告诉你们的一切事情都是真的。如果你们以为我是来为自己辩解或向你们道歉的，那你们真的想错了。你们的眼睛所能看到的一切，所有的一切，都是我创造的。包括这个如人间天堂一般的小镇，让你们如今能站在这里的科技，你们的家，你们的床，你们每日所饮用的水，你们赖以生存的食物，让你们可以打发时间并能使你们觉得自己活得像个人样的工作。你们之所以能够自由呼吸，也是因为有我的恩准。现在，让我给你们看点东西。"

皮尔彻的影像消失了，取而代之的是一幅宽广平原的航摄画面，几百只怪兽聚集成群，在绵延无际的草原中穿行。

皮尔彻的声音配合着怪兽的画面，回荡在剧院里。

他说："我看到你们的舞台上放着一只死去的怪兽。你们都该去好好看看它，而且你们要知道，在安全的黑松镇之外，存在着数以亿计这样的怪兽。此时你们在屏幕上所看到的，不过是沧海一粟而已。"

皮尔彻的影像又回来了，不过这时他自己握着摄像头，所以他的脸部特写占据了整个电影屏幕。

"让我说得更明白一些，在过去的十四年里，我就是你们唯一的上帝。从你们最大的益处着想，我劝你们还是乖乖地回到原先的生活中去吧。"

黑暗中有人扔出了一块石头，正好打在屏幕上。

人群里有人高声喊着：“去你妈的！”

皮尔彻的视线转离面前的摄像头，看着他的屏幕墙上所播放的剧院实况转播。

伊桑站在舞台侧面，看到三个男人爬上了舞台，开始动手撕下幕布。

皮尔彻正要继续开口说话，可是剧院后方有人动手将投影仪从墙上扯了下来，它落到地上摔得粉碎。

#

皮尔彻独自坐在办公桌背后。

他拿起一瓶苏格兰威士忌。

他直接就着瓶口喝光了整瓶酒，然后将瓶子扔向了屏幕墙。

他得扶着办公桌才能勉强站起来。

身体不住地摇晃着。

先前他就已经有些醉意了。

现在更是醉得一塌糊涂。

他踩在深色的硬木地板上，迈着蹒跚的步伐离开办公桌。

挂在墙上的文森特·梵·高的自画像仿佛正注视着他的一举一动。画中的梵·高刚刮过胡子，右耳上缠着绷带。

皮尔彻差点儿撞上房间中央的大桌子。他低下头，透过玻璃罩看着桌上的黑松镇缩微建筑模型，他滑动着手指，找到了第八大道和主街的交叉口。

他向下击出一记重拳，不但打碎了玻璃罩，还击扁了精细复杂的剧院模型。

当他把手收回来的时候，被玻璃罩上的尖利缺口划伤了。

他又再度挥拳打向玻璃罩上的另一个部分。

紧接着又是新的一拳。

当他把整个玻璃罩全都打碎的时候，他的手已经血流如注了。无数玻璃碎屑洒在小镇模型上，看起来就像是《圣经》中提到的埃及地遭遇雹灾过后的景象。

他跌跌撞撞地绕着大桌子走了几步，终于找到了伊桑家的黄色维多利亚式房屋模型。

他一拳就击垮了它。

然后他又打扁了治安部办公室的模型。

接下来又毁掉了凯特和哈洛德的家——当然也是模型。

但这些还远不足以化解他心头的怒气。

他抓住大桌子的边缘，弯下双膝，猛地一抬手，将整张桌子掀了个底朝天。

#

尽管伊桑已经把所有真相都说出来了，尽管舞台上的幕布已经被撕成了碎片，可人们却依然坐在原地。

没有人愿意离开。

有些人看起来精神紧张，像是还没从极度震惊的状态中恢复过来。

有些人独自号啕大哭。

另一些人则与他人相拥而泣。

还有人把头靠在他们被迫与之结婚的配偶肩上哭泣。

剧院里的气氛显得极为沉重，如同葬礼一般阴郁绝望。其实从很多方面来看，这真的就像是一场葬礼。人们在这里哀悼他们已经失去的从前的生活，哀悼他们再也无法见到的至爱亲人，哀悼他们被夺走的一切。

他们有太多事需要重新思考。

有太多令人伤心难过的事情。

还有太多应该感到害怕的事情。

#

伊桑和妻儿一起坐在舞台帷幕后面，他紧紧拥抱着他们。

特丽萨凑在他耳边低声说道："我为你今晚所做的一切感到骄傲无比。如果你不太清楚你人生中最为辉煌的时刻是什么时候，我想告诉你，那就是刚才你在舞台上的那一刻。"

他低下头亲吻她。

本杰明哭着说："今天早些时候我在路边长椅上对你说过的那些话……"

"没关系的，儿子。"

"我说你不是我父亲。"

"我知道你心里不是那么想的。"

"我以为皮尔彻先生是好人，我甚至以为他就是上帝。"

"这不是你的错。是他故意误导了你，也误导了学校里的每一个孩子。"

"现在我们应该怎么做呢，爸爸？"

“儿子，其实我也不知道，但是不管怎么说，从这一刻开始，我们的生命主导权又回到了我们自己手上。这才是最重要的。”

#

人们纷纷走上前来观察怪兽的尸体。

它的体型不大，体重大约只有一百二十磅。伊桑猜测也许正是由于它的体型较小，所以才导致镇静剂的药效持续得比预期更长吧。

这时刚过午夜十二点，伊桑看着剧院里这些人生刚刚被他彻底改变的人，突然听到剧院大厅里的一部电话“叮铃铃”地响了起来。

他跳下舞台，沿着观众席的通道走到了一扇对开门跟前，推开门进到了大厅。

电话铃声是从剧院售票处传来的。

他在售票窗口后面坐下，将电话听筒拿起来贴在耳边。

“你还好吗，治安官？”

皮尔彻的声音听起来像是喝醉了，而且流露出一种反常的快乐情愫。

“我们明天应该见个面。”伊桑说。

“你想知……究竟做……什么吗？”他的口齿有些含混不清。

“什么？”

皮尔彻这次刻意放慢了语速：“你想知道你究竟做了些什么吗？”

“我想我非常清楚。”

“是吗？唔，不管怎样，我要告诉你，你刚刚为你自己买下了一个小镇。”

“我听不懂你这话是什么意思。”

这时人们纷纷从剧院出来，聚集在售票窗口外面。

“你听不懂是吗？我是说他们现在都是你的了，他们每一个人都是属于你的。恭喜你！”

“我知道你对你女儿做了什么。”

听了这话，皮尔彻在电话那头沉默不语。

伊桑说：“你为何会残忍到……”

“她背叛了我，背叛了基地里的每一个人。她将黑松镇的居民置于险境当中。她不仅仅是让他们知道镇上有监控盲区，其实那些盲区根本就是她弄出来的。她破坏了我所有……”

“可她毕竟是你的女儿啊，戴维。”

“我给了她很多次机会来……”

“她是你的女儿！”

“我非得这么做不可！当然，或许可以不用那样的方式，但是……我当时确实是被气得丧失了理智。”

“我一直在想，你为什么要安排我来调查她的死因？为什么要让我在路上发现她的尸体？我认为这都是你精心布下的局。你想从中得到什么呢？”

“阿莉莎到死都没有供出博林格那伙人的名单。我认为除非你真的相信你的前任搭档杀了人，否则你绝对不会去调查她。按照我的计划，你本该自行得出这样的结论。如果你去搜查了她的家，你应该会认为凯特就是杀害阿莉莎的凶手。我故意将杀死阿莉莎的凶器藏在了凯特和哈洛德家的工具室里，你应该能找到它的，可是你却压根连搜都没搜，我猜你从未真的相信凯特是杀人凶手吧。唔，这些事现在已经无关紧要了。”

“你晚上怎么睡得着啊，戴维?”

“因为我知道无论我做什么，都是为了黑松镇的益处着想，都是为了保护这个小镇。对我来说，这才是这个世界上最为重要的事情。所以我晚上睡眠还不错。对了，我给你起了一个新绰号。”

“我们得见个面。”伊桑说，“我们得谈谈接下来该怎么做。”

“‘光明使者’，这就是我为你起的新绰号，是从拉丁文‘路西弗’翻译过来的。你知道关于路西弗的故事吗？这倒非常适用于你。他原本是上帝手下的一名天使，是上帝创造的所有天使中最美的一个。可是他的美貌却迷惑了自己的心，他渐渐开始相信自己跟创造主一样伟大，或许他认为他自己才应该是上帝。”

“皮尔彻……”

“于是路西弗带领一群天使去对抗全能的上帝。现在我想问你一个问题……你知道他们的下场如何吗?”

“你这个疯子，这些人有权得到属于他们的自由。”

“我告诉你，路西弗和他手下那些堕落的天使可没有什么好下场。你知道上帝是怎么处置他们的吗？他为他们创造了一个名叫‘地狱’的地方。”

伊桑说：“你认为我扮演了这个故事中的哪一个角色呢？是路西弗吗？那么，我猜你认为你就是上帝了?”

“你说得很对，治安官。”他能听出皮尔彻正在电话那头微笑着说话，“如果你想知道要去哪里才能找到我即将为你们创造的永恒炼狱，我想告诉你，不用找了，它就近在咫尺。”

“你到底在说些什么啊?”

“地狱就要来找你们了。”

接下来电话断了，拨号音在伊桑耳边只响了两秒钟。

随即所有的灯光都熄灭了，到处都是一片黑暗。

BLAKE CROUCH

PINES

第二十五章

黑松镇第六大道1040号，三年零七个月之前

他们在一起的最后一天，她准备了他最爱吃的菜肴。

她在厨房里忙活了整整一个下午——切菜，炒菜，搅拌。

她尽力让自己的双手保持忙碌状态，因为这可以令她更为容易地度过这段难挨的时光。

不过她得努力让自己时时刻刻专注于手边的琐事，因为她一旦分心或者松懈下来，情绪就会崩溃决堤。

这样的情况已经出现了三次。

每次她都无助地跪倒在地。

空荡荡的大房子里回荡着她的啜泣声。

这里的生活曾经是如此的难以应付。

终日都在孤寂和提心吊胆中过活，想到未来也不会有一丝希望。

不过，后来他来了，如同一场梦似的。

他们从彼此身上找到了慰藉。有一段时间，她感觉一切都渐渐好转起来，而且她竟然在这个奇怪的小镇里感受到了真正的幸福滋味。

她听到自家前门被打开，随即又被关上了。

她把手中的菜刀放在砧板上。

用一块擦碟干布拭掉了眼泪。

转过身去面对着他。

他正站在厨房中央的炉灶台旁看着她。

他说：“你一直在哭。”

“只哭了一下下而已。”

“你过来吧。”

她朝他走去，张开双臂拥抱着他，把脸贴在他的胸膛上哭了起来，而他则伸出手来轻抚她的头发。

“你和他们谈过了吗？”她问道。

“谈过了。”

“结果呢？”

“没什么改变。”

“这不公平。”

“我知道。”

“如果你告诉他们……”

“在这件事上我没有选择的余地。”

“难道你不能……”

“请别再继续追问我了。”他压低了声音，把嘴附在她耳边说道，“你知道我不能谈论这件事，你知道这样做会带来严重的后果。”

“可是对我来说，这种不明就里的感觉比死了还难受。”

“你看着我。”他用双手捧着她的脸，低头凝视着她的眼睛。从来没有人像这个男人一样爱她。“我们会熬过去的。”他说。

她点了点头。

“你要去多久呢?”她问道。

“我也不清楚。”

“会很危险吗?”

“会。”

“你还会回来吗?”

“当然会了。他在楼上吗?”

“他还没回来，现在在学校。”

“我曾试着跟他谈论这件事，可是……”

“他一定会非常难过的。”

他用两只手揽着她的腰。

说道:“听我说，事情已成定局，我们没法再改变什么了，不如我们尽情享受这剩下来的短暂时光，好吗?”

“好的。”

“要不我们上楼去待一会儿?我想拥有更多关于你的美好回忆。”

“可我不想让晚餐烧焦了。”

“别管晚餐了。”

#

她躺在床上，头枕在他的臂弯里，看着窗外渐渐变暗的天空。

“我甚至不敢去想象未来会怎样。”她说。

“你很坚强，比你自己所以为的还要坚强。”

“万一你没法再回到我身边了，我该怎么办?”

“那么请你记住，我在这个山谷中的这栋房子里与你共度的时光，是我一生中最美好的时光，它比我在从前那个世界里的任何日子都更令我快乐。我爱你，特丽萨，深深地爱着你，直到永远，而且……”

她吻上了他的唇，并将他拉到自己身上……

她又哭了起来。

“我想要你陪着我。”她说，“我爱你。天哪，我是这么地爱你，亚当，不要离开我，求你了，别离开我……”

第二十六章

借着最后一丝暮光，托比亚斯打开了自己的皮面日记本，这大概是他第一千次阅读写在首页的文字。

等你回来的时候——我相信你一定会回来的——我要和你做爱，我的大兵，我要像对待刚从战场上凯旋归来的战士一样以温存待你。

他将本子翻过了三分之一的页数，找到了他最后一次写下日记的那一页。

他的铅笔短得只剩下最后一英寸了。

烟斗里的烟草也快吸完了。

他将烟草的余烬敲了下去，深吸了一大口，听着河水潺潺流动的声音，整理着脑海中的思绪。

从他所坐的地方已经看不到太阳的踪影了，可是落日的余晖依然照在河对岸那座比他高出半英里的山顶上。

一群怪兽似乎正在移动。

他能听到一阵阵尖厉刺耳的叫声，看来它们正沿着峡谷往上攀爬，就这样为他留出了一条没有障碍的归家之路。

托比亚斯在日记本上写道：

第1308天

现在我就长话短说了，这是我在荒野里度过的最后一个夜晚，此时我的情绪非常激动。从我扎营的地方，可以看到环绕在

黑松镇四周的群山。如果一切顺利的话，明天下午我就能彻底摆脱这个冷酷的荒蛮之地。此刻有很多事值得我翘首企盼。我想要一张温暖舒适的床，我想吃上一顿热腾腾的大餐，我想和另一个人类交谈，我想坐下来，就着一杯威士忌，跟人们讲述我此行的所见所闻。

只有我知道该如何拯救我们所有人。一点也不夸张地说，我是这世上唯一一个能拯救世界的人。可是，对此刻的我来说，这一切都并不重要。

因为我越是接近黑松镇，我的脑子里就越来越容不下除了你之外的任何事情。

在这段日子里，我没有一天不在想念着你，想念我们共度的那些美好时光，想念我们离别前最后一晚我将你拥在怀中的情景。

等到明天，我就能再次见到你了。

我深爱的天使。

你能感觉到我已经离你很近了吗？你的内心能否感应到再过几个小时我们就能再度相聚了？

我爱你，特丽萨·伯克。

永远爱你。

我从没想过我竟然能写下这些字句，可是……

我是亚当·托比亚斯·汉索尔……

我说完了。

#

那辆被点燃的汽车仍在冒着烟，车子上面的红绿灯已经灭了，所有的街灯也都熄灭了。整个山谷里没有一盏灯是亮着的，镇上唯一的光源只是夜幕中繁星所投射下来的寒光。

伊桑走上了街道，特丽萨挽着他的一只手臂，凯特则走在他的另一侧。如果说他们三人如此近距离地走在一块儿令特丽萨感到不舒服的话，她也并没有表现出来。说实话，伊桑此时也搞不清楚自己走在她们俩中间究竟是什么感觉。

太多的爱、激情以及痛苦情绪全都交织在了一起。他觉得自己仿佛正被两股相反的力量拉扯着。就好像两块磁性相同的磁铁近距离接触时所产生的力量。

人们纷纷从剧院往外走。伊桑把手中的扩音器递给凯特，说道："你帮我一个忙。让所有人都留在这里，我得去核实一件事情。"

"出什么事了？"特丽萨问道。

"我也还不确定。"

他将手臂从特丽萨手中挣脱出来，朝野马越野车走去。

这车已经被怪兽弄得面目全非了。挡风玻璃正中央破了一个大洞，汽车前座上堆满了碎玻璃，以及从坐垫里拉扯出来的泡沫填充物。残存的挡风玻璃上布满了裂纹，根本没法透视，于是他爬到引擎盖上，将剩下来的玻璃全都踩碎了。

他沿着主街往南行驶，一路上风不断地从没有玻璃的窗框灌了进来，吹得他满眼是泪。

当他来到急弯处时，将车驶离了马路，沿着自己上次进入森林时所留下的轮胎印迹在林中行驶，车头灯的光芒穿透了树木之间的缝隙。

他将车开到了那根巨大的松树残桩跟前，熄掉了引擎。

他从车上下来，走进了漆黑的森林。

他感觉不大对劲。当他渐渐靠近通电围栅，这才意识到令他感到紧张不安的竟是周遭的极度安静。这里不应该这么安静的。

通电围栅上的导线和电缆应该发出“嗡嗡”的鸣响声才对啊。

他沿着寂静无声的围栅往西走去。他开始慢跑起来。随后加快了奔跑的速度。

在他行进了一百多米之后，便来到了一扇门跟前——这扇高约三十英尺，装了铰链的大铁门就是进出山谷的门户。皮尔彻的外勤侦察员就是从这里出去的，可是鲜有人回来。皮尔彻有时也会派人驾驶卡车去野外砍伐木材，并顺带进行一些近距离侦察。

在此之前，伊桑还从未经历过见到它被完全打开的惊悚时刻。

此时他透过门洞，看着外面那个危险到难以想象的世界，心不由得不断地往下沉，渐渐得出了一个冰冷的结论——他完全看错了皮尔彻。

森林里传来了一声尖厉的叫声。

听起来就在离伊桑不到一英里远的地方。紧接着又传来了与之相呼应的第二声尖叫。然后是第三声。再一声。

此起彼伏的尖叫声蔓延开来，直到大地似乎都为之震动，置身其中的伊桑觉得可怕的地狱似乎正从不远的地方渐渐席卷而来。

它正朝着失效的围栅、大开的铁门和黑松镇扩张迫近。

伊桑在原地呆呆地伫立了两秒钟，内心已被巨大的恐慌感和惧怕感所吞噬，一个问题在他脑海里不断盘旋着。

你——到——底——做——了——什——么？

随即他转身开始狂奔。